A voz do coração

A busca incessante de um filho que foi tirado de sua mãe

© 2019 por Cristina Cimminiello
© iStock.com/Liudmila_Fadzeyeva

Coordenadora editorial: Tânia Lins
Coordenador de comunicação: Marcio Lipari
Capa e projeto gráfico: Equipe Vida & Consciência
Preparação: Tânia Lins
Revisão: Equipe Vida & Consciência

2ª edição — 1ª impressão
3.000 exemplares — fevereiro 2019
Tiragem total: 3.000 exemplares

**CIP-BRASIL — CATALOGAÇÃO NA PUBLICAÇÃO
(SINDICATO NACIONAL DOS EDITORES DE LIVROS, RJ)**

C515v
     Cimminiello, Cristina
     A voz do coração / Cristina Cimminiello. - [2. ed.]. -
São Paulo : Vida & Consciência, 2019.
     320 p. ; 23 cm.

     ISBN 978-85-7722-573-6

     1. Ficção espírita. 2. Romance brasileiro. I. Título.

18-53741
                CDD: 869.08037
                CDU: 82-97:133.9(81)

Todos os direitos reservados. Nenhuma parte desta edição pode
ser utilizada ou reproduzida, por qualquer forma ou meio, seja ele
mecânico ou eletrônico, fotocópia, gravação etc., tampouco apro-
priada ou estocada em sistema de banco de dados, sem a expressa
autorização da editora (Lei nº 5.988, de 14/12/1973).

Este livro adota as regras do novo acordo ortográfico (2009).

Vida & Consciência Editora e Distribuidora Ltda.
Rua Agostinho Gomes, 2.312 — São Paulo — SP — Brasil
CEP 04206-001
editora@vidaeconsciencia.com.br
www.vidaeconsciencia.com.br

A voz do coração

A busca incessante de um filho
que foi tirado de sua mãe

CRISTINA CIMMINIELLO

Romance inspirado pelo espírito Lauro

NOVA EDIÇÃO

SUMÁRIO

Prólogo.. 5

Encontros 6

Descobertas 82

Reencontros... 166

Epílogo 310

PRÓLOGO

Um homem dirigia devagar. Estava uma noite fria e chuvosa, e ele temia pelo pequeno bebê que estava ao seu lado no carro. A criança tinha apenas algumas horas de vida, foi colocada em um cesto e deveria ser levada até a roda da Santa Casa.

Ele parou em frente a uma bela casa, próxima ao hospital, e resolveu deixar o cestinho na porta.

"Com certeza, eles receberão bem esta criança!", pensou o homem.

***

Longe dali, em um pequeno convento, uma jovem olhava para o vazio, incapaz de emitir qualquer som. Apenas uma lágrima escorria em seu rosto.

As freiras se preocupavam com o estado da moça, porém, nada podiam fazer. A jovem deu à luz um bebê e não quis vê-lo. Pediu às freiras que entregassem a criança a um determinado homem. Ele saberia o que fazer.

ENCONTROS

Capítulo 1

Roberto Maia formou-se em engenharia civil, e Suzana Sampaio em arquitetura. Conheceram-se no dia da formatura e nunca mais se separaram.

Roberto herdou a Construtora Maia de seu pai, o engenheiro Alberto Maia, junto com algumas dívidas. Trabalhou muito para reerguê-la e assim construiu um sólido patrimônio. Sua intenção era deixar a empresa para os filhos.

Suzana trabalhava como assistente de Roberto. Ela engravidou do primeiro filho após três anos que estavam casados, e juntos decidiram que ela não voltaria a trabalhar. Devido a problemas durante a gravidez, ela perdeu o bebê. Roberto tratava a esposa com muito carinho, mas ela estava inconformada. Todas as tentativas para que ela engravidasse durante o ano seguinte foram em vão.

— Devo ter algum problema que os médicos não conseguem descobrir — disse Suzana ao marido após jantarem.

A noite estava fria e chuvosa, e Roberto sugeriu que tomassem uma taça de vinho.

— Suzana, acalme-se, nós dois fizemos todos os exames que os médicos pediram. Essa ansiedade é que a está impedindo de engravidar.

— Você parece minha mãe falando.

— E eu concordo com ela. Você não pensa em outra coisa. Por que não volta para a empresa? Irá se distrair com os novos projetos. Talvez isso faça com que você deixe essa obsessão de lado e engravide.

— Talvez você tenha razão. Amanhã, irei até lá.

— Ótimo, agora vamos nos deitar, é tarde, e está muito frio.

De madrugada, Suzana despertou ouvindo o que parecia ser o choro de uma criança. Ela acordou o marido e pediu que ele fosse ver se havia alguém no jardim.

Um tanto contrariado, Roberto levantou-se e, quando se aproximou da entrada da casa, ouviu o choro de um bebê. Ao abrir a porta, o homem encontrou um cesto com uma criança.

— Suzana, ajude-me, deixaram um bebê à nossa porta. O pobrezinho está gelado e provavelmente com fome.

Suzana enrolou a criança em uma manta e, como tinham mamadeira e fraldas para o bebê que haviam perdido, não foi difícil cuidar daquele pequeno recém-nascido.

— Roberto, veja que bebê lindo. Agora dorme como um anjinho, quem será que o deixou à nossa porta?

— Eu olhei o cestinho e não tem nenhuma identificação. Talvez o cobertor em que ele estava embrulhado tenha alguma pista. Poderemos ver isso amanhã.

— O que vamos fazer? — perguntou Suzana ansiosa pela resposta do marido.

— Pela sua expressão, você quer ficar com ele, não é?

— Ah, Roberto, você já ouviu dizer que casais que não podiam ter filhos depois de adotarem uma criança conseguiram gerar um bebê?

— Suzana, isso é muito simples, mas não é o certo. Não podemos ficar com essa criança pensando apenas em ter outros filhos. Se resolvermos adotá-lo e viermos a ter outros filhos, eles terão de ser tratados da mesma forma, com o mesmo amor.

— Roberto, você tem razão, esse bebê é lindo, não podemos abandoná-lo em um orfanato qualquer. Se ele foi colocado à nossa porta, é porque alguém queria que o criássemos.

— Sim, mas quem?

— Não sei o que lhe responder, mas não quero deixar o bebê em uma instituição qualquer.

— Está bem, eu não teria coragem de deixá-lo em um orfanato. Vou conversar com nosso advogado e tenho certeza de que o doutor Monteiro nos orientará da melhor forma possível.

— Roberto, talvez seja melhor não contarmos a ninguém que esse bebê foi deixado à nossa porta. Assim, enquanto o doutor Monteiro lida com os papéis de adoção, não corremos o risco de alguma assistente social tentar tirá-lo de nós.

— Concordo, Suzana, amanhã mesmo vou falar com o advogado.

***

No dia seguinte, Roberto chegou cedo ao escritório e pediu à sua secretária que o comunicasse assim que o advogado chegasse. Tinha um assunto urgente para tratar com ele.

Quando o advogado chegou, ele foi direto falar com Roberto.

— Roberto, bom dia, como vai? Como está Suzana? O que houve para você me procurar tão cedo?

— Sente-se, meu amigo, que preciso lhe contar uma história.

Roberto contou detalhadamente como encontrou o recém-nascido à sua porta, e o que ele e Suzana pretendiam fazer. O advogado ouviu com atenção e ponderou:

— Roberto, você tem certeza de que é uma criança saudável? A mãe pode ser soropositiva, e você sabe que a doença é transmitida ao bebê se não houver os cuidados necessários no momento do parto. A criança foi abandonada à sua porta, portanto, não nasceu num hospital.

— Não, Monteiro, a criança nasceu em um convento. E sua aparência é bastante saudável. Para tirarmos todas as dúvidas, consultaremos um pediatra e faremos todos os exames necessários. Você sabe que dinheiro não é problema.

— Como você sabe que a criança nasceu em um convento?

— Havia uma inscrição no cestinho em que ela estava quando foi deixada em casa ontem à noite.

— Suzana sabe disso?

— Não contei nada para ela, aguardarei o melhor momento para conversarmos sobre isso. Eu pedi a ela que olhasse se no cobertor em que o bebê estava envolto havia alguma inscrição. Quando saí hoje de manhã, ela me garantiu que não havia nada.

— O que você fez do cesto?

— Deixei na garagem, num armário em que só eu mexo.

— Por que você quer adotar essa criança?

— Monteiro, Suzana está ficando obcecada para ter um filho, ela não fala em outra coisa. Todo mês é uma nova decepção. Você sabe que ela perdeu nosso primeiro filho quando estava com três meses de gravidez. Tenho medo de que ela adoeça ou tenha uma crise depressiva. Os médicos garantem que não temos nenhum problema físico, é apenas uma questão de tempo, mas ela não acredita nisso. Até sugeri que ela voltasse a trabalhar, mas agora tenho certeza de que ela se dedicará a essa criança em tempo integral.

— E se os pais ou avós vierem reclamar a criança?

— Já pensei nisso. Quero registrá-lo como meu filho e de Suzana.

— Roberto, isso é loucura. Se vocês vierem a ter filhos, como você irá tratar essa criança? Será que não vai deixá-la de lado? Pense bem.

— Monteiro, eu e Suzana conversamos muito sobre isso. Confesso que fiquei preocupado e disse a ela que só ficaria com o bebê se ela me garantisse que não faria diferença entre ele e outros filhos que, porventura, venhamos a ter.

— Isso vocês dizem agora, mas e depois? Seria um crime adotar essa criança e depois abandoná-la, mesmo que esse abandono seja de sentimento.

— Monteiro, tenho comigo que isso não vai acontecer. Eu me encantei pelo bebê, não foi só Suzana quem se apaixonou por ele. Você vai vê-lo e vai me dizer se ele não tem alguma coisa especial.

— Roberto, você está falando como um pai coruja. Vamos, me leve até sua casa, quero conhecer esse bebê e conversar mais com vocês dois, para poder preparar os papéis para o registro dele. Vocês já escolheram o nome? — perguntou rindo.

— Já. Ele vai se chamar Carlos Augusto Sampaio Maia.

Capítulo 2

Nos três anos que se seguiram à adoção de Carlos Augusto, nasceram Paulo Roberto e Maria Luiza.

As três crianças cresceram juntas e receberam do casal a mesma atenção. Com o passar do tempo, a diferença física entre Carlos Augusto e os outros irmãos começou a se destacar. Augusto era moreno, alto, tinha olhos verdes. Paulo e Malu, como era chamada Maria Luiza carinhosamente pela família, tinham uma estatura menor, cabelos e olhos castanhos.

Anos mais tarde, enquanto os irmãos conversavam sentados na varanda da casa, Malu observava-os, e essa diferença chamou a atenção da moça. Eles riram e resolveram perguntar ao pai, que se aproximava, a quem Augusto havia puxado, já que não tinha as características físicas da família.

A pergunta pegou Roberto de surpresa e, gaguejando, ele disse que Augusto se parecia com um tio, irmão do pai dele. Os jovens acharam estranha a reação do pai, mas nada disseram.

Roberto procurou a esposa e contou-lhe o ocorrido dizendo:

— Devemos contar a verdade a eles. São adultos e saberão compreender e aceitar o irmão mais velho. Não gosto de mentiras.

— Não é mentira — argumentou Suzana. — Nós os amamos de forma igual, a diferença entre eles nunca nos incomodou. Você já imaginou se Augusto resolve procurar a verdadeira mãe?

— Você tem razão, seria muito sofrimento. Mas o que faremos se eles descobrirem sozinhos? Podem discutir e achar que os enganamos. Conheço casais que adotaram crianças e, quando contaram a verdade a eles, os filhos se revoltaram.

— Talvez você tenha razão quanto ao sofrimento que isso causará a todos se Augusto se revoltar. Mas nós os criamos sem diferenças. Todos sempre receberam a mesma atenção e o mesmo carinho. Vamos esperar mais alguns dias e encontraremos um meio de contar-lhes tudo o que aconteceu.

***

No dia seguinte, Augusto foi procurar uma ferramenta nas coisas do pai para consertar um vazamento de água na pia da cozinha. Enquanto revirava as ferramentas, derrubou uma caixa de papelão e dela caiu um cesto de vime. Ao pegá-lo para recolocá-lo no lugar, o rapaz reparou no escrito no fundo do cesto "Convento Nossa Senhora de Lourdes". Imediatamente, lembrou-se das palavras da irmã: "Papai, a quem Augusto puxou? Ele não se parece conosco!".

Intrigado, ele pegou o cesto e foi ao encontro do pai para saber o que aquele objeto fazia na garagem.

— Encontrou o grifo, Augusto? Sua mãe não para de reclamar.

— Encontrei sim, aqui está. Papai, o que significa esse cesto no meio de suas ferramentas?

Roberto respirou fundo e disse ao rapaz:

— Augusto, você confia em mim?

— Sim, papai, sempre fomos amigos.

— Então, por favor, recoloque o cesto no armário. Vamos terminar de arrumar esta pia. Depois chamaremos seus irmãos e sua mãe e conversaremos sobre isso. Vou perguntar novamente: você confia em mim?

Augusto olhou com uma expressão séria e, ao mesmo tempo, preocupada para o pai e respondeu:

— Confio em você, mas estou com uma sensação estranha. De repente, sinto meu coração apertado.

— Não se aflija, Augusto, faça o que lhe pedi. Logo mais conversaremos e você verá que não tem motivos para se preocupar.

Augusto atendeu ao pedido do pai, porém, a sensação de que havia algo errado em sua vida não o abandonou.

Conforme prometera, Roberto terminou de consertar a torneira e chamou os filhos para uma conversa, não sem antes prevenir Suzana.

— Meus filhos, antes de iniciar esta conversa, quero que saibam que eu e sua mãe amamos vocês acima de tudo. E esse amor não tem distinção.

Suzana acrescentou:

— Tudo o que fizemos foi pensando no melhor para vocês. Prestem atenção nas palavras de seu pai e não emitam nenhum julgamento precipitado.

Roberto, então, contou aos filhos a história de Augusto e explicou que guardou o cesto durante todos aqueles anos sem saber o porquê. Algo em seu interior pedia que assim agisse.

O primeiro a falar foi Augusto:

— Papai, por que você não me contou? Estou com 25 anos, acho que eu tinha o direito de saber a verdade sobre minha origem.

— Augusto, sempre o considerei meu filho. Você me conquistou no momento em que o peguei no colo naquela noite fria. Eu e sua mãe ficamos com medo de que alguém tirasse você de nós, que o levasse para um orfanato qualquer. Nunca soubemos quem o deixou aqui, talvez eu tenha guardado o cesto para protegê-lo. Digamos que alguém viesse dizer que era seu pai ou sua mãe, teria que me dizer como você foi deixado aqui.

Suzana, entre lágrimas, argumentou:

— Augusto, eu queria muito ter um filho e me senti abençoada quando peguei você no colo pela primeira vez. Você era o bebê que eu tinha perdido. Pode parecer loucura, mas era assim que eu me sentia. Não permitiria que ninguém o tirasse de mim.

Paulo e Malu assistiam à cena sem conseguir dizer nada. Malu estava emocionada. Para ela, a atitude dos pais só merecia elogios. Paulo estava preocupado com Augusto, achando que ele poderia se revoltar:

— Augusto, nós sempre brincamos sobre nossas diferenças, porém, eu espero que elas permaneçam somente na nossa forma física. Crescemos juntos, nunca nos separamos. Você sempre me defendeu nas brigas do colégio. Não me importa se você nasceu da mamãe ou não. Você sempre será meu irmão.

— Augusto, eu concordo com o Paulo. Não vejo motivos para você se revoltar. Encontrar esse cesto foi um acidente. Nossa família sempre será composta por nós cinco. Nada vai mudar — completou Malu.

Augusto, com uma expressão muito séria, respondeu:

— Não estou revoltado com nossos pais. Graças a eles, estou aqui hoje. Tenho uma família, estudei em bons colégios, tenho um bom emprego. O que me entristeceu é saber que alguém, que me gerou, me abandonou à porta de uma casa estranha, sem se importar como eu seria tratado. Sem saber se vivi ou se morri. Eu nunca vou abandonar vocês. Amo-os demais, mas saber que fui abandonado mexeu muito comigo, não posso negar isso. A sensação é horrível. Que tipo de mulher me gerou? Teve-me em seu ventre por nove meses e me jogou fora como se eu fosse um objeto qualquer.

Suzana aproximou-se do filho e segurando as mãos dele disse:

— Meu filho, sua mãe deu a você a oportunidade de ter um lar. Não sabemos quem ela é, nem porque teve essa atitude. Não vamos julgá-la. Ela não pôde conviver com você, não sabe que pessoa maravilhosa ela gerou. Devemos rezar por ela e pedir a Deus que a proteja, se estiver viva. Não sabemos como ela viveu. A dor de perder um filho é muito grande. Não deixe o rancor entrar em seu coração. Isso não lhe fará bem.

Augusto abraçou a mãe e rompeu em soluços deixando que toda a amargura que sentia naquele momento saísse em suas lágrimas.

Roberto esperava sem dizer nada. Quando percebeu que todos estavam mais calmos, pediu perdão a Augusto, reconhecendo:

— Sei que não deveria ter escondido a verdade de você nem de seus irmãos, mas o medo que tenho de perder qualquer um de vocês é muito grande. Espero que você me perdoe.

Augusto abraçou o pai e respondeu:
— Papai, não precisa me pedir perdão. Agradeço tudo o que vocês fizeram por mim. Eu nunca vou deixá-los.

Paulo e Malu abraçaram Augusto e os pais, reforçando os laços de amor que os uniam.

Capítulo 3

No dia seguinte, Augusto levantou-se cedo. O rapaz encontrou a mãe tomando café e lhe disse:

— Bom dia, mamãe, de pé a esta hora?

— Bom dia, meu filho. E você, o que está fazendo acordado tão cedo? Hoje é sábado, poderia dormir até mais tarde.

— Não dormi bem a noite passada. A revelação que vocês fizeram perturbou-me bastante. Lembrei-me de frases como "ele não se parece com os irmãos", a sensação que eu tinha quando vovô pegava Paulo no colo e me deixava de lado. Sabe, são pequenas coisas que vão se aclarando em minha memória.

— Augusto, procure não se atormentar. Eu e seu pai o amamos muito. Não tenho como expressar em palavras a emoção que senti ao pegá-lo nos braços, alimentá-lo. Você me devolveu a vida em um momento que eu havia perdido as esperanças de ser mãe. Você foi um presente que eu e seu pai recebemos. Nunca me importei com opiniões de amigos, parentes e nem dos seus avós.

— Mamãe, me perdoe se pareço egoísta. Eu amo os dois, porém, vocês nunca tentaram localizar meus pais verdadeiros? Nunca procuraram saber da minha origem?

— Augusto, seu pai encarregou o advogado da empresa. Você deve lembrar-se dele, o doutor Monteiro.

— Lembro sim. Ele sempre foi muito simpático comigo.

— Então, o doutor Monteiro procurou informar-se sobre alguma criança que havia nascido nas proximidades de nossa casa. Foi a hospitais e a clínicas particulares, para saber se alguma mulher havia dado à luz um bebê e o abandonado, mas não encontrou nada.

— Você e papai entenderiam se eu quisesse saber alguma coisa sobre minha verdadeira mãe? Tentar encontrá-la para saber por que me abandonou.

Roberto, que ouvia a conversa, aproximou-se do filho e abraçando-o disse:

— Augusto, eu temo que você tenha uma grande decepção ao encontrar sua mãe verdadeira. Veja, você era um bebê forte, saudável, bem tratado. Provavelmente, é filho de alguém que tinha recursos. Você usava roupas boas quando foi deixado à nossa porta. Sei que é difícil para você, pelo menos neste momento, entender que tudo o que fizemos foi por amor e não para tirar-lhe algo tão precioso como sua verdadeira mãe. Façamos o seguinte, se você concordar, é claro, eu o ajudo a procurar o convento, e você vai tocando sua vida profissional. Você e Paulo estão de viagem marcada para a Itália, eu não gostaria que vocês abandonassem seus projetos.

— Papai, você não está falando isso para ganhar tempo e não permitir que eu encontre minha verdadeira mãe?

— Não, meu filho. Eu errei em não ter ido ao convento quando nós o adotamos. Não quero perder você. Amo-o demais para vê-lo angustiado e fazendo suposições de como sua vida teria sido, se melhor ou pior. Confie em mim.

— Está bem, papai. Vou viajar e deixar as coisas com você. Eu retorno dentro de três meses e, quando chegar, vou atrás do meu passado, com ou sem a sua ajuda. Combinado?

— Combinado, meu filho. Tenha certeza de que não vou decepcioná-lo.

Pai e filho se abraçaram longamente. Depois, Augusto beijou Suzana e disse que ia sair para encontrar Marcela. Iriam ao clube e não viriam para almoçar.

Roberto segurou as mãos de Suzana e falou:

17

— O que faremos se ele encontrar uma família melhor do que a nossa?

— Isso não acontecerá, eu tenho certeza. Se seus pais biológicos fossem melhores do que nós, não teriam abandonado um recém-nascido à porta de uma família estranha. Você acha que Paulo e Malu mudarão a forma de tratá-lo?

Malu, que vinha entrando na cozinha, perguntou:

— Por que o faríamos? Bom dia, mamãe. Bom dia, papai.

— Não sei, minha filha — disse Suzana. — Algumas pessoas não aceitam dividir seu patrimônio com alguém que não seja irmão de sangue.

— Mamãe, isso é bobagem! E tenho certeza de que Paulo pensa como eu. Augusto sempre foi um irmão muito dedicado. Estava sempre presente quando nos metíamos em alguma encrenca na escola. Sempre me afastou de problemas com rapazes. Sempre fomos companheiros em tudo, vocês sabem. Eu espero que a Marcela saiba entender tudo o que aconteceu. Não confio naquela moça.

— Posso sentir um pouquinho de ciúme nessa afirmação? — perguntou Roberto.

— Não, papai, não é ciúme. Marcela é fútil. Quer Augusto só para ela. Você não viu a cena que ela fez quando ele avisou que viajaria com Paulo a trabalho e ela não poderia ir junto?

— Não vi. Quando foi isso?

Suzana respondeu:

— Ela estava aqui em casa quando Paulo chegou dizendo que conseguira a matrícula no curso de restauração, em Milão, e que Augusto concordara em acompanhá-lo.

Malu continuou:

— Ela achou que poderia ir junto e ficar passeando com Augusto pela Europa enquanto Paulo estudava. Quando Augusto disse para ela que ia realizar a pesquisa do mestrado e não teriam tempo de ficar passeando, ela chorou, disse que Augusto não ligava para ela. Enfim, aquelas coisas que as mulheres dizem quando querem chantagear o namorado.

18

— Malu! — ralhou o pai. — O que é isso? Você nem parece a minha garotinha. Está falando como uma mulher vivida, experiente. O que você sabe da vida, minha filha?

— Papai, tenho 22 anos. Não sou nenhuma garotinha inexperiente como você diz. Vejo o que elas fazem para segurar os namorados. Acho um absurdo impedir que uma pessoa realize um trabalho importante para ficar fazendo compras. Não consigo ver meu irmão vivendo nessa futilidade.

— Quanto a isso, você tem razão, mas Augusto é experiente e não vai se deixar levar por ela.

— Assim espero — disse Suzana. — Ele tem um futuro brilhante pela frente. Não gostaria de vê-lo abandonar tudo por causa da Marcela.

Capítulo 4

Augusto era um rapaz alegre, inteligente, gostava de interagir com as pessoas. Era apaixonado por jornalismo. Ingressou na Universidade de São Paulo e conseguiu ótimos resultados. Esforçado, ajudava os colegas nos trabalhos que exigiam dedicação integral e fez ótimas amizades com os professores.

O rapaz tinha muita facilidade para aprender idiomas, o que o ajudou muito na sua formação. Falava inglês, alemão e italiano, o que era bastante útil no trabalho na construtora, quando tinham que tratar com algum investidor estrangeiro.

Além de auxiliar o pai como tradutor, ele trabalhava como redator no Jornal da Manhã. Augusto estava preparando seu mestrado. Era fascinado por história medieval, em especial pelo povo celta. A oportunidade de viajar à Europa e pesquisar sobre essa cultura tão pouco divulgada o deixara animadíssimo.

Seu chefe na redação apoiou suas ideias e conseguiu com a diretoria que ele tirasse férias complementadas por uma licença, para que sua pesquisa pudesse ser concluída.

Ângelo, diretor do jornal, interessou-se pelo projeto de Augusto. Conversaram longamente sobre os estudos do funcionário, e o diretor pediu ao rapaz que escrevesse um livro para publicarem na Editora da Manhã. Ângelo estava empenhado em fazer a editora crescer, e a publicação dessa pesquisa seria muito bem-vinda.

Augusto estava comprometido totalmente na pesquisa e na busca de outros temas para publicar na editora.

Maurício, chefe da redação e sócio do jornal onde Augusto trabalhava, disse:

— Já vi que perdi meu redator!

— Sinto muito, Maurício. O jornal perdeu o redator, mas a editora ganhou um pesquisador e, pelo que estou vendo, um novo escritor — afirmou Ângelo.

Augusto agradeceu a oportunidade dizendo:

— Eu gostei muito de trabalhar com você, Maurício, foi uma experiência única. Afinal, você me contratou quando eu estava terminando a faculdade. Agora, trabalhar na editora é o que mais quero. Vou desenvolver meu trabalho como escritor e, quem sabe, encontrar talentos que possam publicar conosco.

— Assim é que se fala, Augusto. Vou avisar ao Departamento Pessoal da sua transferência, e diga a seu pai que custearemos as despesas da viagem. Afinal, você agora é funcionário da Editora da Manhã.

— Obrigado, Ângelo. Não vou decepcioná-lo.

Maurício abraçou Augusto e disse ao rapaz:

— Parabéns, Augusto, não é bom perdê-lo na redação, mas sei que você será muito bem-sucedido nos trabalhos da editora.

— Obrigado, Maurício. E agora, se vocês me dão licença, vou à redação terminar os artigos em que eu estava trabalhando.

— Pode ir — autorizou o chefe de redação.

Quando Augusto saiu, Ângelo disse a Maurício:

— Esse moço tem muito futuro aqui na empresa. Obrigado por tê-lo trazido a mim.

— Não precisa me agradecer. Eu trabalho aqui desde o tempo do seu pai. Sei reconhecer um jornalista talentoso e quero o melhor para a empresa. Tenho certeza de que Augusto vai trazer muita coisa boa, e você conseguirá reerguer a Editora da Manhã.

— Espero por esse momento ansiosamente. Não gostaria de fechar a editora, porém, do jeito que as coisas estão, não posso mantê-la com a renda do jornal. Corro o risco de perder os dois.

— Conhecendo Augusto como conheço, esteja certo de que você não perderá nada. Só lucrará.

— Obrigado, Maurício. Sua amizade também é muito importante para mim. Desde que papai faleceu, venho tentando manter a empresa, mas não sei se herdei o talento dele.

— Você não está sendo justo consigo. Você é um bom administrador, jovem e competente, só precisa acreditar mais em si mesmo.

Ângelo apertou a mão que Maurício lhe estendeu e despediu-se dizendo que iria até a editora providenciar o que fosse necessário para que Augusto viajasse o mais rápido possível.

***

Marcela Moraes de Albuquerque namorava Augusto desde os tempos da faculdade, porém, não compartilhava do interesse do namorado de rodar o mundo para estudar.

A moça estudava administração, pretendia trabalhar nas empresas do pai e casar-se com Augusto. Se ele começasse a correr o mundo, provavelmente, não se casariam. Ela não viveria aventurando-se com ele por lugares desconhecidos. Se ele fosse trabalhar em Paris ou em Milão, ela iria, mas viver fora dos grandes centros não estava em seus planos.

Seu pai, Humberto Moraes de Albuquerque, a orientava para que tivesse paciência com o namorado:

— Marcela, isso são arroubos da juventude — dizia ele. — Logo ele se cansa e vai descobrir que é melhor trabalhar como redator-chefe em algum jornal da capital.

— Não sei não, papai. Augusto é obstinado. Tem paixão por aventuras, por lugares exóticos, o fato de ele ter conseguido o emprego no Jornal da Manhã não vai retê-lo muito tempo aqui.

— Vou falar com Maurício Novaes. Ele é um dos sócios do jornal, tenho certeza de que ele atenderá um pedido meu para que Augusto não saia da redação.

— Obrigada, papai — disse Marcela beijando o pai.

— Não se preocupe com nada, minha filha. Você sabe que eu não meço esforços para fazê-la feliz.

***

Mais tarde, quando Marcela encontrou-se com Augusto no clube, ele contou-lhe a conversa que tivera com o editor e com o diretor do jornal sobre sua pesquisa e que ambos estavam muito interessados no trabalho.

— Marcela, é uma ótima oportunidade de desenvolver meu mestrado e trazer novidades para impulsionar a Editora da Manhã. Estou muito entusiasmado. A viagem está confirmada, parto com Paulo na quarta-feira. Nosso voo sairá às 15 horas.

Marcela, acreditando que o pai conseguiria impedir a viagem, disse simplesmente:

— Você vai ficar todo esse tempo longe de mim? O que vou fazer sem você aqui?

— Marcela, você tem seu trabalho na empresa do seu pai. Três meses passam logo, você verá.

— Não sei não. Tenho um pressentimento de que você não vai viajar.

— Desde quando você acredita em pressentimento? Marcela, não seja boba. Eu preciso terminar minha pesquisa. E ser transferido do jornal para a editora é um ótimo começo para eu ganhar experiência e um dia vir a ter a minha empresa.

— Mas você tem a construtora do seu pai, para quê ter sua própria empresa?

— Você disse bem, a construtora é do meu pai. Eu não gosto de engenharia, não entendo nada de construção. A engenheira lá em casa é a Malu. Será que não podemos aproveitar o sábado e parar de discutir sobre meu futuro profissional?

— Está bem. Porém continuo achando que você não vai viajar.

— Veremos.

Depois da conversa, Augusto não se sentiu animado para falar com a namorada sobre sua origem. Eles já haviam discutido, e Marcela estava irredutível. Não queria que ele viajasse.

Ele acreditava que as exigências de Marcela eram porque ela era filha única, havia perdido a mãe muito cedo, e o pai sempre a tratou com muito mimo, sempre fez todas as vontades da moça, mas Augusto não estava disposto a trocar seu futuro profissional por um capricho da namorada.

23

Marcela era uma mulher bonita, mimada, rica, que acreditava que todos deveriam fazer as vontades dela. O mau gênio de Marcela havia provocado muitas brigas entre eles, porém, ela sempre conseguia que Augusto a desculpasse. Só que daquela vez ele estava seguro do que queria fazer, e nada o faria voltar atrás.

Capítulo 5

Paulo Roberto não era tão alto como Augusto, era um pouco mais magro, tinha cabelos e olhos castanhos. O rapaz nunca se preocupou com as diferenças físicas entre os dois irmãos.

Augusto era arrojado, gostava de aventuras. Paulo era mais tranquilo, gostava de atividades que exigissem sua atenção.

Desde pequeno, o rapaz acompanhava o pai nas visitas às construções feitas pela construtora. A curiosidade dele era despertada quando, num simples terreno com desníveis e vegetação, observava a construção de casas tão lindas.

Os responsáveis pela Construtora Maia tinham muito cuidado na escolha dos terrenos em que fariam suas obras. Respeitavam a vegetação nativa e procuravam seguir todas as leis ambientais referentes à proteção do local.

Quando Paulo começou o curso de Arquitetura, sentiu-se atraído pela restauração de imóveis. Recuperar imóveis antigos começou a interessá-lo de tal forma que, logo que terminou a faculdade, pediu ao pai que lhe financiasse um curso de restauração na Itália, onde a recuperação de castelos, igrejas e obras de arte tinham uma importância muito grande.

A princípio, Roberto não entendia o interesse do filho por essa atividade e acreditava que a construtora não estava preparada para esse tipo de serviço. A intenção de Roberto era que o filho seguisse seus passos no ramo da construção civil e não com trabalhos artísticos.

— Meu filho, quem vai tocar a construtora quando eu me for? O que será desse patrimônio que eu trabalhei tanto para construir?

— Papai, desculpe, eu não quero construir prédios iguais aos que você faz. Condomínios enormes com apartamentos pequenos, nos quais as pessoas precisam se adaptar ao tamanho das casas e não colocarem nelas o que desejam. Eu quero manter esses casarões antigos, eles contam nossa história. Não podemos permitir que essas construções sejam demolidas para que, em seu lugar, se ergam estruturas de concreto sem vida, sem o encanto que encontramos nelas.

— Meu filho, você pode ter razão, mas aqui no Brasil as pessoas têm necessidades mais urgentes. É preciso construir moradias para tirar as famílias que ficam em morros e favelas. Não podemos construir prédios espaçosos como gostaríamos. O empreendimento fica muito caro. E, meu filho, você vai viver do quê? Será que haverá tantas obras quanto você imagina para restaurar, que lhe permita ter uma vida confortável, uma boa casa, casar-se e sustentar seus filhos? Você já pensou nisso?

— Já, papai, e tenho certeza de que vou conseguir ter uma vida ótima fazendo aquilo que gosto. Você não impediu Augusto de seguir à carreira que ele escolheu. Por que está fazendo isso comigo?

— Porque você sempre se interessou pelo meu trabalho, e Augusto não.

— Papai, você herdou do vovô uma pequena construtora e a transformou numa das maiores do país. Tem um grupo muito competente de engenheiros que trabalha para você. Malu está terminando o curso de engenharia. Deixe que ela o ajude na administração da construtora. Ela tem ideias ótimas. Você precisa dar-lhe uma chance.

— Você fala como sua mãe. Parece que eu não conheço meus filhos.

— E não conhece mesmo. Papai, deixe o Augusto no jornalismo, eu na arquitetura, e a Malu na construtora. Tenho certeza de que não o desapontaremos.

— Malu é tão nova.

— Papai, com que idade você começou?

— Mas era diferente...

— Só falta você dizer: "eu era homem". Por favor, papai. Estamos no século 21. Se mamãe ouvi-lo, vai armar uma tremenda briga.

— É, talvez você tenha razão. Estou sendo preconceituoso. É que para mim Malu ainda não cresceu. É minha garotinha.

— Papai, por favor, Malu é uma mulher forte, decidida, independente. Dê a ela uma chance na construtora, e tenho certeza de que você não vai se arrepender. Vamos fazer um acordo: se a Malu não tocar a construtora, eu abandono meus projetos e fico trabalhando com você, combinado?

— Combinado. Olha que eu não vou deixar passar esse acordo.

— Não tem problema. Agora, não deixe ninguém tentar prejudicá-la, senão nenhum de nós voltará a trabalhar para você.

— Pode deixar. Viaje tranquilo, meu filho. Vou dar todo meu apoio a Malu.

Pai e filho se abraçaram e continuaram a fazer planos para a viagem.

Capítulo 6

Na segunda-feira, Humberto ligou logo cedo para o chefe da redação do Jornal da Manhã:

— Maurício, bom dia. É Humberto Albuquerque, como vai?

— Humberto, que surpresa! Há quanto tempo não nos vemos.

— É, já faz alguns meses desde que nos encontramos para tomar um aperitivo.

— O tempo passa, e nós nem sentimos. Em que posso ajudá-lo?

— Eu gostaria de conversar com você sobre um funcionário do jornal, o Augusto Maia. Não sei se você sabe que ele namora minha filha?

— A Marcela? Sei sim, ele fala sempre sobre ela. Mas aconteceu alguma coisa?

— Eu prefiro conversar com você pessoalmente. Será que podemos almoçar juntos hoje?

— Sim. Aonde você quer que eu o encontre?

— Que tal o Almanara?

— Comida árabe, ótimo. Nos encontramos lá às 13 horas.

— Estarei lá. E, Maurício, por favor, não comente com o Augusto. Não quero que ele saiba dessa nossa conversa.

— Não se preocupe com isso. Até mais tarde.

— Até logo, um abraço.

— Outro pra você.

Maurício estranhou o pedido do amigo e logo imaginou que o assunto era a viagem que Augusto faria dali a dois dias. O rapaz havia comentado o comportamento e a opinião de Marcela sobre o trabalho que ele pretendia realizar fora do Brasil.

A entrada da secretária afastou o pensamento de Maurício sobre o telefonema, e ele passou a resolver os problemas da redação. Augusto estava na editora e fazia-lhe muita falta ali.

***

Na hora do almoço, Maurício encontrou-se com Humberto à porta do restaurante:

— Maurício, como vai?

— Muito bem, e você?

— Trabalhando muito, meu amigo. Fechamos alguns contratos novos, e não posso reclamar do resultado financeiro.

— Eu também tenho trabalhado bastante. O jornal está crescendo, e ainda não conseguimos compor todo o quadro de funcionários. Então, temos que realizar o trabalho de muitos.

Depois de se acomodarem e escolherem o que iriam comer, Humberto disse:

— Maurício, Marcela está muito aborrecida com a viagem que Augusto vai fazer. Você sabe que ela é minha única filha, e faço tudo por ela. O que é preciso fazer para manter Augusto no Brasil?

— Humberto, entendo seu sentimento com relação a Marcela, também tenho filhos, porém, seu pedido não faz sentido. Augusto é um jovem de muito talento. Você conhece o Ângelo?

— Sim, é o herdeiro do jornal.

— Ângelo transferiu Augusto para a editora. Ele acredita na capacidade profissional do rapaz. E a editora precisa de novos talentos.

— Por que ele mantém a editora se ela está deficitária?

— Porque é o sonho dele. Ele herdou o jornal do pai. Mas a editora é um projeto que ele tem desde que terminou a faculdade. Ângelo é formado em Letras, fez mestrado na França e é um homem muito competente, que sabe o que quer.

— Mesmo assim, você acha que ele consegue manter os dois negócios? Editora? Livros? O brasileiro não se interessa por leitura.

— Engano seu. Tendo acesso aos livros, os brasileiros leem sim. Ângelo está entusiasmado com Augusto, com os contatos que ele pode trazer para a editora. Você sabe que Augusto fala fluentemente inglês, italiano e alemão?

— Sei, e no que isso ajuda a editora?

— Ajuda a divulgar os nossos autores nacionais e também a trazer autores estrangeiros para publicarem na Editora da Manhã.

— Do jeito que você fala, não existe a menor possibilidade de que essa viagem seja cancelada.

— Não, meu amigo, eu sinto muito. Sua filha terá que entender. É a profissão que Augusto escolheu. Nada vai impedi-lo de viajar.

— Marcela não vai gostar nada disso, mas paciência, vamos almoçar antes que a comida esfrie.

Assim, os dois amigos terminaram de almoçar falando sobre amenidades e combinaram de se encontrarem com mais frequência.

***

À noite, quando Humberto chegou em casa, Marcela o esperava ansiosa:

— E então, papai?

— Minha filha, sinto muito, nada pude fazer. O dono do jornal, Ângelo, transferiu pessoalmente o Augusto para a Editora da Manhã e vai financiar a viagem dele, que será em busca de novos autores e contatos para a editora.

— Ah, papai! Você fala com uma calma. Aposto que não insistiu com o tal do Maurício.

— Não insisti mesmo. Não tenho argumento para impedir que seu namorado viaje. É o futuro profissional dele que está em jogo. A editora está pagando todas as despesas. Não há nada que se possa fazer.

— E eu? Fico relegada ao esquecimento?

— Não, minha querida, você vai terminar seus estudos e continuar trabalhando comigo. São apenas três meses, você nem vai sentir passar.

— Não sei não. Vou pensar em alguma coisa para impedir que ele viaje.

— Marcela, não faça nenhuma tolice. Você vai acabar perdendo o namorado.

— Veremos, papai, veremos.

31

Capítulo 7

No dia seguinte, Augusto ligou para Marcela para saírem juntos. O rapaz viajaria no dia seguinte e queria ficar com ela para se despedirem.

Marcela concordou, porém, estava decidida a impedir a viagem.

Depois de jantarem, foram para a casa dela. Marcela serviu vinho para os dois e, quando entregou a taça a Augusto, disse:

— Por que você não fica comigo em vez de fazer essa viagem? Não vou suportar sua ausência.

— Marcela, por favor, estamos discutindo isso há dois meses. Está muito cansativo. Eu vou viajar a trabalho, e você sabe disso.

— Você deveria trabalhar com papai, ele precisa de um assistente que fale alemão, e você conhece bem esse idioma.

— Marcela, por favor. Eu não estudei para ser assistente do seu pai. Quero desenvolver meu trabalho.

— Trabalho que você poderia fazer aqui no Brasil usando o telefone e a internet.

— O que você quer dizer com isso?

— Você pode muito bem fazer contatos para a editora na sua sala.

— O que você sabe sobre isso? Esse assunto foi tratado entre mim, Maurício e o diretor do jornal, o Ângelo. Eu não comentei com ninguém porque não sei como vou me sair nesse novo trabalho.

Marcela sentiu-se ruborizar. Teria que contar a verdade a Augusto e era algo que ela não queria fazer.

— Não sei como eu soube. Foi uma ideia que me veio à cabeça.

— Marcela, não minta! Você nunca se interessou verdadeiramente pelo meu trabalho ou pela minha pesquisa. O que você está escondendo?

— Eu pedi a papai que falasse com Maurício. Eles são amigos.

— Com que direito você pede ao seu pai para interferir na minha vida dessa maneira? Marcela, eu não sou um adolescente. Sou um profissional. Estou construindo uma carreira sólida. Esse emprego é tudo o que preciso para me estabilizar na profissão, e você pede a seu pai para interferir no meu trabalho, ou melhor, na minha vida. O que você pretende? Mandar em mim? Dirigir minha vida?

— Não, eu só não quero que você me deixe sozinha. Quem me garante que você não vai encontrar alguém e me deixar? Eu não suportaria ficar sem você.

Dizendo isso, Marcela abraçou o namorado na intenção de beijar o rapaz. Augusto segurou os braços da moça e afastou-a dele.

Ainda segurando os braços de Marcela, ele disse:

— O que aconteceu com você? Quando a conheci, você era uma pessoa alegre, de bem com a vida. Agora, você tem se mostrado uma garota mimada, fútil e sem perspectiva de futuro. Você vive atrás de mim, telefona toda hora, tem ciúmes de quem se aproxima de mim. Isso não é vida.

Marcela começou a chorar e, soluçando, disse:

— Você é quem está diferente. Coloca seu trabalho acima de tudo. Você é um homem rico, que não precisaria trabalhar. Mas é orgulhoso e, em vez de ficar na construtora do seu pai ou na empresa da minha família, quer ter independência profissional. Pense bem, podemos viajar juntos, conhecer a Europa. Quando voltarmos, você decide se quer trabalhar com seu pai ou com o meu.

— Marcela, estou impressionado. Eu nunca imaginei que namorava uma garota tão insensível, tão desprovida de sentimentos bons. Viver à custa de nossos pais, que trabalharam tanto para nos sustentar? Essa ideia só poderia vir de uma pessoa que não tem a mínima noção do valor do dinheiro. Do preço das coisas. Do que é ser dono da sua própria vontade. Não, Marcela, não é essa vida que eu quero para mim.

Enquanto falava com Marcela, Augusto pensou em contar para a moça que ele havia sido adotado e, portanto, não se sentia no direito de usufruir da fortuna do pai, porém, as palavras não saíram da boca do rapaz, e ele encerrou a conversa com a namorada.

— Marcela, vou embora. Viajo amanhã e espero que nesses três meses você aproveite para refletir sobre tudo o que dissemos aqui. Se você não mudar sua forma de encarar a vida, nosso namoro está terminado.

— Você não pode me deixar. Estamos juntos há três anos.

— Posso sim. Não vou me ligar a uma mulher fútil e mesquinha como você está demonstrando ser. Boa noite.

Dizendo isso, Augusto saiu deixando Marcela aos prantos.

Humberto entrou em casa perguntando o que havia acontecido:

— O que houve com Augusto? Ele me pareceu transtornado.

— Ah, papai! — Marcela correu para ele chorando muito.

— Calma, minha filha, pare de chorar e me diga o que aconteceu.

— Ele está irredutível, vai viajar amanhã, e eu deixei escapar que pedi a você que falasse com o Maurício. Ele ficou uma fera, disse que sou mimada e que estou atrapalhando a vida dele. Quando ele retornar da viagem, decidirá se continuamos juntos ou não.

— Ele usou essas palavras?

— Sim, você não acredita em mim?

— Acredito, só não esperava esse tipo de reação da parte dele. Admito que erramos em falar com Maurício, e isso deve tê-lo deixado aborrecido. Vamos, venha comigo, você precisa

34

descansar. Amanhã você telefona para ele e tenho certeza de que Augusto vai desculpá-la.

Marcela subiu com o pai, mas não estava pensando em telefonar para Augusto e pedir-lhe desculpas. Ela pensava em uma forma de vingar-se. Ele iria se arrepender de ter falado com ela daquela forma.

Capítulo 8

Na manhã seguinte, a família de Augusto se reuniu para tomar o café da manhã. Eles deveriam estar no aeroporto ao meio-dia, e Suzana queria aproveitar para conversar mais um pouco com os filhos. Afinal, os dois iriam viajar e, embora fossem adultos, era a primeira vez que passariam tanto tempo longe dela.

Notando que Augusto estava calado, Suzana perguntou:

— Algum problema, meu filho? Você parece tenso.

Paulo respondeu por ele:

— Não é nada, mamãe, ele está com medo do avião.

— Paulo, pare com isso. Vocês não são crianças.

— Não queria preocupá-la, mamãe, briguei com a Marcela ontem e acho que dessa vez é definitivo. Ela não aceita a minha escolha profissional. Acredita que eu deveria ficar aqui trabalhando como assistente do pai dela ou na empresa do papai. Chegou a pedir a Humberto que falasse com Maurício para que eu não viajasse. Não posso conviver com alguém tão mesquinho.

— Augusto, Marcela é muito jovem. Você sabe que ela perdeu a mãe muito cedo, e o pai sempre fez de tudo por ela.

— Mãe, isso não é justificativa para ela agir assim — interrompeu Malu.

— Ela deve ter medo de perdê-lo como perdeu a mãe. Precisamos ter um pouco de paciência. Ela vai ao aeroporto?

— Acho que não. Como eu disse, ontem nós brigamos e não estou com a menor vontade de falar com ela. Se ela aparecer por lá, não vou ser grosseiro, mas não mudarei de opinião. Ou ela passa a entender que o mundo não gira em torno dela, e voltamos a ter uma vida como no começo do nosso namoro, ou então está tudo acabado.

— É uma pena que isso tenha acontecido, gosto muito dela.

— Então, mamãe, veja se você consegue fazê-la enxergar que a vida é muito mais do que ela imagina.

Roberto, que até aquele momento só escutava, perguntou:

— Você contou a ela que nós o adotamos?

— Não, papai. Não senti a menor vontade de falar com ela nem com ninguém sobre isso. Não quero causar-lhes nenhum problema, porém, espero que você cumpra sua promessa.

— Meu filho, começarei a procurar o convento amanhã. Falei com o Monteiro, e ele me avisou que amanhã, pela manhã, temos um encontro com o bispo da diocese. Fique tranquilo, manterei você informado de tudo o que acontecer aqui. Só me preocupa o fato de que essas descobertas possam afastá-lo de nós.

— Não, papai, eu amo vocês. Vocês me criaram como se fossem meus pais verdadeiros. Nunca fizeram distinção entre nós. Eu jamais faria qualquer coisa para magoá-los. Só quero saber quem são meus pais e por que me abandonaram. Essa pergunta me acompanha desde o dia em que vocês nos contaram sobre a adoção. E, mesmo que tenhamos a sorte de encontrá-los, eles serão estranhos para mim. Não sei se conseguirei sequer me aproximar deles.

— Augusto, não seja tão duro. Não sabemos que motivos levaram seus pais a abandoná-lo. Não devemos julgá-los. Muitas vezes, a vida nos coloca diante de situações que nos obrigam a tomar decisões que talvez nunca fossem tomadas ou até mesmo pensadas. Espere para saber o que aconteceu. Tenho certeza de que deve ter havido um motivo muito forte para você vir para nossa família.

— Mamãe, você sempre analisa as situações tentando ver o lado bom dos outros. Não sei se consigo me comportar como você quer — retrucou Augusto.

— Consegue sim. Você, Malu e Paulo foram criados por mim. Tenho certeza de que vocês três têm um pouco desse meu modo de ver a vida.

Malu argumentou:

— Não sei não, mamãe. Você tem sempre uma palavra para tentar acalmar ou resolver uma situação. Talvez um dia eu consiga esse equilíbrio, mas hoje não penso como você. Tem determinadas situações com as quais eu não concordo e não consigo pensar que a pessoa poderia ter agido dessa ou daquela maneira porque a vida colocou um problema em suas mãos.

Roberto, defendendo Suzana, disse:

— Sua mãe tem razão, não devemos julgar os outros por nossos sentimentos. Devemos sim tentar entender o que houve e procurar ajudar se pudermos. Criticar é muito fácil. Ajudar não é para todos.

Paulo, que até aquele momento não havia dito nada, concordou:

— Papai, você e mamãe estão certos. Nós somos mais impulsivos e não vivemos nenhuma situação que nos obrigasse a tomar decisões que envolvessem outras pessoas. Eu sugiro que falemos sobre a viagem e deixemos esses assuntos mais sérios para nossa volta. O que acham?

— Muito bem, Paulo — disse Augusto. — Vamos terminar nosso café da manhã e depois concluir nossos preparativos para a viagem. Ainda não terminei de arrumar minha mala e preciso ligar para o Ângelo.

Paulo, Augusto e Roberto foram conferir se estava tudo em ordem para a viagem. Malu e a mãe permaneceram na sala de jantar.

A moça perguntou:

— Mamãe, como você está se sentindo com tudo o que está acontecendo? Sei que essa sua calma é aparente. Pelo seu olhar, acredito que esteja sofrendo, ou estou enganada?

— Não, Malu, você não está enganada. Estou preocupada com o que pode acontecer a Augusto e também tenho medo de perdê-lo. Quando somos jovens, fazemos o que queremos, sem medir as consequências futuras. Eu e seu pai agimos por impulso, talvez até por egoísmo, e agora estamos diante de uma situação totalmente fora do nosso controle.

— Mamãe, acho que você está sofrendo por antecipação. Augusto não é um adolescente de 15 anos, que descobriu que foi adotado. Ele é um homem inteligente, preparado para a vida e, principalmente, consciente do amor que vocês têm por ele. Foi um choque saber da adoção, acho que isso acontece com qualquer pessoa. Mas nós estamos aqui para ajudá-lo e para ajudar você e o papai. Eu e o Paulo conversamos muito sobre isso. Crescemos juntos, nosso carinho pelo Augusto não vai mudar porque ele não é nosso irmão de sangue. Se a Marcela fosse mais compreensiva, Augusto teria dividido com ela o que está acontecendo. Ele ficou sem o apoio dela. Imagine não poder contar com quem se ama num momento como esse?

— Você acredita que eles se amam? Tenho achado Augusto tão diferente com relação a ela.

— Mamãe, Marcela não ajuda. Vive atrás dele com ceninhas de ciúmes, reclama o tempo todo da viagem e foi brigar com ele ontem. Augusto não vai aguentar uma mulher assim. Em vez de procurar incentivá-lo, ela demonstra que só pensa nela.

— Eu vou falar com ela, tentar aconselhá-la. Mas não hoje. Quero aproveitar esse restinho de tempo para curtir meus filhos. Afinal, ficarei longe deles por noventa dias.

— É assim que se fala, mamãe. Deixe os problemas para amanhã. Vamos ver o que aqueles três estão fazendo. Pelas risadas que estou ouvindo, não estão arrumando nada.

E assim, Suzana e Malu foram reunir-se a Roberto e aos meninos para participarem daquele momento de convívio familiar tão importante para todos.

Capítulo 9

Suzana, Roberto e Malu acompanharam Paulo e Augusto ao aeroporto. Augusto esperava Ângelo, que ficara de levar-lhe alguns contatos que ele deveria procurar na Itália.

Roberto, percebendo o filho ansioso, perguntou:

— Augusto, está tudo bem? Você me parece preocupado.

— Não ligue, papai, já disse que ele está com medo do avião — retrucou Paulo.

Rindo, Augusto respondeu:

— Você não toma jeito, quero ver como você vai se comportar na viagem. Eu estou preocupado com a demora de Ângelo. Ele insistiu em trazer pessoalmente algumas informações de pessoas que deverei procurar e não chega.

— E quanto a Marcela? — perguntou Suzana. — Vocês se falaram hoje?

— Eu liguei para a casa dela e a empregada me disse que ela havia saído. Liguei no celular, e ela não atendeu.

— Ela deve estar magoada com você.

— Mamãe, hoje eu não posso fazer mais nada. Se Marcela quiser falar comigo, ela sabe como fazer.

— Quem sabe ela vem se despedir de você? Ainda temos uma hora para o embarque — argumentou Paulo.

— Não acredito nisso — respondeu Augusto. — Marcela é orgulhosa. Vocês não a conhecem como eu. Ah! Lá está Ângelo.

O diretor vinha apressado e, quando os viu, foi logo se desculpando:

— Boa tarde a todos. Augusto, desculpe-me, insisti em vir e fiquei preso no trânsito.

— Ângelo, deixe-me apresentá-lo à minha família. Este é meu pai Roberto, minha mãe Suzana, meus irmãos Paulo e Malu.

Ângelo cumprimentou a todos se detendo em Malu, que se sentiu ruborizar. Situação que não passou despercebida a nenhum dos presentes.

— Muito prazer em conhecê-los. Augusto, você tem uma família muito bonita. — E Ângelo continuou, mas agora se dirigindo aos familiares do rapaz: — Vou roubar Augusto por alguns minutos, espero que não se importem.

— O prazer em conhecê-lo é nosso — respondeu Roberto. — Augusto fala muito bem de você. Enquanto vocês conversam, vamos tomar um café. Vocês querem alguma coisa?

— Não, obrigado.

— Eu também não quero nada, papai. Obrigado.

Afastando-se em direção à cafeteria, Paulo foi logo dizendo:

— Parece que o chefe do Augusto ficou impressionado com você, mana.

— Bobagem, Paulo. Ninguém pode olhar para mim que você já vem com essa conversa.

— É, mas todo mundo percebeu que você ficou vermelha quando ele a cumprimentou.

— Fiquei é? Não senti.

Rindo, Roberto disse:

— Parem com isso vocês dois. Paulo, deixe sua irmã em paz. Vocês querem tomar café ou café com leite? Vamos, não podemos nos demorar.

Enquanto isso, Ângelo explicava a Augusto quem ele deveria procurar:

— Augusto, ontem, no final da tarde, eu consegui contato com um dos editores da Alessio Editore. Eles querem divulgar alguns livros aqui no Brasil e, dentre os nomes que me deram, está uma escritora brasileira naturalizada italiana. Achei muito interessante essa informação, por isso, resolvi acrescentá-la naquela lista que eu te dei.

— Uma escritora brasileira naturalizada italiana? E por que esse interesse em divulgá-la aqui? Se ela está naturalizada italiana, deve viver há muito tempo na Itália.

— No começo da conversa, eu também estranhei. O editor Luigi Alessio me disse que ela saiu do Brasil muito jovem e foi descoberta por ele há pouco mais de cinco anos. Ela está com 44 anos. Deve ter algo mais que uma simples história por trás dessa indicação.

— É, seu raciocínio é lógico. Como ela se chama?

— Maria Domenico.

— Fique tranquilo, Ângelo, vou procurar o Luigi e não perderei a oportunidade de conhecer essa escritora.

— Ótimo, Augusto, eu sabia que poderia contar com você. Seus pais vêm vindo, acho que está na hora de você ir para a sala de embarque.

— Está sim. Manterei contato com você, fique tranquilo.

A família de Augusto aproximou-se dos dois rapazes, e começaram as despedidas. Roberto foi o primeiro a abraçar Augusto:

— Meu filho, boa viagem, sucesso no seu trabalho. Nos dê notícias sempre.

— Obrigado, papai. Espero voltar com bons negócios, com as informações necessárias para concluir meu mestrado e encontrá-los como os estou deixando.

Abraçada ao filho, Suzana falou:

— Boa viagem, meu querido, lembre-se sempre de que nós o amamos muito — disse Suzana ao filho.

— Obrigado, mamãe. Eu não me esquecerei disso nunca. Também amo muito vocês.

Ao abraçar Paulo, Roberto disse:

— Meu filho, faça uma boa viagem. Espero que você encontre tudo o que precisa para trabalhar nos seus projetos. Se você tiver algum problema, me avise. Augusto está indo com indicações profissionais, e você apenas com seus projetos de estudo.

— Não se preocupe, papai. Consegui falar com um ex-aluno da USP, que está estabelecido em Milão. Ele vai nos esperar no aeroporto e me acompanhar nas visitas que pretendo fazer. E depois tem a matrícula no curso de restauração. Fique sossegado.

— Está bem. Mas ficarei esperando notícias.

Suzana abraçou Paulo e disse:

— Meu querido, cuide-se e fique sempre atento a Augusto.

— Mamãe, eu atento a Augusto? É bem possível que ele fique me policiando — disse o rapaz rindo.

— Você entendeu o que eu falei.

— Entendi sim, estou brincando. Nós não ficaremos juntos, porém, estaremos sempre em contato, fique sossegada. Acho que eu e ele precisamos viajar mais vezes para vocês se acostumarem e não se preocuparem tanto.

— Nossa preocupação vai sempre existir. Boa viagem, querido.

— Até breve, mamãe.

Malu e Ângelo abraçaram os dois rapazes, desejando-lhes que fizessem uma boa viagem.

Enquanto Ângelo e Malu esperavam os pais da moça se despedirem dos filhos, ele disse a ela:

— Desculpe-me se a coloquei em uma situação embaraçosa perante sua família, mas você tem olhos lindos. Não consigo olhar para outra coisa.

— Não precisa se desculpar. Sua reação pegou a todos de surpresa porque não nos conhecíamos, e o Paulo não perde a oportunidade de fazer uma brincadeira comigo.

— Então podemos nos encontrar em outro momento?

— Sim.

— Combinado. Ligo para você na sexta para sairmos.

— Sem problemas. Aguardo sua ligação.

Os quatro esperaram Paulo e Augusto entrarem na sala de embarque e foram juntos para o estacionamento. Ângelo disse a Roberto:

— Senhor Roberto, seu filho tem um futuro promissor. Espero manter a editora para tê-lo trabalhando comigo.

— Não precisa me chamar de senhor. Afinal não sou tão velho assim — respondeu Roberto rindo. — Você precisa de aporte de capital para a editora?

— Não exatamente. Preciso descobrir um bom escritor e um bom texto para publicar e levantar a editora.

Suzana, que estava atenta à conversa, perguntou:

— Com tantos escritores no Brasil, é assim tão difícil? É preciso trazer alguém de fora?

— É, Suzana. Posso chamá-la assim?

— Claro.

— O editor procura esses talentos. E os editores que estavam trabalhando comigo não tinham essa disposição. Queriam publicar apenas livros comerciais. Não tenho nada contra os autores que escrevem livros assim, mas quero mais da minha editora. Quero trabalhar com escritores como José Saramago, Inácio de Loyola Brandão, Cristovão Tezza, quero publicar clássicos da nossa literatura, da literatura portuguesa. Autores como Fernando Pessoa não podem ser esquecidos.

— Mas tem mercado para esses autores? O brasileiro tem a fama de não gostar de ler, né? — perguntou Malu.

— Não é bem assim. Os leitores querem livros bem-feitos, com qualidade, sem erros de grafia. Boas histórias que vão entretê-los enquanto seguem para o trabalho, por exemplo. E é isso que eu quero trazer para minha editora.

Roberto incentivou o rapaz:

— Acredito que você vai conseguir. É jovem e não está procurando só o caminho mais fácil. Está pensando em qualidade e no bem-estar das pessoas. Meu filho gosta de ler, de pesquisar. Acredito que essa parceria trará bons frutos.

— Assim espero. Acredito no talento de Augusto.

— Bom, Ângelo, chegamos, nosso carro está aqui. Foi um prazer conhecê-lo e desejo-lhe sucesso.

— Obrigado, Roberto. Adeus, Suzana.

Ao despedir-se de Malu, Ângelo falou:

— Eu ligo para você na sexta, está bem?

— Sim, até sexta.

Quando estavam voltando para casa, Roberto perguntou a Malu:

— Até sexta?

— É, papai. Ele vai me ligar na sexta-feira, e vamos sair juntos. Talvez um cinema.

Roberto olhou para Suzana e sorrindo disse para a esposa:

— Já vi tudo.

— Já viu tudo o quê? — perguntou Suzana.

— Nossos filhos foram para a Europa, e Malu logo nos deixará.

— Que exagero, papai. Vamos sair na sexta-feira para um primeiro encontro.

— É, veremos. Do jeito que esse moço é decidido, se esse encontro for bem-sucedido, ele vai pedi-la em casamento brevemente.

— Está bem, papai. Vamos ver. Eu não acredito nisso.

Suzana não respondeu e recordou seu primeiro encontro com Roberto. Eles se casaram seis meses depois.

45

Capítulo 10

No avião, Augusto e Paulo conversavam:

— Augusto, você conhece bem o Ângelo?

— Sei pouco sobre ele. É solteiro, tem 30 anos, é apaixonado pelo que faz. Parece-me que foi noivo ou perto disso. Não sei mais nada. Meu contato com ele é recente, e só tratamos de assuntos profissionais. Não tivemos tempo de sair e bater papo. Por que você está perguntando?

— Eu notei que ele ficou interessado na mana.

— Eu também. Acho que eles se dariam bem. Malu é uma mulher bonita, inteligente, sabe o que quer e sai pouco. Dificilmente a ouvimos falar em ir a uma balada. No máximo, vai ao cinema com a Ana Paula.

— Elas são amigas desde crianças. Lembra-se das tranças da Ana Paula?

— Lembro sim, nós vivíamos implicando com ela, chamando-a de Emília. E veja que ela se tornou uma bela moça. Sabe, Paulo, eu achei que você iria namorá-la.

— Com a Ana? Não, Augusto, eu não tenho vontade nenhuma de ter alguém grudado em mim como você tem a Marcela.

— É, Paulo, a Marcela é terrível. Mas ela não era assim quando nos conhecemos.

— Está vendo! Já pensou se a doce Ana Paula vira uma chata? Eu fico sem a namorada, e a Malu sem a amiga. É melhor ficar como está.

Rindo, Augusto respondeu:

— Você ainda não se apaixonou. Quando isso acontecer, não vai se preocupar se a garota é amiga ou não da Malu, se ela vai mudar, ou qualquer coisa parecida.

— Você se apaixonou pela Marcela?

— No início do nosso namoro sim. Eu estava deslumbrado com ela. Hoje não sei mais. Estou cansado das discussões, das cobranças, acho que não existe amor que aguente tanto problema. Veja nossos pais, quer dizer Suzana e Roberto, estão juntos há trinta anos e não os vejo discutindo, brigando por qualquer bobagem.

— Augusto, não faça isso.

— Isso o quê?

— Chamá-los de Suzana e Roberto, eles são nossos pais, e nada vai mudar isso.

— Você não se importa de saber que não somos irmãos?

— Você fala tanto que a Marcela é infantil, mas está bancando o criança. É lógico que não me importo. Crescemos juntos. Você é e sempre será meu irmão mais velho. Pare de ver problemas que não existem. E não vou ficar repetindo toda hora que somos irmãos. Você é quem tem que acreditar nisso. Já pensou se mamãe ouve você falar assim? Pense nisso: eles poderiam ter entregado você a um orfanato qualquer ou o abandonado quando eu e a Malu nascemos, no entanto, o que fizeram? Cuidaram de você, deram-lhe amor, estudos, alimentação, cuidados médicos, quando foi preciso. Não entre nesse processo de autopiedade, você não precisa disso.

— Desculpe, Paulo, não sei por que falei isso. Desde que eu soube da adoção, não conversei com ninguém sobre esse assunto. Não consigo conversar com a Marcela, e tocar nesse assunto com papai e mamãe é muito difícil, cara. Eu sei que sou adulto, porém, isso mexeu muito comigo. É complicado saber que tem um segredo em algum lugar sobre mim. Um passado desconhecido de todos.

— Não se preocupe com isso. Neste momento, você está trabalhando no que sempre quis, está fazendo uma viagem para realizar pesquisas sem precisar se preocupar com os custos. Aproveite esse momento e deixe a questão da adoção para papai. Tenho certeza de que ele vai encontrar seus pais biológicos, mesmo que isso seja difícil para ele.

— Obrigado, Paulo, perdoe-me o desabafo, mas foi bom falar com você. Eu estou só pensando em mim e não me preocupei em saber como será difícil para o papai buscar essa verdade.

— Augusto, nenhum de nós sabe como reagiremos diante da verdade. Vamos seguir nossas vidas e deixar o tempo passar. Só ele poderá nos mostrar o que queremos saber. Lembre-se do ditado de que tudo tem seu tempo. Você veio viver conosco por algum motivo. Em breve, saberemos a razão de tudo isso.

— Você fala como a mamãe.

— É, eu tenho lido alguns livros dela. Não consigo me apegar a uma religião, mas gosto do que ela lê. Muitas vezes, encontro nesses livros explicações para minhas dúvidas existenciais.

— Agora você está filosofando. Vamos assim até Milão?

— Se você ficar depressivo, sim.

— Ah! Hora do jantar, que tal uma taça de vinho, Augusto?

— Boa ideia, Paulo.

E assim, os dois irmãos seguiram conversando. A amizade entre eles era muito forte e, embora Paulo fosse um pouco mais novo que Augusto, compreendia o que o irmão estava sentindo, porém, não queria vê-lo preocupado, tinham muito o que fazer e só ficariam na Itália por três meses.

Depois de algum tempo, Augusto comentou:

— Paulo, Ângelo me pediu para procurar uma escritora brasileira radicada na Itália, Maria Domenico, você já ouviu falar dela?

— Não. É incomum uma brasileira radicada na Itália. Tenho alguns amigos descendentes de italianos que não conseguem obter a cidadania. Há quanto tempo será que ela está lá? Como vocês a encontraram?

— Um editor italiano que estava em contato com Ângelo falou dela. Ela escreveu um romance e só. Agora está pesquisando sobre lendas irlandesas.

— Mamãe estava lendo um livro sobre lendas, não me lembro do nome.

— Fiquei curioso para conhecê-la.

— Ah! Adeus Marcela!

— Não brinque, pelo que Ângelo falou, ela tem em torno de quarenta e poucos anos.

— É mais nova que a mamãe. Se estiver bem como nossa mãe, eu também gostaria de conhecê-la.

— Você é uma figura. Acha que ela vai se interessar por um pirralho feito você?

— E por que não? Afinal, tenho 24 anos.

— Grande coisa. Vamos, Paulo, chega de graça. É melhor pararmos de falar ou as pessoas que estão à nossa volta vão reclamar que não conseguem dormir por nossa causa.

— Está bem. Mas não vou esquecer facilmente da sua escritora.

Quando desembarcaram em Milão, logo avistaram o amigo de Paulo que os esperava:

— Olá, Paulo, há quanto tempo! Fizeram boa viagem?

— Oi, Celso, foi tudo bem. E, você, como está? Este é meu irmão Augusto.

— Muito prazer.

— Prazer em conhecê-lo e obrigado por nos receber.

— O prazer é meu, faz tempo que não recebo ninguém do Brasil. Vocês reservaram hotel? Se não, podem ficar hospedados em minha casa.

— Não vamos incomodá-lo?

— De modo algum. Eu e Flávia estávamos preparados para recebê-lo. Acomodar Augusto não será difícil.

— Quem é Flávia?

— Minha esposa. Ela é italiana, mas fala muito bem português. Não precisam se preocupar.

— Eu não sabia que você tinha se casado.

— Casei-me há seis meses. Como falávamos sobre trabalho, acabei não comentando. Vocês vão gostar dela, e terão oportunidade de conhecer toda a família. Eles são muito hospitaleiros.

— Conte como você a conheceu — incentivou Paulo.

49

— Eu fiz um passeio turístico para conhecer Pompeia, e ela estava no mesmo *tour*. Foi ótimo porque ela estuda arqueologia, então, o passeio foi completo. Enquanto a guia falava com o grupo, ela ia me explicando outros detalhes.

— Você disse que ela fala português?

— Sim, ela esteve no Brasil com os pais e ficou encantada com nosso país. Resolveu aprender português para voltar lá e estudar a nossa cultura. Ela quer saber o que encantou os italianos que vivem no Brasil.

Augusto, que até aquele momento não havia dito nada, comentou:

— Celso, eu ficarei com vocês apenas por alguns dias. Preciso ir a Roma, a Verona e a Nápoles. Eu gostaria de viajar de trem. Você pode me auxiliar?

— Claro, Augusto. Faremos um pequeno roteiro com os horários de trens e dicas de hotéis ou pousadas, como você preferir. As viagens de trem são muito agradáveis.

— Ótimo. Quero partir na segunda-feira.

Quando chegaram à casa de Celso, Paulo reparou na estrutura do prédio. Pequeno, quatro andares, sendo dois apartamentos por andar. Olhando de fora, a aparência era de um prédio antigo. Entrando no apartamento, via-se uma arquitetura moderna, cômodos grandes. Ele não se conteve e disse:

— Celso, olhando de fora não se tem ideia de como seu apartamento é bonito, funcional e decorado com extremo bom gosto.

— Paulo, você verá muito disso por aqui. Há alguns prédios que parecem precisar de reformas urgentes, mas por dentro está tudo na mais perfeita harmonia.

Flávia entrou no apartamento logo em seguida e disse:

— *Ciao, come stano*?

— *Ciao, bene, grazie* — respondeu Augusto.

Celso interveio dizendo:

— Flávia, pode falar em português, esses são os amigos brasileiros de quem lhe falei.

— Ah! Muito prazer. Fizeram boa viagem?

— Sim — disseram os irmãos ao mesmo tempo.

Paulo adiantou-se:

— Muito prazer, meu nome é Paulo, e esse é meu irmão Augusto.

Celso completou:

— Augusto ficará conosco até segunda-feira, e Paulo se hospedará aqui durante o curso de restauração. Acho que eles ficarão melhor conosco do que em um hotel.

— Claro, você tem razão. Meu marido falou de vocês, e eu fiquei interessada no seu trabalho, Paulo. A restauração é uma obra de arte. Por que você se interessou por esse assunto?

— Meu pai tem uma construtora. Eu sempre visitei as obras e acho-as frias. Prédios enormes, com apartamentos pequenos, sem vida. Por outro lado, algumas pessoas preferem reformar suas casas porque nelas viveram os pais, avós, antepassados. Quando entro numa casa dessas, sinto que existe ali uma história que precisa ser preservada. Por isso, quero saber mais sobre esse assunto. Quero entender a "alma" das casas.

— E você, Augusto, o que o trouxe à Itália?

— Meu mestrado e um trabalho de contato com editores daqui para levar um pouco da literatura italiana para o Brasil.

Celso interrompeu a conversa dizendo:

— Flávia, vou levá-los para o quarto de hóspedes. Por gentileza, prepare um lanche para nós. Eu falei tanto da hospitalidade italiana, e estamos aqui fazendo um monte de perguntas a duas pessoas que viajaram doze horas de avião.

— Nossa. É verdade, me desculpem, vou preparar um lanche para nós. Até já.

Celso acomodou os dois irmãos em um quarto amplo, com janelas altas e uma bela vista da cidade. Eles preferiram usar um só dormitório para não dar muito trabalho para Flávia.

— Ela cuida de tudo sozinha? — perguntou Paulo.

— Não, tem uma jovem que ajuda na limpeza e cuida da roupa. A comida nós dois preparamos, depende de quem chega primeiro em casa. Como ficamos o dia todo fora, não temos muitos afazeres domésticos. Vou mostrar-lhes o banheiro. Podem ficar à vontade. Se quiserem descansar um pouco, fiquem à vontade.

— Hoje vocês não estão trabalhando?

— Não. Eu avisei na universidade que estava esperando você, e Flávia hoje está de folga. Fiquem tranquilos que está tudo em ordem. Vocês não estão nos atrapalhando em nada.

— Obrigado, Celso — disse Paulo. — Vamos tomar um banho e iremos encontrá-los em seguida.

Quando ficaram sozinhos, Augusto comentou:

— São muito simpáticos. Gostei muito do apartamento. Quando chegamos, a impressão exterior do prédio não me agradou.

— Confesso que a mim também não. Mas foi uma grata surpresa. Esse apartamento é quase do tamanho da nossa casa.

— É, Paulo, você tem razão. Agora vamos, não deixemos nossos amigos esperando.

Capítulo 11

No dia seguinte à viagem de Augusto e Paulo, Roberto pediu a Malu que fosse à construtora após as aulas. Ele tinha um encontro com o doutor Monteiro, mas estaria na empresa na hora do almoço.

A filha concordou de imediato, afinal, era a primeira vez que o pai lhe pedia para ir à construtora. Quando ela saiu, Suzana perguntou a Roberto:

— Você e o doutor Monteiro vão ao bispado a que horas?

— Está marcado às 10 horas. Vou à construtora e de lá iremos juntos. Você precisa de alguma coisa?

— Não. Pensei em ir junto, mas acho melhor não. Vou resolver alguns assuntos aqui em casa e depois vou até Escola Panamericana de Artes, quero me matricular no curso de *Design* de interiores. Eu me interessei pelo curso porque é de curta duração, vou ver se consigo me matricular.

— Ótimo ver você animada para alguma coisa nova. Esta casa ficou muito vazia sem os meninos. Malu vai trabalhar comigo. Você ficará sozinha o dia todo.

— Por isso, eu voltarei a estudar. Ficar em casa sozinha vai me deprimir. Me dê notícias assim que possível.

— Fique tranquila, Suzana, tudo vai dar certo.

— Assim espero. Sei o quanto é importante para Augusto conhecer o passado dele, mas não quero perdê-lo.

— Nós não vamos perdê-lo. Confie em mim.

Roberto beijou Suzana longamente. Ela se declarou ao marido:

— Eu amo você, Roberto.

— Também amo você, Suzana. Amo você desde o primeiro dia em que a vi. Confie em mim e não fique se preocupando antes da hora. Tudo vai se resolver. Você verá.

— Está bem. Vou me ocupar da casa e do curso, que pretendo fazer. Ligo para você quando chegar em casa.

— Se eu souber de alguma coisa antes, ligarei para o seu celular. Agora me dê um beijo que vou para a construtora.

Roberto deixou Suzana envolvida com os assuntos da casa e seguiu para a empresa.

Lá chegando, o advogado já estava à sua espera:

— Roberto, para quê isso agora? Você tem certeza de que quer ir ao bispado procurar esse convento?

— Sim. Preciso descobrir quem são os pais de Augusto e o que aconteceu com eles. Meu filho está muito preocupado com isso.

— E se não encontrarmos nada?

— Vamos encontrar, Monteiro, vamos encontrar. Agora, me dê alguns minutos e iremos ao bispado.

***

Mais tarde, Roberto e o doutor Monteiro chegaram ao prédio da diocese no horário marcado. Foram atendidos por um seminarista, que os levou à presença de dom José.

— Bom dia, em que posso ajudá-los?

Roberto foi o primeiro a falar:

— Dom José, há vinte e cinco anos um bebê foi deixado à porta da minha casa dentro deste cesto. Eu e minha esposa nos encantamos com a criança e a adotamos como nosso filho legítimo. Ele se chama Augusto e encontrou esse cesto há alguns dias, ele nos questionou e lhe contamos sobre a adoção.

Dom José perguntou:

— Ele revoltou-se?

54

— Não — respondeu Roberto. — Mas ele quer saber quem são seus pais verdadeiros e por que foi dado em adoção. Ele quer conhecer o passado.

— E por que vocês não contaram a verdade a ele antes?

— Porque não havia necessidade. Augusto é fisicamente diferente dos irmãos, mas para mim e minha esposa, ele é nosso filho como os outros.

Dom José respirou fundo e disse:

— Meu filho, houve um incêndio há uns vinte anos. Graças a Deus não houve vítimas, mas tudo foi destruído. O convento abrigava vinte freiras, que foram enviadas para suas cidades de origem.

— O senhor se lembra onde ficava o convento?

— Em Jundiaí. Acredito que se vocês forem até lá e se informarem na prefeitura ou com moradores mais antigos, obterão alguma informação. Não temos nada do convento. Apenas a relação com o nome das freiras que ali estavam, no dia do incêndio, e as cidades para onde foram transferidas.

— Estão todas vivas? — perguntou doutor Monteiro.

— Não sei dizer. Algumas eram idosas, outras abandonaram o hábito e não soubemos mais notícias. Seria necessário procurar uma a uma para saber o que se lembram desse fato, e quais ainda estão vivas. Sinto muito não poder ajudá-los mais.

Roberto respondeu:

— Suas informações nos ajudaram sim. Muito obrigado, dom José. Até logo.

Após a saída de Roberto e do doutor Monteiro, dom José comentou com o seminarista que o auxiliava:

— Estranho, é a segunda vez este mês que me procuram para falar sobre o convento.

O seminarista perguntou:

— O senhor disse isso a eles?

— Não, Ademir, não disse nada. Podem estar procurando o convento por motivos diferentes. Vamos aguardar. Se forem a Jundiaí, nós saberemos.

***

Enquanto isso, doutor Monteiro perguntava a Roberto:

— Roberto, qual o próximo passo? Iremos a Jundiaí?

— Amanhã mesmo. Você me acompanhará?

— Sim, vou acompanhá-lo em tudo o que você precisar. Sei como é importante tranquilizar Augusto.

— Obrigado, Monteiro. Sairemos amanhã às 9 horas.

— Perfeito. Esperarei você no escritório. Até amanhã.

— Até amanhã, Monteiro.

Chegando ao escritório, Roberto encontrou Malu, que o esperava com certa ansiedade. O empresário respondeu alguns recados que estavam sobre sua mesa e convidou a filha para almoçar. Durante o almoço, Roberto iniciou a conversação:

— Malu, você sabe que preciso preparar alguém para me substituir na administração da construtora.

— Sim, papai, mas você ainda é jovem, não acredito que deixe de trabalhar tão cedo.

— Não estou pensando em parar, talvez diminuir um pouco o ritmo, mas preciso ter alguém cuidando de tudo o que construí. Augusto está trabalhando na editora e não tem o menor interesse. Ele deixou isso bem claro quando escolheu estudar jornalismo. Paulo quer trabalhar com restauração de imóveis. E você está terminando o curso de engenharia. Assim, tenho pensado se você gostaria de vir trabalhar comigo a partir de agora. Você me acompanhará nas obras, conhecerá nossos projetos, fornecedores, empreiteiros, enfim, tudo o que está ligado à nossa construtora.

— Puxa, papai, seu convite é irrecusável. Estou terminando a faculdade e acompanhá-lo nesse trabalho será ótimo.

— Quando você concluir a faculdade, poderá criar seus próprios projetos. Seu irmão Paulo acredita que você será minha substituta naturalmente.

— Paulo sempre me incentivou a estudar engenharia. Papai, estou muito feliz que você tenha me convidado para trabalhar com você. Darei o melhor de mim, não vou decepcioná-lo.

— Tenho certeza de que não. Vamos terminar de almoçar e voltar para a construtora, assim, começaremos hoje mesmo a trabalhar juntos. Você tem algum compromisso agora à tarde?

56

— Não, papai, e mesmo que eu tivesse, cancelaria. Estou ansiosa para trabalhar com você.

— Ótimo. Você quer sobremesa?

Capítulo 12

    Roberto levantou-se cedo para o encontro marcado com o doutor Monteiro. Tomou café com Suzana e Malu e informou as duas de que passaria o dia todo em Jundiaí.

    — Malu, quando você for à construtora, peça a Carmem para levá-la ao departamento de compras, para você ir se familiarizando com nossos fornecedores. Eugênio, nosso comprador, já está avisado de que você irá ao setor dele hoje.

    — OK, papai, estarei na construtora logo após o almoço.

    — E você, Suzana, não quer mesmo ir comigo?

    — Não, Roberto, hoje à tarde tentarei falar com Marcela para saber como ela está.

    — Você é quem sabe. Estou indo, bom dia para vocês duas.

    Assim que Roberto saiu, Malu perguntou à mãe:

    — Mamãe, você acha que deve ligar para Marcela? Ela pode tratá-la mal.

    — Não acredito nisso. Ela convive conosco há três anos. E, se ela me maltratar, eu saberei me defender, fique tranquila. A propósito, não é hoje que você vai se encontrar com o Ângelo?

    — É sim, ele vem me pegar às 20 horas para irmos jantar. Se papai não voltar, me avise, peço a ele para me trazer cedo para casa.

— Não, saia com ele e volte na hora que você quiser. Vocês são adultos. Eu vou ficar bem. Tenho uma pesquisa para fazer, vou aproveitar que vocês não estão e cuidar dela.

— Está bem, mamãe, até mais.

— Até, boa aula e bom trabalho.

Suzana aproveitou a manhã para fazer compras e ligar para Marcela:

— Marcela, é Suzana, como você está?

— Como você acha que posso estar depois do que seu filho fez?

Respirando fundo, Suzana respondeu:

— Você está falando da viagem ou da discussão que tiveram?

— De tudo, daquela viagem estúpida, da briga que tivemos, de pedir um tempo no nosso namoro. Suzana, ele não podia me abandonar assim.

— Marcela, ele não abandonou você. Ele está trabalhando. Você deveria estar feliz por namorar um rapaz responsável, preocupado com o futuro.

— Não adianta, Suzana, você não vai me convencer de que o único motivo que Augusto tinha para essa viagem era o trabalho.

— Bem, pensei em convidá-la para um lanche hoje à tarde, o que acha?

— Não, Suzana, eu seria uma péssima companhia. Qualquer dia eu ligo para você, e saímos para conversar.

— Você é quem sabe. Pode me ligar quando quiser. Até logo.

— Adeus, Suzana.

Como Malu previra, a mãe ficou aborrecida com a namorada do filho, porém, concentrou-se na pesquisa que queria fazer e esqueceu Marcela por algumas horas. Ela não conseguia entender por que Marcela estava tão revoltada. Ela e o filho não estavam noivos ou casados para Marcela sentir-se abandonada daquele jeito. Suzana ainda estava pensando na moça quando ouviu a voz de Malu:

— Mamãe, cheguei, estou atrasada, vou tomar um banho. Você recebe o Ângelo para mim?

— Você está bem atrasada, Malu. Pode ir se arrumar que eu faço companhia para o rapaz.

— Eu fiquei tão absorvida no trabalho que não vi a hora passar.

— Você vai acabar ficando igual ao seu pai. A campainha está tocando, deve ser seu convidado.

— Oi, Ângelo, boa noite, entre, Malu está atrasada.

— Boa noite, Suzana, espero que não tenha havido nenhum contratempo sério.

— Não, fique sossegado, depois ela conta para você o que aconteceu. Quer tomar um suco ou um refrigerante enquanto espera?

— Não, obrigado.

Enquanto eles conversavam, Roberto chegou.

— Boa noite, Ângelo. Puxa, hoje é sexta-feira, e eu tinha esquecido de que você e Malu vão sair. E a propósito, onde ela está?

— Sua filha está atrasada. Ela ficou trabalhando até tarde e perdeu a hora.

— Já estou aqui, mamãe. Oi, Ângelo, desculpe-me pelo atraso, no caminho para o restaurante eu conto para você as novidades. Tchau, mamãe, tchau, papai.

— Tchau. Divirtam-se.

— Até logo, Suzana e Roberto.

— Até mais, Ângelo. Cuide bem da minha filha, hein?

— Fique tranquilo, Roberto. Vou trazê-la sã e salva.

Todos riram da expressão do rapaz. Assim que eles saíram, Suzana sentou-se no sofá ao lado do marido e perguntou:

— Então, como foi em Jundiaí? Você conseguiu saber alguma coisa?

— Suzana, foi difícil. Na prefeitura, ninguém sabia dar informação, queriam saber por que estávamos procurando o convento, se estávamos interessados no terreno, mas falar especificamente sobre o convento ninguém sabia. Fomos até a igreja, e o padre não estava. Informaram que ele tinha viajado para São Paulo e só voltaria no final da tarde. Conseguimos saber onde ficava o convento, fomos até o local, e lá não tem nada. Só um terreno abandonado. Tentamos com os vizinhos, mas eles alegam que moram lá há pouco tempo, só sabem que

60

o convento pegou fogo. Não encontramos nenhuma pessoa de idade para perguntar sobre o convento. Na volta, paramos para almoçar numa lanchonete simpática, pertencente a um italiano que mora há mais de trinta anos ali. Ele falou do incêndio, mas não soube dizer muito mais. Ele tem uma vinícola, comprei uma garrafa de vinho para você experimentar. A fabricação é artesanal. O curioso é que ele tinha olhos verdes, muito parecidos com os de Augusto. Sabe aquele jeito do nosso filho de olhar fixamente quando estamos conversando? O homem olhava da mesma forma.

— Você perguntou o nome dele?

— Sim, ele disse que se chama Domenico. Quando eu ia perguntar se ele tinha conhecimento de crianças que poderiam ter nascido naquele convento e dadas em adoção, alguém o chamou e não o vimos mais.

— Meu bem, você falou que ele tem uma vinícola? Você olhou o rótulo da garrafa?

— Não, o que tem?

— Vinho tinto importado da Vinícola Domenico SPA – Toscana – Itália.

— Você tem razão, que coisa estranha. Ele falou que tinha um vinhedo, e eu deduzi pelo tipo de lugar que o vinho era fabricado ali.

— Você falou que era uma lanchonete?

— Sim, como aquela que tem no caminho de Campos do Jordão, onde nós paramos na última vez em que estivemos lá.

— Roberto, aquilo não era uma lanchonete. Era um pequeno restaurante, com vários produtos produzidos ali, com uma boa infraestrutura para atender turistas.

— É, a do italiano de Jundiaí é muito parecida.

— Então, acho que devemos ir a Jundiaí este fim de semana, que tal?

— Acho sua ideia ótima. Meu amor, como é bom ser casado com uma mulher detalhista. Eu jamais repararia no rótulo como você fez.

— Isso é um elogio?

— É mais que isso, eu amo você, sabia?

— Eu também te amo. Você quer jantar?

— Tenho uma ótima ideia. Que tal sairmos para jantar e namorar um pouco? Faz tempo que não fazemos isso.

— Ótima ideia. Vou me arrumar.

— Eu também. Vou tomar um banho para tirar o cansaço. Mas antes me dê um beijo, acho que eu mereço depois do dia de hoje.

Assim abraçados, Roberto e Suzana foram se arrumar para sair e aproveitar a noite.

Capítulo 13

Ângelo e Malu conversaram sobre diversos assuntos, ela contou-lhe sobre o trabalho na construtora, e ele incentivou-a a seguir em frente. O rapaz começou a trabalhar muito jovem no jornal do pai, mas preferia o trabalho na editora. Estava ansioso para que Augusto conseguisse fazer todos os contatos que ele tinha pedido.

A conversa transcorria fácil entre os dois, até que Malu perguntou:

— Ângelo, até agora nós só falamos de trabalho. Que tal você me contar um pouco da sua vida para eu conhecê-lo melhor?

— Você tem razão, eu falo tanto em trabalho que esqueço que existem outras coisas. O que você quer saber?

— Hum! O que você faz quando não está trabalhando, se você gosta de cinema, teatro, se já foi casado, essas coisas.

— Muito bem, tenho 30 anos, nunca fui casado, mas fui noivo. Meu noivado terminou há quatro anos. Não tenho filhos. Gosto de ir ao cinema, ao teatro preciso de uma motivação, gosto muito de ler, gosto de viajar, embora ultimamente não tenha havido tempo para isso. Pronto, já falei de mim. E você?

— Posso perguntar por que seu noivado acabou?

— Pode. Nós namoramos durante cinco anos. O nome da minha noiva é Marília.

Quando meu pai morreu, deixou-me o jornal e a editora. Eu precisei tomar conta de tudo, sou filho único, e minha mãe ficou muito deprimida com a morte de papai. Meu pai faleceu dois meses antes da data marcada para meu casamento. Ele teve um infarto fulminante. Pedi a Marília que adiássemos o casamento até que eu conseguisse colocar tudo o que papai deixou em ordem. Ele não me deixou uma fortuna para administrar, ele me deixou duas empresas e algumas dívidas. Eu não consegui dar conta de tudo e cuidar dos preparativos do casamento. Marília me deu um ultimato: "ou nos casávamos na data marcada ou não nos casaríamos mais". Eu não aguentei, esperava que ela me ajudasse, que ela compreendesse que eu estava passando por um momento difícil na minha vida. Eu não tinha muita experiência nos negócios. Quem me ajudou muito foi o redator-chefe e sócio do jornal, o Maurício, e alguns funcionários muito dedicados a papai. Alguns empregados pediram demissão porque achavam que eu não conseguiria tocar o jornal e a editora. E assim eu lutei muito nos últimos quatro anos para manter o meu patrimônio. E continuo lutando, quero manter o jornal, mas quero também manter a editora. Então, para que tudo funcione, tenho trabalhado muito. Não tenho tido tempo para sair ou viajar.

— Você não teve outras namoradas nesse período?

— Não, Malu. Às vezes, eu saía com alguns amigos, mas eram momentos raros. Eu trabalho de doze a quinze horas por dia, não tenho ânimo para sair.

— E o que você viu em mim? Você me pareceu bastante seguro quando me convidou para sair.

— Malu, eu não sei direito o que aconteceu. Eu fiquei olhando para você e o convite para sair foi imediato. Confesso que estava esperando com certa ansiedade pela noite de hoje. Você tem um jeito diferente, um modo de olhar quando fala com a gente que cativa. Eu pensei que você tivesse namorado.

— Não tenho. Tive alguns namorados, mas nada sério. Eu quero estudar, quero trabalhar, se me prender a alguém, acho que não consigo fazer nem uma coisa nem outra.

— Então não tenho nenhuma chance?

— Eu não disse isso. Você é diferente. É mais velho do que eu, tem um objetivo de vida, é determinado. Eu não namoraria alguém da minha idade que está esperando o pai presenteá-lo com um carro quando ele terminar a faculdade. Essa não é minha realidade. E muitos dos meus amigos acham que eu sou apenas a filha caçula do dono de uma construtora. Que estou estudando para passar o tempo. O fato de ser mulher atrapalha, alguns colegas de faculdade me olham como se perguntassem "o que essa garota está fazendo aqui?". Estamos em 2008, e eu ainda escuto isso.

— Malu, eu não sei dizer se estou apaixonado por você. Sei que sua companhia me faz muito bem. Acho que eu nunca passei tanto tempo conversando com alguém. Vamos voltar a nos ver e deixar o tempo passar. Nós dois precisamos trabalhar, entendemos como isso é importante, mas também merecemos uma folga. O que você acha?

— Acho que será ótimo. Você é uma ótima companhia. E vou dizer uma coisa que eu não disse a ninguém: não sei o que me fez aceitar seu convite e não me arrependo.

— Vou considerar isso um elogio. Você quer ir para casa ou vamos a uma balada?

— Eu prefiro ir a um barzinho na Vila Madalena, assim podemos ouvir música e conversar, o que você acha?

— Ótima ideia. Vou pedir a conta, e vamos para lá.

— Você quer dividir a conta? Estou acostumada a fazer isso com meus amigos.

— Não, para essas coisas sou antiquado. Não me sentiria bem dividindo a despesa com você.

— Não seja bobo, isso não se usa mais. Fazemos assim, você paga o jantar, e eu pago a despesa do barzinho.

— OK. Desde que a despesa do barzinho não ultrapasse a do restaurante.

Rindo, os dois jovens saíram do restaurante de mãos dadas conversando sobre qual barzinho iriam.

Capítulo 14

Na Itália, Augusto e Paulo estavam animadíssimos com o que estavam vendo. Celso e Flávia eram ótimos guias. Os rapazes aproveitaram a folga para conhecer a cidade, saborear a comida italiana, conhecer os pais de Flávia. Paulo estava encantado com a arquitetura. Alguns prédios ainda possuíam abrigos antiaéreos.

Enquanto Flávia e Paulo discutiam arquitetura, Celso e Augusto montavam o roteiro que ele deveria seguir nos próximos dias. Celso queria tornar a viagem de Augusto agradável e procurava indicar os pontos mais importantes para que ele se localizasse nas cidades que visitaria. Embora Augusto falasse muito bem a língua italiana, ele estava viajando como turista e poderia ser abordado por um policial para explicar onde estava hospedado, o país de origem e o que estava fazendo ali.

As leis de imigração estavam sendo muito rigorosas com estrangeiros, consequência de muitos indivíduos ilegais no país, e Celso não queria que o amigo tivesse problemas.

Augusto perguntou a Celso algumas indicações de lugares para comprar livros, o que foi prontamente respondido pelo anfitrião:

— Augusto, podemos comprá-los numa loja de departamentos ou numa feira de livros que tem na praça aqui perto. Os livros são ótimos, e os preços também. Você está procurando algum em especial?

— Sim e não. Quero conhecer um pouco os autores italianos, em especial Maria Domenico. Você já leu alguma coisa dela?

— Eu não, mas acho que Flávia sim.

— Vocês estavam falando de mim? — perguntou a moça.

— Augusto está procurando um livro da autora Maria Domenico. Você conhece?

— Conheço sim. Se não me engano, é uma brasileira radicada aqui na Itália.

— É isso mesmo — disse Augusto. — Preciso conversar com ela, e seria melhor fazê-lo depois de ler o que ela escreveu.

— Eu li, mas meu livro está emprestado. Podemos ir à feira de livros, e você compra um exemplar, quer ir?

Celso retrucou:

— Eu acabei de dizer a ele que deveríamos ir até lá. Então, vamos!

Os quatro foram à feira, e Augusto encontrou os livros que procurava, menos o de Maria Domenico.

— Ela escreveu quantos livros? — o rapaz perguntou ao vendedor.

— Apenas um. Mas está esgotado.

— Não haverá novas reimpressões? — perguntou Flávia.

— Não sabemos, senhora. A editora não nos deu nenhuma data para isso.

Flávia disse a Augusto:

— Vou pedir que me devolvam o livro e envio para você, que o receberá no seu hotel.

— Sobre o que ela escreve?

— É um romance. Uma história bonita sobre uma mulher que entrega o filho para adoção. É comovente.

— É a história dela?

— Não. Segundo ela, é baseada na vida de uma amiga muito querida que morreu após o parto. Com base nessa história, ela criou *A voz do coração*. Por que você achou que seria a história dela?

— Não sei, foi uma pergunta à toa.

— Quem sabe quando falar com ela saberá a verdade sobre a origem do livro.

67

— Seria ótimo. Mas primeiro preciso ler o livro.

Celso interrompeu:

— Pessoal, é melhor irmos embora. Está quase na hora de pegarmos o metropolitano.

Os amigos continuaram conversando e rindo e não perceberam que Augusto não estava com a mesma empolgação que eles. Foi Flávia quem chamou a atenção de todos já dentro do trem:

— Tudo bem, Augusto? Você ficou calado de repente.

— Está tudo bem, estou um pouco cansado. Amanhã sigo viagem e começo a executar meu trabalho. Estava pensando nisso.

Celso disse:

— Ainda bem, pensei que você estava cansado da gente.

— Não — disse Augusto. — Vocês são ótimas companhias. Não se preocupem comigo.

Paulo olhava para Augusto e nada disse. Sabia que o irmão tinha ficado apreensivo com a história da escritora brasileira. Quando ficaram a sós, Paulo retornou ao assunto:

— Augusto, você achou que poderia ser a sua história?

— Por um momento, sim, acho que estou ficando maluco. Enquanto papai não me der notícias, fico imaginando o que pode ter acontecido. O que será que houve com meus pais verdadeiros? Isso é angustiante.

— Augusto, procure relaxar. Amanhã você começa sua viagem para as pesquisas e precisa procurar os editores indicados por Ângelo. Acalme-se, ou você não conseguirá fazer nada.

— Você tem razão. Vou tomar um banho e dormir. Avise nossos anfitriões, eu preciso descansar.

— Não se preocupe, falarei com eles. Agora, descanse, amanhã você terá um dia cheio.

— Obrigado, mano.

— Não tem de quê. Durma bem.

Capítulo 15

No domingo, Roberto e Suzana levantaram-se cedo para ir a Jundiaí. Eles conversaram com Malu, que achou a ideia ótima, mas não quis acompanhá-los. Iria almoçar com Ângelo.

Quando chegaram ao estabelecimento, Roberto não viu o senhor com quem conversara. Então, o casal pediu um sanduíche e foi acomodar-se a uma das mesas do lugar, esperando que o homem aparecesse.

Passado algum tempo, uma senhora, que os observava, aproximou-se e perguntou:

— Vocês não são daqui?

Roberto respondeu:

— Não, somos de São Paulo, estive aqui na sexta-feira e comprei uma garrafa de vinho. Eu e minha esposa gostamos muito da bebida e viemos comprar mais.

— Ah! É só por causa do vinho que vocês estão aqui?

— Não entendi por que a senhora está nos fazendo essa pergunta — disse Suzana.

— Domenico é um bom homem. Já sofreu muito e hoje vive sozinho. A mulher dele morreu há alguns anos, e ele não quer morar com o filho enquanto não encontrar o neto.

— E por que a senhora está nos contando isso?

— Porque vi o senhor perguntando sobre o convento na cidade e depois o vi fazendo perguntas sobre o lugar a Domenico.

Suzana estremeceu e disse:

— A senhora nos contaria a história do senhor Domenico?

— Não tenho autorização para isso. Não conheço vocês nem sei que interesse possam ter na história dele. Repito: ele sofreu muito, não é justo fazê-lo relembrar o passado. Se vocês vieram para saber sobre ele, já sabem, agora, por favor, vão embora.

Roberto, aborrecido, respondeu:

— A senhora disse bem, não nos conhece, portanto, não pode nos julgar. Estamos procurando o convento sim, mas não temos intenção nenhuma de aborrecer o senhor Domenico. Por que nessa cidade ninguém fala sobre o convento? Será que as freiras fizeram algo tão terrível que todos têm medo de falar sobre o assunto?

— Elas não fizeram nada de mau, ao contrário, ajudaram muitas jovens que as procuravam quando estavam grávidas e não tinham para onde ir.

— Então, por que ninguém fala sobre o convento? — perguntou Suzana.

— É uma longa história.

— Não temos pressa, podemos ficar aqui o dia todo ouvindo sua história — retrucou Roberto.

— Hoje, eu não posso falar. A história não é minha, porém, posso levá-los a quem sabe o que houve na época em que o convento incendiou. Venham aqui no próximo sábado, e eu trarei a irmã Tereza para conversar com vocês. Ela poderá contar o que aconteceu.

Roberto perguntou:

— E como confiaremos na senhora e teremos certeza de que no sábado conversaremos com irmã Tereza?

— Seu nome é?

— Roberto.

— E o seu?

— Suzana.

— O meu nome é Ana. Vou trazer a irmã Tereza para conversar com vocês porque acredito que tenham um bom motivo para querer conhecer essa história. Outras pessoas já estiveram aqui perguntando pelo convento, mas não como vocês. Por isso, vou cumprir minha palavra. Hoje não é possível, ela vive em um sítio afastado. Confiem em mim.

Roberto respirou fundo e continuou:

— E o senhor Domenico?

— Ele faz parte dessa história. Façam o que eu estou pedindo, vocês não vão se arrepender.

Dessa vez, foi Suzana quem falou:

— Está bem, dona Ana, vamos fazer o que está nos pedindo. Estaremos aqui no sábado, às 10 horas da manhã.

— Aguardarei vocês. Adeus e boa viagem de volta para São Paulo.

Roberto e Suzana responderam juntos:

— Agradecemos sua ajuda, até sábado.

No caminho de volta para casa, Roberto e Suzana conversavam:

— Roberto, o que você achou dessa história?

— Não sei não. Ana parecia estar falando a verdade, mas o que essa irmã Tereza tem para nos contar que ela mesma não podia ter falado? E esse Domenico? Que mistério tem na vida desse homem?

— Bem, vamos voltar no sábado e, se não fomos enganados, saberemos.

— Eu queria dar alguma notícia para Augusto, mas não posso contar-lhe essa história, ele vai ficar ainda mais angustiado.

— Podemos dizer a ele o que o bispo disse: que o convento incendiou, e é necessário procurar uma das freiras para saber o que houve. Você não estará mentindo, apenas adiando uma informação.

— Você tem razão, vou ligar para ele hoje mesmo.

— Não vai não. Você esqueceu o fuso horário?

— É mesmo, amanhã falarei com ele. Como será que estão se saindo?

— Amanhã saberemos. Agora quero ir para casa e descansar. A viagem não é longa, mas é cansativa.

— Você vai falar com a Malu?

— Claro, Roberto, ela não quis vir conosco, mas quer saber o que descobrimos.

— Suzana, e essa história com o Ângelo?

— Ai, Roberto, "essa história"? Hoje foi a segunda vez que ela saiu com ele.

— Sim, mas ele é mais velho do que ela e é o chefe do Augusto. Não sabemos nada sobre ele.

— Olhe, Malu é adulta e sabe muito bem o que faz. Quando chegarmos em casa, conversaremos com ela, e você pergunta sobre o Ângelo. E por falar na Malu, como ela vai indo na empresa?

— Ainda é cedo para fazer um julgamento. Ela é muito interessada em tudo, faz perguntas inteligentes, sabe sobre o que está falando. Não é uma estudante que acha que sabe mais do que os operários. Acho que ela vai se sair bem.

— Que bom. Eu estava com medo de que ela sofresse algum tipo de discriminação por ser mulher.

— Não, Suzana, eu não vou deixar que isso aconteça. E olha que não falo isso porque levei uma bronca do Paulo.

— Uma bronca do Paulo? Você não me disse nada.

— Não tivemos oportunidade de conversar. Ele me deu um puxão de orelhas quando falei que ela era muito nova para trabalhar na construtora. Ele me perguntou que idade eu tinha quando comecei a ajudar meu pai. Não tive como me salvar, eu tinha a idade da Malu, só que era homem. Ele derrubou meu argumento e com toda a razão, ser homem ou mulher não importa. O que conta é ser competente ou não.

— Gostei, darei parabéns ao meu filho tão logo fale com ele. Ainda bem que ele pensa assim. E, você, francamente, usar esse argumento! Você se esqueceu da idade que eu tinha quando nos casamos? Nós trabalhávamos juntos na construtora.

— Você tem razão, foi uma frase impensada. Não se preocupe que não farei isso novamente.

— Assim espero.

Os dois continuaram falando sobre os filhos e os planos que haviam feito para eles.

Chegando em casa, Malu os aguardava ansiosa:

— E então, encontraram o tal Domenico?

— Não, querida, mas conhecemos uma mulher de nome Ana que marcou conosco no próximo sábado, para conversarmos com uma freira chamada Tereza, que conhece toda a história do convento.

— E se ela não for ao encontro? Vocês têm como achá-la?

Roberto respondeu:

— Não, Malu, é uma oportunidade única que não podemos desperdiçar. Agora, se a tal Ana vai ao nosso encontro, não sabemos.

Suzana completou:

— Ela ainda não nos disse nada de importante e não estava disposta a nos contar o que sabia, então, aceitamos o encontro. Vamos ver o que acontece.

— Vocês vão contar para Augusto?

— Não, seu pai vai dizer a ele o que o bispo nos orientou que fizéssemos. Não adianta dar ao seu irmão uma informação que não sabemos se é verdadeira ou não.

— É, mamãe, você tem razão. Precisamos ser cuidadosos ao falar com ele.

— E você, Malu, como foi seu dia?

— Ah, mamãe foi ótimo, fomos almoçar numa cantina italiana, lá no Bixiga. O Ângelo é uma ótima companhia.

— E vocês estão namorando? — perguntou Roberto.

— Papai, estamos nos conhecendo, ainda não dá para falar nada. Vamos ver o que acontecerá nos próximos dias.

— Então vocês marcaram outro encontro?

— Sim, papai, na próxima sexta. Eu tenho que estudar e trabalhar. Ele tem que trabalhar no jornal e na editora, então, resolvemos que nos veremos somente na sexta-feira.

— Está bem, Malu. Se é assim, não vou me intrometer. Não quero que você relaxe nos estudos, hein?

— Fique sossegado, tenho tudo sob controle. E agora, se me dão licença, vou dormir, amanhã terei um dia cheio.

— Boa noite, querida, durma bem — disse Suzana enquanto beijava a filha.

— Boa noite, papai.

— Boa noite, Malu.

73

Capítulo 16

Enquanto no Brasil Suzana e Roberto aguardavam ansiosos o fim da semana para encontrarem-se com a freira Tereza, na Itália, Paulo estudava com afinco para adquirir todo o conhecimento que buscava na arte da restauração.

A escola em que se realizava o curso recebia alunos de todas as partes do mundo. Foi lá que ele conheceu Vanessa, também brasileira, que estava interessada em aprender a restaurar construções antigas.

A amizade entre eles surgiu rapidamente e logo estavam fazendo tudo juntos. Vanessa contou ao rapaz que estava hospedada na casa de parentes do pai dela e que o levaria para conhecê-los.

— Paulo, você vai gostar deles. São napolitanos, e a alegria é o forte da família. São barulhentos, mas muito hospitaleiros.

— Eu estou hospedado na casa de um amigo, você vai conhecê-los. Meu amigo Celso é brasileiro e casado com uma italiana, que aprendeu a falar português porque gosta muito do Brasil.

— Paulo, por que você resolveu fazer esse curso?

— Ah, Vanessa! Eu tenho a sensação de que as casas têm alma. Pode parecer maluquice, mas quando vou reformar um imóvel preciso visitá-lo, fazer um projeto, ouvir o imóvel. Espero que você não me ache um louco.

— Não, não acho você maluco. Eu conheci um estudioso de metafísica que dizia exatamente isso, que quando entramos em algum lugar para reformar ou quando vamos construir uma casa, um barracão, um prédio ou um *shopping* precisamos antes saber o que houve no local escolhido: se alguém, por qualquer motivo, morreu ali, se teve alguma construção que pegou fogo. Enfim, você precisa "escutar" o local que vai modificar. Conhecer a história de quem viveu ali.

— Eu nunca li nada sobre metafísica. Você tem algum livro para me emprestar?

— Tenho sim, é muito interessante. Dizem que na Alemanha, em alguns espaços onde morreram muitas pessoas por causa da guerra, ninguém conseguia viver. As pessoas se sentiam mal. Acredita-se que eram pessoas sensíveis, que captavam a energia do lugar. Imagine construir uma casa em um terreno no qual várias pessoas morreram?

— Vanessa, esse raciocínio tem lógica. Vou me aprofundar nesse estudo. Podemos falar com esse seu amigo?

— É difícil. Ele é um pesquisador, está sempre viajando, a última notícia que tive dele era que estava em Berlim. Quando voltarmos ao Brasil, talvez seja mais fácil localizá-lo.

— Então fica combinado que quando voltarmos ao Brasil o procuraremos.

— Está bem, agora vamos voltar ao nosso trabalho, ainda faltam dois desenhos.

Terminada a aula, Vanessa convidou Paulo para ir à casa de seus tios. Eles o receberam com muita cordialidade, fizeram muitas perguntas sobre o Brasil e sobre o estudo que ele estava fazendo na Itália.

Vanessa auxiliava Paulo que, por não estar familiarizado com o dialeto napolitano, encontrava certa dificuldade em entender o que diziam Genaro e Rosaria, tios dela.

Quando terminaram de jantar, Vanessa acompanhou Paulo até a porta e perguntou:

— E então, o que você achou deles?

— Eu gostei do jeito deles, mas entender o que seu tio fala é difícil.

— Depois que se vive um tempo com eles, fica fácil entendê-los. No começo, eu que falo italiano razoavelmente bem, também tive alguma dificuldade.

— Preciso voltar aqui mais vezes para aprender.

— Pode vir sempre, eles gostaram muito de você.

— Para eu voltar aqui, não é somente eles que precisam gostar de mim.

— Hum! Você só virá se eu convidá-lo?

— Sim, para vir aqui, você me convida; para sairmos, eu convido você. Quer sair comigo amanhã à noite?

— Aonde você vai me levar?

— Não se preocupe, vou encontrar um lugar bem gostoso para irmos. Falarei com Celso e tenho certeza de que ele me ajudará.

— Está certo. Sairemos juntos amanhã à noite.

— Agora, eu vou embora, tenho que caminhar um bom pedaço até a casa de Celso.

— Você pode pegar o ônibus que passa naquele ponto ali adiante.

— Não, Vanessa, prefiro caminhar. Está uma noite agradável.

— Você é quem sabe. Até amanhã.

— Até.

Paulo puxou Vanessa e beijou a moça, que prontamente correspondeu ao beijo.

Quando se separaram, Vanessa disse:

— Você me surpreende sempre.

— Olha, Vanessa, eu nunca acreditei em amor à primeira vista, nunca fui muito de romances, mas você é especial. E acredite, é a primeira vez que sinto por uma mulher o que estou sentindo por você.

— Então estamos perdidos porque eu também estou gostando muito de você.

Paulo beijou-a longamente e, quando se separaram, ele disse com a voz rouca:

— Acho que é melhor eu ir agora. Senão, não conseguirei sair daqui.

— Você está certo, e não quero problemas com meu tio. Nos veremos amanhã.

— Está bem, até lá.

Dizendo isso, Paulo foi embora caminhando e sentindo uma alegria nova para ele. Quando chegou à casa de Celso, o anfitrião logo notou que havia algo de diferente com o amigo:

— Oi, Paulo, o que houve? Nunca vi você assobiando!

— Meu amigo, acho que estou apaixonado.

— Pela Vanessa?

— Sim.

— Você acha, e eu tenho certeza. É só observar vocês dois juntos para notar que se gostam.

— É tão visível assim?

— Sinceramente, eu demorei a perceber, foi Flávia quem me chamou a atenção. Meus parabéns, ela é uma garota linda, educada, inteligente, vocês formam um bonito casal.

— Obrigado, Celso, eu não sabia que demonstrava meus sentimentos tão claramente.

— Quando nos apaixonamos, é assim mesmo.

— Preciso da sua ajuda, quero levá-la para jantar amanhã. Onde podemos ir?

— Tem um restaurante aqui perto chamado La Rotonda.

— Não é uma pizzaria?

— Eles fazem pizza e trabalham com frutos do mar. É um lugar muito procurado por casais e pequenos grupos de amigos. Você vai gostar.

— Precisa fazer reserva?

— Nessa época do ano não. Como vocês vão até lá?

— Acho que vou alugar um carro.

— Você tem carteira internacional de motorista?

— Sim, meu pai convenceu a mim e a Augusto para que tirássemos. Ele achou importante porque poderíamos alugar um carro e viajar pela Itália nos fins de semana.

— Bem pensado. Eu levo você amanhã numa locadora conhecida.

— Não quero dar trabalho. Você me diz aonde é, e eu vou.

77

— Não é trabalho nenhum, passo por ela todos os dias quando vou trabalhar. Podemos sair juntos amanhã, e eu o deixo lá.

— Combinado, Celso. Obrigado.

— Não tem de quê, afinal, para que servem os amigos? E agora, que tal uma dose de limoncello?

— Só um pouquinho senão amanhã não me levantarei cedo.

— Não se preocupe, limoncello é bom para fazer a digestão.

Depois de acompanhar o amigo num cálice da bebida, Paulo foi deitar-se pensando no beijo de Vanessa.

***

No dia seguinte, Augusto ligou para Paulo e soube por Celso que o irmão havia saído para jantar com Vanessa.

— Celso, você está brincando! Paulo foi jantar com essa moça? Vanessa, não é?

— Meu amigo, seu irmão está apaixonado. Quando ele chegar, eu peço que ligue para você.

— Estou surpreso, Paulo sempre brincou sobre isso, me chamava de babaca quando eu ia jantar com uma garota.

— Pois é, só que ela é especial para ele, então, você sabe como nós homens somos: já convidamos para jantar, mandamos flores e fazemos tudo o que jamais faríamos.

— Eu fico contente por ele. Você a conhece?

— Sim, eles estudam juntos. Passam todo tempo que podem juntos. Ela está hospedada na casa de uns tios enquanto faz o mesmo curso que seu irmão. Acho que eles voltarão juntos para o Brasil.

— Minha mãe vai ficar feliz.

— Por que você disse isso?

— Ela estava esperando que eu me casasse esse ano. Só que eu briguei com a garota que estava namorando. Ela tem dito que quer ser avó.

— Acho que todas as mães dizem isso. A minha mãe e a da Flávia também estão sempre nos cobrando. Mas nós queremos estar com uma vida financeira mais tranquila, assim poderemos cuidar bem do nosso bebê.

— Você está certo, Celso. Olha, eu vou desligar. Peça para Paulo me ligar, amanhã viajarei para Modena e de lá sigo para Roma. Diga para a Flávia que ainda não recebi o livro que ela ficou de me mandar.

— Você conseguiu falar com o professor Humberto?

— Não. Ele está na França participando de um congresso. Fiz alguns contatos com editores daqui. Vou ficar dois dias em Modena e depois sigo para Roma.

— É uma pena que você não tenha conseguido falar com o professor Humberto. Ele poderia ajudá-lo muito na sua pesquisa.

— Mesmo assim, minha viagem não foi perdida. Eu conversei com uma professora de História, que trabalha com o grupo do professor Humberto, e ela me conseguiu uma reunião com o professor titular da cadeira de História da Universidade de Nápoles. Nosso encontro está marcado para daqui a quinze dias. Nesse período, farei os contatos com os editores que o Ângelo pediu.

— Terminado esse trabalho, você volta para o Brasil? Entendi que você ficaria três meses aqui.

— Ficarei três meses na Europa. Quero ir ao País de Gales e à Irlanda. Preciso de material para minha pesquisa sobre os druidas. Preciso conversar com um desses professores para ter uma bibliografia para meu trabalho.

— Os druidas são parte do povo celta. Existem estudos sobre eles? Que eu saiba, existem poucos escritos sobre a cultura celta.

— É por isso que estou interessado. Trabalharei um tema novo, inédito. Só mudarei meu projeto se eu não encontrar o que procuro. Mas não pretendo desistir porque não consegui falar com o professor Humberto. Tenho algum tempo e lugares para conhecer. Considero-me um felizardo porque fazer essa pesquisa na Europa é um luxo que muitos não dispõem.

— Você tem razão. Espero que consiga encontrar o que procura.

— Obrigado, Celso. Quando eu estiver saindo da Itália, ligarei para você. Dê um abraço na Flávia.

— Obrigado. Boa viagem e sucesso na sua busca.

— Obrigado. Até mais.

— *Arrivederci, amico*.

Quando Paulo chegou à casa de Celso, o anfitrião perguntou como havia sido o jantar e falou do telefonema de Augusto.

— O jantar foi ótimo. Vanessa é uma ótima companhia. Amanhã, sairemos novamente. Depois da aula, vamos ao cinema e depois decidiremos.

— Muito bem, assistam a um filme dublado, assim você pratica mais seu italiano.

— Vanessa falou a mesma coisa. Acho que vamos assistir a *Vermelho como o céu*.

— É um bom filme, você vai gostar. Não deixe de ligar para o Augusto, ele viaja amanhã.

— Posso usar seu telefone?

— Lógico, fale o tempo que for preciso.

— Obrigado, Celso, depois eu ajudo a pagar a conta.

— Deixe de bobagem. Eu vou dormir, boa noite.

— Boa noite, Celso.

Paulo ligou para Augusto e, depois de conversarem sobre Vanessa e os compromissos de viagem, o irmão mais velho perguntou:

— Paulo, você teve alguma notícia de casa?

— Sim, Augusto. Falei com eles no domingo. Você ligou para mamãe?

— Liguei hoje, mas não quis tocar no assunto. Sinto que ela fica aborrecida com minha insistência.

— Domingo, eu ligarei para casa e depois te dou notícias. Não deixe de me ligar para informar o telefone do hotel. Vou tentar comprar um celular aqui para falarmos com mais tranquilidade, não quero abusar da hospitalidade de Celso.

— Eu fico na Itália mais quinze dias, depois viajo para a Irlanda. A passagem já está marcada.

— Você conseguiu hotel?

— Sim, fiz tudo pela agência daqui. Assim não tenho que ficar procurando acomodação.

— Ótimo. Eu aluguei um carro para o fim de semana, assim tenho mais mobilidade aqui. Foi bom o papai ter insistido conosco para tirar a permissão para dirigirmos fora do Brasil.

— Foi mesmo. Na Irlanda, eu vou alugar um carro para me locomover com mais facilidade.

— Mano, e a Marcela?

— O que tem ela?

— Vocês não se falaram mais?

— Não. Confesso que estou tão envolvido com meu projeto e com meu trabalho que nem lembro que ela existe. Nunca pensei que fosse me sentir assim com relação a ela.

— Ela não quis falar com a mamãe.

— Mamãe deve ter ficado muito sentida. Ela gosta da Marcela.

— Pois é. Já ia me esquecendo, sabe com quem a Malu está saindo?

— Sim, com o Ângelo. Ele me ligou e perguntou se eu não me importava.

— E você?

— E eu? Malu é adulta, Ângelo é uma pessoa ótima. Acho que eles ficarão bem. Você sabe que ela não tem paciência com rapazes que não têm nada para dizer. Ele é mais velho, tem mais experiência. Acho que vão fazer bem um ao outro.

— Tomara, eu estou muito feliz, desejo que você e ela também o sejam.

— Obrigado, mano. Que bom que você encontrou alguém legal, e ela também. Quanto a mim, quando eu voltar ao Brasil, resolverei minha vida sentimental. Agora não tenho como fazer isso.

— Você vai acabar encontrando alguém no meio dessas suas andanças. Boa sorte, mano.

— Obrigado. Um abração.

— Outro para você. Até breve.

— Até.

DESCOBERTAS

Capítulo 17

O sábado chegou, e Roberto e Suzana seguiram ansiosos para Jundiaí. Quando chegaram ao local combinado, Ana e a irmã Tereza já os esperavam.

— Bom dia, dona Ana, irmã Tereza. Faz tempo que estão nos esperando?

— Bom dia, senhor Roberto, acabamos de chegar. Tereza, esse é o casal que eu falei, Roberto e Suzana.

— Prazer em conhecê-los. Ana me disse que vocês estão procurando informações sobre o convento Nossa Senhora de Lourdes.

Suzana respondeu:

— Sim, irmã, gostaríamos de saber o que aconteceu.

— Por que o interesse de vocês nesse assunto?

Roberto e Suzana se entreolharam. Eles já haviam conversado sobre o que diriam se ela fizesse aquela pergunta e decidiram contar a verdade. Suzana explicou:

— Irmã, nós adotamos um bebê há vinte e cinco anos. Essa criança foi deixada à nossa porta dentro de um cesto de vime com a indicação do convento. Meu marido guardou o cesto para o caso de alguém voltar à nossa casa reclamando a criança.

Roberto continuou:

— Ninguém veio até nós, o cesto ficou guardado todos esses anos até que, acidentalmente, nosso filho o encontrou na garagem e queria saber o que aquele cesto fazia lá. Augusto é fisicamente diferente de nossos outros dois filhos, mas eu lhe garanto que é amado como os outros.

Suzana completou:

— Os irmãos gostam muito dele. Nunca se falou em adoção em nossa casa. Ele está registrado como meu filho. Só que ao saber que era adotado, ele nos pediu para encontrar seus pais, ele quer entender o que houve, por que foi abandonado.

Irmã Tereza perguntou:

— O amor de vocês não foi suficiente para ele?

— Não se trata disso — respondeu Roberto. — Ele não está revoltado, não quer sair de casa, somente quer saber quem são seus pais e por que o abandonaram. Nós não podemos negar esse direito a ele.

Ana, que até aquele momento permanecia calada, resolveu interferir:

— Tereza, eles estão certos, diga-lhes o que aconteceu. Acredito que sabemos a história dessa criança, estávamos lá quando ela nasceu.

Suzana perguntou a Ana:

— A senhora também estava lá? Por que não nos disse nada?

— Porque eu não fazia parte das irmãs que viviam no convento.

Irmã Tereza, então, resolveu iniciar seu relato:

— Nós acolhemos uma garota de 19 anos. Ela havia fugido de casa. Chegou ao convento assustada e com muitas dores. Nós a recebemos e cuidamos dela. Estava grávida de dois meses e com muito medo porque o pai dela queria matar o pai da criança que ela trazia no ventre. Depois que ela se acalmou, chamamos o médico que nos atendia e pedimos que ele a examinasse. Ele constatou a gravidez e nos disse que ela precisava de repouso e boa alimentação. A moça implorou para que ele não dissesse a ninguém onde ela estava. Tinha medo de que acontecesse uma tragédia.

"Ela se apaixonou pelo filho de um ex-empregado da fazenda de seu pai. O rapaz era filho de um imigrante italiano, cuja família viera da Itália havia muitos anos. O avô do rapaz tinha imigrado para o Brasil com a família na época da guerra. Na infância, ela e os irmãos iam à fazenda e brincavam com as crianças que ali viviam, mesmo a contragosto do pai. A mãe não via problemas, afinal, eram crianças. Com o passar dos anos, deixaram de ir à fazenda.

"Nas primeiras férias da faculdade, Maria Clara, que estudava em São Carlos, foi direto para a fazenda. Seus genitores já estavam lá, e o pai pediu para a filha que não circulasse pela fazenda ou pelos arredores sem estar na companhia dele ou de um dos irmãos dela. Maria Clara não se preocupava muito com essa exigência de seu pai e, como cavalgava muito bem, no dia seguinte à sua chegada, saiu para dar uma volta na fazenda.

"A família de Domenico conseguiu juntar dinheiro para comprar um pequeno sítio, próximo à fazenda do pai de Maria Clara, e deixar de trabalhar nas terras de Francisco de Almeida. Toda a família trabalhava na lavoura para que o sítio prosperasse, e Massimo, o único filho, estudasse Agronomia. Eles conseguiram. Assim, quando Maria Clara veio passar as férias da faculdade, encontrou Massimo, que também estava de férias. A paixão entre os dois foi instantânea. Como o pai de Maria Clara havia proibido o namoro, os jovens se encontravam escondidos.

"Maria Clara ficou grávida. Massimo disse à moça que falaria com os pais de ambos e se casariam. Ele ainda estava estudando, porém, a família poderia sustentá-los. Conversaram primeiro com os pais dele, que ficaram preocupados. Todos sabiam que o pai de Maria Clara tinha um temperamento forte e não aceitaria o casamento. Mesmo assim, Domenico e o filho foram conversar com ele.

"Francisco, como eles temiam, não aceitou que a filha se casasse com Massimo. Expulsou pai e filho de casa e, com raiva, os ameaçou: "Isso não ficará assim, você vai se arrepender de ter engravidado minha filha". Maria Clara tentou argumentar com o pai que não havia sido forçada a nada, que estava apaixonada por Massimo e queria ficar com ele. O pai mandou que ela se calasse e fosse para o quarto, ele resolveria o que seria feito.

"De nada adiantou o pedido da mãe de Maria Clara. Francisco estava irredutível. Queria se vingar de qualquer maneira.

"Ana, que trabalhava na casa, escutou Francisco dizer que mandaria matar Massimo. Ele falava com um dos empregados da fazenda, que ela sabia que cumpriria cegamente as ordens do patrão. Preocupada, ela procurou dona Maria Angélica, a mãe de Maria Clara, e contou à senhora o que ouvira. A matriarca pediu a Ana que não dissesse nada à moça, ela tentaria demover o marido de cometer uma loucura.

"Porém, dona Maria Angélica não conseguiu tirar da cabeça de Francisco a ideia de vingança. Uma noite, quando o casal discutia em um tom alto, Maria Clara tomou conhecimento das intenções do pai. Ela saiu de casa sem que os pais percebessem. Como estava escuro, não conseguiu se orientar e acabou se perdendo e vindo parar no convento.

"Quando Francisco percebeu que a filha não estava em casa, logo pensou que ela havia fugido com o namorado. Enlouquecido de ódio, saiu para procurá-la e foi direto para o sítio da família Domenico. Eles não sabiam de nada.

"Assim que se inteirou da situação, Massimo saiu para procurar Maria Clara e foi seguido por Francisco, que covardemente atirou no rapaz. Quando viu Massimo caído, acreditando que ele estivesse morto, voltou para a fazenda e escondeu-se. O marido de Ana, que estava voltando de uma viagem, viu o rapaz ferido na beira da estrada e o socorreu.

"O homem levou Massimo para o hospital e informou a família sobre o ocorrido. Os pais do rapaz foram imediatamente ao encontro do filho e desconfiaram de que Francisco havia atirado no rapaz.

"No hospital, o funcionário que fez o primeiro atendimento chamou a polícia. Quando os guardas chegaram ao local, fizeram algumas perguntas para os pais de Massimo e para o homem que o socorrera. Como ninguém tinha certeza de quem havia atirado no rapaz, e ele ainda estava inconsciente, não deram nenhuma informação sobre o incidente com o pai de Maria Clara."

Após uma breve pausa, Tereza continuou o relato:

— O tiro atingiu a coluna do rapaz. Os médicos estavam fazendo de tudo para que ele não perdesse os movimentos.

"Enquanto isso, nós estávamos socorrendo Maria Clara. Ela estava em estado de choque. Como o médico recomendou repouso, nós procuramos deixá-la em paz. Não fazíamos perguntas, mas estávamos sempre atentas a ela. Seguimos à risca o tratamento médico, e ela foi se recuperando aos poucos.

"Massimo teve uma paralisia temporária.

"Com o passar dos dias, sem notícias de Maria Clara e sem notícias de Massimo, todos julgaram que eles haviam fugido.

No convento, nós tínhamos uma ala para atender a pessoas doentes, e alguns enfermos em estado de recuperação eram enviados do hospital para lá. Por isso, não foi difícil cuidar do jovem. Sem notícias dele, Maria Clara resolveu dar o bebê e depois recomeçar a vida em algum lugar longe dali.

Ana, que ouvia atentamente o relato da irmã Tereza, disse:

— Eu achava que Maria Clara estivesse no convento. Um dia, resolvi ir até lá para me certificar. Não avisei a ninguém na fazenda. Os patrões estavam em São Paulo, então, não tive dificuldade nenhuma para cumprir meu intento. Quando cheguei ao convento, quem me atendeu foi irmã Tereza. Eu conversei com ela e contei o que sabia sobre a menina. Ela me levou até Maria Clara que, quando me viu, começou a chorar convulsivamente. Ela repetia "ele o matou, ele o matou". Eu não sabia que o jovem havia sobrevivido, nem que ele estava no convento.

"Alguns dias depois, estive novamente no convento, e Maria Clara me pediu que, quando o bebê nascesse, eu o desse para adoção. Ela não tinha recursos para cuidar dele e não queria entregá-lo para a família do namorado com medo de que o pai dela, ao saber da existência do neto, fizesse alguma maldade com a criança.

"Eu a tranquilizei dizendo que pediria para que meu marido levasse o bebê para a Santa Casa de São Paulo. Ele o deixaria na roda, e o bebê certamente seria adotado por uma boa família. Assim, quando a criança nasceu, meu marido a levou para São Paulo. Só que em vez de deixar o bebê na roda da Santa Casa, ele o deixou à porta de uma casa, próxima ao hospital. Uma casa em que ele achou que o garoto seria bem tratado. A casa tinha um grande jardim. A ele pareceu o melhor lugar para deixar o cestinho com o bebê.

"Depois, ele seguiu viagem para Salvador. Ele fazia transporte e sempre ficava em torno de dois a três meses fora."

Interrompendo Ana, irmã Tereza retomou a narrativa:

— Nesse intervalo, Maria Clara se recuperou e começou a nos ajudar no convento. Um dia, precisamos da moça no auxílio a um rapaz que se encontrava na enfermaria. Quando os dois jovens se encontraram, não contiveram a emoção. Massimo, que insistia em não tentar andar, levantou-se para ir ao encontro de sua amada. Ele não conseguiu dar mais que dois passos. Maria Clara correu até ele pedindo perdão pelo que o pai havia feito e pelo que ela havia feito.

"Os dois conversaram, e ele pediu para que eu chamasse o pai dele ao convento. Quando Domenico chegou, foi informado de tudo o que acontecera. Ele tentou saber na Santa Casa se haviam deixado algum bebê para adoção, porém, aquele procedimento não existia no hospital. Era um costume antigo, que fora abolido havia muito tempo. Não puderam falar com Ana sobre o bebê porque os pais de Maria Clara haviam retornado para a fazenda.

"Como a viagem de Massimo estava para ser marcada, o pai dele perguntou a Maria Clara se ela gostaria de ir também para a Itália com o rapaz. Eles se casariam no civil, seria providenciado passaporte e passagem para que ela viajasse com ele. Casados, seria mais fácil para eles entrarem no país".

"Os jovens, preocupados com as despesas, ficaram indecisos. Domenico, no entanto, disse aos dois que não se preocupassem, pois ele tinha uma reserva que estava destinada aos estudos de Massimo e tinha também amigos que o auxiliariam. O importante era que o jovem casal estivesse longe. Domenico disse ainda que quando o marido de Ana regressasse de viagem, ele o procuraria para saber do paradeiro do neto.

"Assim, Domenico conseguiu mandar para a Itália, para a casa do irmão, o jovem casal. Massimo se recuperou com a ajuda de Maria Clara, e estão juntos até hoje. Infelizmente, não tiveram outros filhos".

Roberto perguntou:

— O pai de Massimo conseguiu saber algo sobre a criança?

— Não. O marido de Ana voltou da viagem, mas não se lembrava direito da casa onde havia deixado o bebê. Ele tinha feito a viagem à noite, sabia que era próxima da Santa Casa, mas não conseguiu identificar a residência.

— Então o senhor Domenico, com quem eu conversei, é o avô do meu filho?

— Sim.

— Ele nunca perdeu as esperanças de encontrar o neto. Viajava a São Paulo sempre que podia e circulava nas proximidades da Santa Casa procurando a casa com o jardim da qual o marido de Ana falara. Ele nunca nos disse se a encontrou.

Ana concluiu:

— Eu acho que ele encontrou a casa e não contou a ninguém. Eu estou trabalhando com ele há alguns anos, e ele vai a São Paulo todo ano, na mesma data, 15 de agosto. Não é o dia do aniversário do menino? Vocês não disseram como ele se chama.

Suzana respondeu:

— O nome dele é Augusto, e você está certa: o aniversário dele é no dia 15 de agosto.

Roberto perguntou:

— Os pais de Maria Clara ainda estão vivos?

Ana respondeu:

— Só o pai. A mãe faleceu há alguns anos. Depois que ela morreu, o senhor Francisco não saiu mais da fazenda. Deixou os negócios que ele possuía para os filhos cuidarem. Tem gente que fala que ele está doente. Dona Maria Angélica morreu de desgosto pela perda da filha.

— Ela nunca mais procurou os pais?

— Ela mandou uma carta dois anos depois de ter partido, dizendo que estava casada com Massimo e que tinha perdido o bebê. Não informou o endereço para ser procurada. E só escreveu uma vez. Não sei se ela sabe da morte da mãe. Ouvi comentários de que ela manda um cartão de Natal todo ano, mas como saí de lá logo após a morte de dona Maria Angélica, não sei se essa informação é verdadeira.

Roberto perguntou:

— E o incêndio do convento?

Irmã Tereza respondeu:

— Ele aconteceu dois anos depois da partida de Maria Clara. Disseram que foi um curto-circuito, a casa era velha. E quem somos nós para duvidar? Entregamos nossos destinos a Deus. Ele sempre nos provê e nos livra do mal. Ninguém se feriu, mas não sobrou nada. Ficamos em casa de parentes até a diocese decidir para onde iríamos. Eu fiquei aqui mesmo. Minha família é daqui. Eu preferi ficar ajudando no hospital de Jundiaí.

Quando estavam dando a conversa por encerrada, Suzana viu um homem que logo se afastou. Ela perguntou quem era, e Roberto respondeu:

— É o senhor Domenico, o que me vendeu o vinho.

— Roberto, ele é o avô de Augusto. Eu reconheço esse rosto, agora estou me lembrando. Eu o vi várias vezes próximo à nossa casa observando as crianças brincarem no jardim.

— Você nunca me disse nada.

— Ele tinha uma expressão tão terna. Nunca pensei que pudesse fazer mal às crianças. Ele não se aproximava do portão, ficava olhando de longe. Quando eu o via, ficava no jardim enquanto as crianças brincavam. Mas nunca me pareceu que ele pudesse fazer qualquer coisa de ruim com elas.

— Você acha que ele falaria conosco? — Roberto perguntou a Ana.

— Tenho certeza de que sim. Mas acho melhor vocês pedirem alguma coisa para comer. Estamos conversando há mais de duas horas, e eu tenho certeza de que a conversa com ele também será longa — concluiu Ana.

— Não se preocupe conosco, estamos bem — Suzana respondeu.

Irmã Tereza, discordando, disse:

— Minha filha, eu a conheci hoje, mas percebo que tanto você como seu marido estão emocionados com tudo o que contei. Aceitem o oferecimento de Ana. Vai lhes fazer bem se alimentarem e passearem um pouco pelo jardim. Depois voltaremos a conversar. Não sairemos daqui, fique sossegada.

Roberto concordou:

— Obrigado, irmã, as senhoras têm razão. Suzana, vamos dar uma volta enquanto dona Ana providencia um almoço para nós. Não precisa fazer nada complicado.

— Não se preocupe, cuide de Suzana. Daqui a quarenta minutos, eu servirei o almoço. Está bem assim? — finalizou Ana.

— Está ótimo, obrigado.

Capítulo 18

Roberto e Suzana deixaram irmã Tereza e Ana na entrada do estabelecimento e foram dar uma volta pela propriedade, estava uma tarde fria, própria do início do outono. Suzana foi quem primeiro falou:

— Roberto, como é possível duas pessoas estarem no mesmo lugar e não se encontrarem? Que desespero essa moça deve ter sentido ao encontrar o namorado e saber que foi imprudente dando o filho deles para adoção.

— Suzana, confesso que cheguei a sentir lágrimas em meus olhos. Me contive porque não queria parecer fraco na frente das duas senhoras. Tenho muitas perguntas para fazer, mas preciso primeiro por as ideias em ordem. Imagine que os pais de Augusto estão na Itália, não sabemos onde, mas e se por uma dessas coincidências do destino, eles se encontrarem? Como ele reagirá?

— Roberto, como eles reagirão? Nenhum deles conhece os detalhes dessa história. É possível que não aconteça nada. Que não se reconheçam.

— Espero que você esteja certa. Quanto sofrimento por causa de um preconceito idiota.

— Como será que o pai de Maria Clara está vivendo? Será que sente algum remorso?

— Talvez nunca saibamos. Mas ninguém escapa da justiça divina. Ele deve estar sofrendo. Não digo fisicamente, mas o remorso deve atormentá-lo. Será que ele mandou queimar o convento para se vingar das freiras pelo fato de elas terem acolhido Maria Clara e Massimo?

— Não sei, também me ocorreu essa ideia.

— Suzana, vamos voltar, dona Ana já deve estar com o almoço pronto.

— Está bem, vamos.

Suzana e Roberto comeram pouco. Quando terminaram a refeição, dona Ana os levou até a casa de Domenico, ele os esperava junto com a irmã Tereza.

— Boa tarde, senhor Domenico — disse Roberto.

— Boa tarde, senhor Roberto, dona Suzana. Irmã Tereza me disse o nome de vocês, e a senhora deve se lembrar de mim.

— Lembro. Eu o via próximo à minha casa. Por que nunca nos procurou?

— Eu levei algum tempo para encontrá-los. Por ali existem várias casas parecidas com a de vocês: grandes, com jardins e com crianças. Eu percebi que em todas as casas que eu passava, a única que uma mulher, digo assim porque não sabia se era mãe da criança ou babá, pegava imediatamente o filho no colo era a senhora.

— Eu fazia isso?

— Sim. E mesmo que estivessem mais crianças ali, creio que vocês têm mais filhos...

Suzana respondeu:

— Sim, temos três filhos.

— Então, a senhora sempre pegava no colo o garoto maior.

— Meu Deus! Era uma reação instintiva. Lembro-me de que ficava olhando para o senhor e me dava um aperto no peito.

— Isso eu não tinha como saber, mas sua reação me deu a certeza de que o garoto era meu neto. Com o passar do tempo, eu comecei a me esconder. Não queria causar-lhes embaraço. Um dia, eu a segui, a senhora estava levando as crianças para a escola. Eu estacionava meu carro próximo à grade do parque onde as crianças brincavam no recreio, assim podia observá-las sem chamar atenção. Eu vi o dia em que um garoto bateu no seu filho mais novo e meu neto foi defendê-lo. Minha primeira reação foi correr e dizer à professora que ele agrediu a outra criança porque o irmão foi agredido primeiro. Mas eu teria que explicar o que estava fazendo ali, e isso traria problemas para todos. Então continuei onde eu estava. Vi que a senhora chegou algum tempo depois e saiu com os meninos. Os dois com os olhos inchados.

— É isso mesmo. Augusto sempre defendeu o irmão. Não importava quem tinha razão, ele corria e já ia brigando com quem estivesse em volta.

— Meu neto se chama Augusto?

— Sim, Carlos Augusto Sampaio Maia — Roberto completou.

— É um belo nome.

— Irmã Tereza me disse que contou a vocês o que houve com meu filho e com a esposa dele. Contou também porque a criança foi dada em adoção.

Roberto respondeu:

— Sim, senhor Domenico, ela nos contou, mas alguns pontos dessa história nós gostaríamos que fossem esclarecidos.

— Vou contar a história da minha família e talvez possa esclarecer algumas de suas dúvidas.

Domenico iniciou a narrativa:

— Meu pai, Massimo Domenico, veio para o Brasil em 1945 com minha mãe e mais dois irmãos, também casados e com filhos. Naquela época, a vida era muito difícil. Vivíamos em um lugarejo próximo à Toscana, e o sítio que meu avô nos deixou não ia bem. Nele ficaram meu avô, minha avó e outros dois tios que não quiseram se aventurar para "fazer a América". O que meu pai e meus tios queriam era fugir da guerra.

"Assim, eles trouxeram todo o dinheiro que possuíam e vieram trabalhar nas terras do senhor Afonso Ribeiro de Almeida. Eu tinha nove anos. Todos trabalhávamos na lavoura do café. A vida era muito difícil. Meu pai nos encorajava: 'Aqui não tem guerra. Vamos trabalhar e logo teremos dinheiro suficiente para comprar nossas terras.' Depois de dez anos trabalhando de sol a sol, meu pai e meus tios tinham juntado dinheiro suficiente para comprar um bom pedaço de terra. Acertaram as contas com o senhor Afonso, e mudamos para o nosso sítio. Nele construímos uma casa simples e começamos a cultivar hortaliças. Meu pai almejava cultivar uvas, para fazer vinho. Outros italianos que tinham vindo para cá, antes de papai, nos ajudaram e, em três anos, começávamos nossa plantação de uva.

"Eu me casei e tive apenas um filho, ele recebeu o nome do meu pai, como é costume em nosso país, o primeiro filho recebe o nome do avô. Eu e Maria, minha mulher, queríamos que ele tivesse uma vida mais fácil que a nossa. Graças a Deus conseguimos. Ele sempre foi um bom filho. Ajudava na plantação. Gostava de estudar, interessava-se por tudo o que dizia respeito à terra. Resolveu ser engenheiro agrônomo. Nós conseguimos mandá-lo para a faculdade, e ele dizia que nos recompensaria pelo esforço que estávamos fazendo.

"Massimo tinha 22 anos quando tudo aconteceu. Estava no penúltimo ano da faculdade. Encontrou-se com Maria Clara e apaixonaram-se. Ele estava feliz, nunca o tínhamos visto assim. Quando soube da gravidez da moça, procurou tranquilizá-la, ele não a abandonaria. Contou-me o que havia acontecido, e juntos fomos falar com o pai da moça.

"Francisco de Almeida, assim se chamava, era um homem estúpido. Gritou conosco e usou palavras ofensivas como carcamano para se referir a mim e ao meu filho, que se irritou com ele, e ambos discutiram. Eu disse a Massimo que não adiantava conversar naquele momento, era melhor voltarmos quando ele estivesse mais calmo. Quando estávamos à porta de saída, ele disse que meu filho se arrependeria ter engravidado Maria Clara. Eu fiquei muito preocupado, conhecia a fama de Francisco. Já tinha ouvido falar que ele era violento, mas não pensei que ele agisse da forma que agiu. Massimo tentou falar com Maria Clara, mas foi impedido pelos empregados da fazenda. Quando Francisco veio à nossa casa dizendo que nós a havíamos levado da fazenda, Massimo ficou desesperado, imaginou que ela pudesse ter fugido da casa do pai e se perdera por aquelas terras, então, ele saiu atrás dela, e Francisco o seguiu. Massimo saiu a pé, Francisco estava a cavalo. Eu me demorei um pouco porque precisava atrelar meu cavalo para segui-los, mas no caminho não encontrei ninguém. Duas horas depois, fomos informados de que Massimo havia levado um tiro e estava sendo operado.

"Corremos para o hospital e ficamos aguardando o resultado da cirurgia. Foram momentos angustiantes, não desejo que pai nenhum passe por isso. A polícia veio nos fazer perguntas. Eu queria denunciar Francisco, tinha certeza de que ele atirara no meu filho. Maria me impediu. Disse-me que se acusássemos Francisco, ele saberia que Massimo estava vivo e poderia voltar para terminar o que começara. Eu concordei com ela. Conversei com meus irmãos, que entenderam o que havia acontecido e acharam melhor não fazer nada, pelo menos naquele momento.

"Massimo foi se recuperando lentamente. O pároco daqui, naquela época, nos aconselhou a levá-lo para a enfermaria do convento. Meu filho se recusava a andar. Sentia-se culpado pelo que havia acontecido. No seu desespero de não ter notícia de Maria Clara e do bebê que ela carregava no ventre, dizia que não sentia as pernas. Os médicos disseram que era uma condição temporária e que ele precisava ficar em um lugar tranquilo para se recuperar. Mas Massimo não reagia. Íamos à enfermaria, conversávamos com ele, mas não tínhamos notícias de Maria Clara e do bebê.

"Conseguimos saber por meio de alguns empregados da fazenda que ela havia fugido, e o pai não a encontrara. O pai colocou alguns empregados para procurá-la, mas foi em vão. A moça havia desaparecido.

"Alguns amigos sugeriram que eu mandasse Massimo para minha terra, na Toscana. Escrevi para meu irmão Giuseppe, e ele disse que receberia o sobrinho e cuidaria dele como de um filho. Eu podia ficar tranquilo. Começamos a preparar a papelada. Houve certa demora porque o consulado não tinha todos os documentos da minha família. Quando ficou tudo pronto e só faltava marcar a passagem, Massimo e Maria Clara se reencontraram.

"Passaram da emoção de terem se reencontrado para o desespero pela perda do filho. Nós procuramos em toda parte. Ninguém sabia da criança. O marido de Ana não se lembrava do local onde a havia deixado. Minha mulher conversou com os dois e procurou tranquilizá-los. Ela disse a eles: 'Meus filhos, Deus sabe o que faz. Eu sei que a dor que estão sentindo é muito forte. Eu perdi um bebê no dia em que ele nasceu. Foi muito difícil para mim e para seu pai. Era nosso primeiro filho. O filho de vocês não morreu, nós o encontraremos. Massimo, você precisa se recuperar. Maria Clara, você também. Cuidem um do outro por enquanto. Assim que encontrarmos meu neto, nós os avisaremos'.

"Assim, fizemos o casamento dos dois, ela era maior de idade, então, não houve nenhum problema. O padre os abençoou, e eles seguiram para a Toscana, onde vivem até hoje.

"Minha mulher morreu alguns anos depois. Ela estava com câncer. Quando descobrimos, não havia muito o que fazer. Maria não reclamava, apenas pedia que eu não desistisse de procurar nosso neto. Me fez prometer que o levaria no túmulo dela quando eu o encontrasse".

Comovido, Domenico se dirigiu ao casal:

— Agora, se vocês permitirem, é claro, poderei cumprir minha promessa. Estou com 72 anos, acho que minha missão aqui na Terra está terminando.

Roberto, que não conseguiu conter as lágrimas, disse ao avô de seu filho:

— Sua missão ainda não terminou. O senhor precisa conhecer Augusto, conviver com ele. Ele é um homem responsável, inteligente, amoroso. Está se saindo muito bem na profissão que escolheu. Eu não conheço seu filho, mas sei que Augusto é fisicamente muito parecido com o senhor. Vocês têm os olhos iguais.

Depois de algum tempo, sem conter a emoção, Suzana falou:

— Quanto sofrimento por causa da intolerância de um só homem. Nós fomos muito felizes por ter adotado Augusto. Eu tinha perdido meu bebê e não conseguia engravidar. Depois que adotamos aquela pequena criança, que estava à nossa porta, eu engravidei e tive dois filhos. Somos muito felizes. Vai ser muito difícil me separar de Augusto, mas nós contaremos a ele tudo o que aconteceu. Tenho certeza de que ele virá conhecê-lo, e vocês serão grandes amigos.

— Ele está em São Paulo? — perguntou Domenico.

— Não, ele está na Itália. Foi procurar alguns contatos para a editora em que trabalha e buscar material para a sua pesquisa de mestrado — esclareceu Roberto.

Suzana completou:

— Ele irá para Milão, Modena, Verona, Roma e Nápoles. Depois viajará para a Irlanda para realizar algumas pesquisas. O senhor acha que eles poderiam se encontrar?

— Não sei. Massimo deve estar na vinícola. Nesta época, eles começam os preparativos para receber os turistas que fazem a rota do vinho. Maria Clara é professora, costuma dar palestras nas universidades. Muitas vezes, ela viaja sem ele. Seria melhor que eles se encontrassem aqui no Brasil. Assim estaríamos todos juntos no momento em que eles se conhecessem.

— Eu concordo com o senhor. Não sabemos qual a reação que Augusto terá se conhecer os pais sem saber de toda a história — disse Roberto.

Irmã Tereza, que a tudo ouvia, ponderou:

— Meus filhos, não podemos prever o que vai acontecer. Não devemos chamar a todos nesse momento porque estão cuidando de seus trabalhos, e a emoção da notícia pode trazer-lhes alguns problemas, inclusive físicos.

Suzana completou:

— A irmã Tereza tem razão. Augusto retornará dentro de dois meses. Estamos no final de maio, ele deve chegar no final de julho.

— Massimo e Maria Clara virão nas férias dela, em agosto.

— Então, quando Augusto retornar, contaremos a ele sobre sua origem e o traremos aqui para o senhor conhecê-lo. Quando Massimo e Maria Clara chegarem, Augusto estará aqui para recebê-los.

Roberto, que a tudo ouvia, argumentou:

— Será que tudo acontecerá assim, sem nenhum contratempo? Suponhamos que um deles não possa vir, então, o que faremos?

Domenico respondeu:

98

— Eles virão, Roberto. Eu tenho certeza de que virão. Direi que preciso deles aqui de qualquer forma. Eles sabem que um pedido assim, na minha idade, não pode ser recusado.

— Está certo, então. Gostaria de manter contato com o senhor. Acha que é possível?

— Claro que sim. Olhe, hoje passamos o dia conversando sobre o passado. Vamos combinar para vocês conhecerem melhor minha casa, o sítio, minha pequena vinícola. Podem trazer seus filhos. Terei muito prazer em conhecê-los.

Roberto respondeu:

— Viremos sim, mas só podemos trazer Malu. Paulo está em Milão fazendo um curso de aperfeiçoamento em restauração. Ele chegará com Augusto. Como posso entrar em contato com o senhor para marcarmos uma data?

— Eu vou anotar o telefone daqui de casa e da lanchonete. Se não me encontrar, pode deixar recado com a Ana.

— Obrigado, senhor Domenico. Espero que possamos compensar todo esse sofrimento de alguma forma.

— Vocês não precisam se preocupar com isso. Criaram meu neto como filho de vocês e não se negaram a procurar sua verdadeira família. Tenho certeza de que ele vai entender o que houve e perdoar os pais verdadeiros. E acredito do fundo do coração que ele jamais vai abandoná-los. Vocês são pessoas muito boas. Obrigado pelo que fizeram por ele.

Assim, Suzana e Roberto se despediram do senhor Domenico, da irmã Tereza e de Ana comovidos com tudo o que ouviram e desejando que tudo acontecesse conforme planejaram, para que aquela família não viesse a sofrer mais.

Capítulo 19

Suzana e Roberto chegaram em casa tarde. Malu e Ângelo os esperavam ansiosos. Malu havia contado a Ângelo sobre a adoção de Augusto, e o rapaz não quis deixá-la sozinha aguardando os pais.

— Mamãe, como vocês demoraram. O que houve?

— É uma longa história, minha filha. Você está bem? Boa noite, Ângelo.

— Boa noite, Suzana, estávamos preocupados com vocês.

— Cadê o papai?

— Vem vindo, ele foi tirar uma caixa de vinho do porta-malas.

— Vocês compraram vinho?

— Não, foi presente. Deixe seu pai entrar que explicaremos tudo.

Roberto entrou na sala segurando a caixa de vinho, e Ângelo foi ajudá-lo:

— Boa noite, Roberto, deixe-me ajudá-lo.

— Obrigado, Ângelo, coloque na cozinha, por favor. Oi, filha, tudo bem?

— Tudo bem, estávamos preocupados com a demora de vocês.

— Nós tivemos um dia cheio de emoções.

— A tal freira foi ao encontro marcado?

— Sim, depois que conversamos com ela, conhecemos o senhor Domenico, avô de Augusto. Ela nos contou uma parte da história, e ele a outra — esclareceu o patriarca da família.

— Mamãe, você está abatida. Falem logo. Acharam os pais de Augusto?

Foi a vez de Suzana falar:

— Os pais de Augusto estão na Toscana, Itália. A história deles é muito triste. Vamos contar-lhes o que eles disseram.

Quando Roberto e Suzana terminaram de narrar a história sobre a família biológica de Augusto, Malu estava com os olhos vermelhos, a moça ficara comovida com o destino daqueles dois jovens. Ângelo parecia aflito, então, Roberto perguntou:

— Ângelo, você parece nervoso. O que houve?

— Roberto, a escritora que Augusto vai conversar a pedido da editora se chama Maria Domenico. Não pode ser só coincidência.

— Meu Deus, eu sabia que o arranjo que estávamos fazendo para eles se conhecerem não daria certo. Você não pode impedir isso?

— Vou tentar, amanhã mesmo ligarei para ele e darei um jeito de cancelar essa reunião.

— Faça isso, por favor, senão será um choque para os dois. Augusto estava transtornado com essa história. Se encontrá-la sem um preparo, poderá ser um desastre.

— Pode deixar, Roberto, agora é tarde para ligarmos para ele, mas amanhã cedo eu providencio tudo. Assim que eu falar com ele, ligarei para vocês.

— Obrigado, Ângelo. Vamos esperar com ansiedade.

O rapaz despediu-se de Suzana e Roberto, e Malu o acompanhou até o portão:

— Malu, que história! Como seus pais conseguem se manter firmes? Eu os admiro muito.

— Olha, Ângelo, eles devem estar sofrendo com tudo isso. Mas amam demais Augusto para esconder essa verdade dele. E o sofrimento dos pais de Augusto? Imagina o desespero da mãe dele quando reencontrou o namorado, mas havia dado o filho para adoção? Que coisa absurda!

— É, vai ser uma dura provação para seus pais.

— Sim, mas tenho certeza de que o amor que eles sentem um pelo outro e pelos filhos, vai ajudá-los a superar tudo.

— Que Deus os proteja. Malu, vou embora, falo com você amanhã.

— À tarde, estarei na construtora.

— Eu ligo para você à noite, assim podemos conversar mais à vontade — dizendo isso Ângelo beijou Malu longamente.

— Sabe, eu estou com um sério problema.

Rindo, Malu perguntou:

— E eu posso saber que problema é esse?

— Não consigo parar de beijar você. Acho que estou apaixonado, você me enfeitiçou.

— Hum! Então também preciso lhe contar uma coisa. Adoro quando você me beija. Acho que estamos perdidos.

Rindo, Ângelo, o beijou-a novamente e disse-lhe com voz rouca:

— Ah, Malu! Que pena que preciso ir embora. Se pudesse, não me separaria mais de você.

— Eu também gostaria de ficar com você, mas hoje não podemos. Eu vou dormir e sonhar com você, meu amor.

— Eu acho que não vou conseguir dormir. Vou embora, senão daqui a pouco seu pai aparecerá aqui para saber o que está acontecendo.

— É bem possível. Nos falamos amanhã.

— Está certo. Até amanhã.

Depois de um beijo apaixonado, Ângelo foi embora.

**

— Malu?

— Sim, papai.

— Esse namoro é sério?

— Sim. Nós estamos apaixonados.

— É, estou vendo. Ele a pediu em casamento?

— Você não acha que é muito cedo para isso, papai?

— Vou tomar um banho. Pergunte à sua mãe o que eu acho de tudo isso.

— Mamãe?

— Seu pai acha que Ângelo é decidido como ele, assim, na cabeça do seu pai, logo vocês se casarão.

— E de onde ele tirou essa ideia?

— Dele mesmo. Quanto tempo você acha que eu e seu pai namoramos?

— Uns dois anos?

— Seis meses.

— Mamãe, isso eu não sabia.

— Pois é, e antes que você me pergunte, eu não estava grávida como supunham seus avós.

— É por isso que ele acha que Ângelo vai me pedir em casamento?

— Exatamente. Vamos esperar. Agora, filha, vou tomar um banho e descansar, o dia foi repleto de emoções, e estou com um pouco de dor de cabeça. Amanhã teremos um dia longo.

— Boa noite, mamãe, durma bem.

— Boa noite, querida, até amanhã.

***

Na segunda-feira, Suzana acordou com o toque do telefone:

— Alô.

— Suzana, é Humberto, bom dia.

— Bom dia, Humberto, tudo bem? O que houve para você ligar tão cedo?

— Marcela está hospitalizada. Ela sofreu um aborto.

— Como aborto? Nós não sabíamos que ela estava grávida.

— Vocês talvez não, mas seu filho sabia e a deixou aqui para trabalhar fora do país. Quero saber como ficará essa situação.

— Humberto, em que hospital vocês estão?

— No Santa Catarina.

— Vou acordar Roberto, e iremos para aí.

— Estarei esperando.

Suzana acordou Roberto e contou-lhe o que houve. O marido não acreditou que Augusto soubesse da gravidez e muito menos que havia abandonado Marcela.

Quando chegaram ao hospital, Humberto os recebeu friamente. Estava inconformado com o que havia acontecido.

— Vocês sabem que eu só tenho minha filha. O que o filho de vocês fez é imperdoável.

— Humberto, tenho certeza de que Augusto não sabe de nada. Marcela não disse a ele que estava grávida — Roberto tentou argumentar.

— Eu quis conversar com ela sobre Augusto, e ela não me recebeu. Estava muito amarga, mas não falou que estava esperando um filho. Tenho certeza de que ou ela não sabia que estava grávida ou não quis contar para meu filho.

— Não sei o que aconteceu, encontrei Marcela desmaiada em uma poça de sangue. Chamei uma ambulância para trazê-la para cá. Depois que a socorreram, me disseram que ela estava bem mas havia perdido o bebê.

— Podemos conversar com o médico? — perguntou Suzana.

— Quem está cuidando dela é o doutor Jorge Coelho.

— Roberto, fique aqui com Humberto, eu vou procurar o médico.

Depois de alguns minutos, Suzana estava na sala do médico que atendera Marcela.

— Doutor, o que houve? O pai de Marcela está muito abalado, acusa meu filho de negligência, mas eu tenho certeza de que Augusto não sabia que a moça estava grávida.

— Dona Suzana, qual seu relacionamento com Marcela?

— Sou mãe do namorado dela.

— A senhora sabe se eles brigaram e qual o motivo?

— Sim, sei. Augusto, meu filho, precisou viajar para a Itália a trabalho. Ele ficará três meses na Europa fazendo pesquisas para a editora onde trabalha. Marcela não queria que ele viajasse, eles acabaram brigando. Eu tentei falar com ela, mas ela não me recebeu. Hoje cedo, Humberto ligou dizendo que a moça estava hospitalizada porque tinha sofrido um aborto.

— Dona Suzana, Marcela está muito abatida, ela perdeu muito sangue. Houve demora no atendimento. Eu perguntei se a senhora sabia da gravidez porque o pai dela também não sabia. Ainda estamos fazendo exames, mas acredito que ela tenha provocado o aborto.

— Como isso é possível?

— Ela tinha alguns cortes na área genital, e o paramédico que a atendeu encontrou um pequeno bisturi ensanguentado na roupa que ela usava.

— Meu Deus, o senhor acha que ela matou o bebê?

— Como eu disse, estamos fazendo exames. Ela pode ter tido dores muito fortes e, em desespero, tentado expulsar o feto de alguma forma. É difícil saber. Podemos dizer que ela quase se mutilou. Isso não é normal numa moça saudável como ela aparenta ser.

— E as consequências disso, doutor?

— Bem, a senhora sabe que aborto é crime, somos obrigados a notificar a polícia. Não farei nada por enquanto. Ela está sedada, quero ter os resultados dos exames para saber que tipo de dano pode ter ocorrido no organismo dela. Em muitos casos de aborto provocado, a mulher pode ficar impossibilitada para uma nova gravidez.

— Doutor Jorge, o senhor disse isso ao pai dela?

— Não. Ele está muito abalado e culpa seu filho pelo que houve com ela. Se minhas suspeitas se confirmarem, não sei como ele reagirá. Então, quero ter os exames em mãos e, depois de analisá-los, falarei com ele. Conversei com a senhora porque precisava de alguns detalhes da vida pessoal de Marcela. Ela é uma pessoa tranquila?

— Não. Augusto estava reclamando constantemente do comportamento dela. Dizia que ela não era mais a garota por quem ele se apaixonou. Quando ele falou a ela sobre a viagem, a vida dele virou um pesadelo. Ela tinha crises de ciúmes, brigavam muito. Mais que isso, não sei dizer. O senhor acha que devo avisar Augusto?

— Não. A senhora disse que ele está trabalhando e que estavam brigados quando ele partiu. Vamos esperar. Assim que eu tiver notícias, mando chamá-la. Por favor, dona Suzana, deixe seus telefones com minha secretária.

— Fique tranquilo, doutor Jorge, vou ficar por aqui mais um pouco. É possível vê-la?

— Não. Ela está na UTI por causa da sedação. É melhor deixá-la repousar e, se a senhora não se importar, faça com que o pai dela vá para casa descansar, não adianta ficar pelos corredores do hospital. Ela deve dormir hoje o dia todo.

— Vou conversar com ele, mas não contarei o que o senhor me disse. Vou contornar a situação e ver se consigo fazê-lo descansar.

— Obrigado, dona Suzana.

— Não tem de quê, doutor. Por favor, me mantenha informada.

— Fique sossegada. Qualquer modificação no quadro de Marcela, eu avisarei à senhora. Até logo.

— Até logo, doutor, e mais uma vez obrigada.

Suzana deixou seus telefones com a secretária do médico e foi encontrar-se com Roberto e com o pai de Marcela.

Quando ela entrou na sala, os dois se levantaram e perguntaram ao mesmo tempo:

— Como ela está?

Humberto continuou:

— O que o médico disse? Por que não me chamou?

— Calma, uma pergunta de cada vez. Ela está bem, está sedada porque precisa descansar. Ele me falou do aborto e me fez algumas perguntas sobre o relacionamento dela e de Augusto. Ele queria saber se o namorado sabia da gravidez.

— E o que você disse a ele?

— Disse que meu filho não sabia que Marcela estava grávida.

— E agora, o que devemos fazer?

— O doutor Jorge nos aconselhou a irmos para casa. Marcela dormirá o dia todo. Assim que ele tiver os resultados dos exames, ele entrará em contato conosco.

— Por que conosco? Eu sou o pai dela.

— Humberto, você me chamou aqui para ajudá-lo. Você acha que eu vou para casa e ficarei tranquila sem saber o que está acontecendo com Marcela? Se você não queria que eu viesse, por que me chamou?

— Desculpe, Suzana, você tem razão. Estou muito angustiado, me sinto culpado com tudo o que aconteceu. Eu deveria ter insistido com Maurício para que Augusto não viajasse.

Dessa vez, foi Roberto quem falou:

— Humberto, você não tem culpa do que houve. Se Marcela tivesse dito a Augusto que estava grávida, ele teria tido outro comportamento com relação a ela e, principalmente, teria nos contado para que o ajudássemos.

— Você tem certeza disso?

— Absoluta, conheço muito bem meus filhos. Eles são pessoas muito responsáveis.

— Acredito em vocês. Vou para casa tentar descansar um pouco e aguardar o telefonema do médico. Eu vim para cá na ambulância, vocês me deixariam em casa?

— Claro, Humberto. Você vai ficar bem sozinho? Não prefere ir para nossa casa?

— Não, vou para minha casa. Preciso pedir à senhora que trabalha em casa que limpe o quarto de Marcela, eu o deixei trancado para não assustá-la.

— Então, vamos, nós o deixaremos em casa.

***

Depois que deixaram Humberto em casa, Roberto perguntou a Suzana:

— Você vai me contar o que o médico falou para você?

— Conto, mas você não deve comentar com Humberto até o médico falar com ele.

— É tão grave assim?

— Aparentemente, Marcela provocou o aborto utilizando-se de um bisturi.

— Minha Nossa Senhora! Ela fez o quê?

— O médico está aguardando o resultado dos exames para falar com Humberto e conosco. Marcela estava com alguns cortes na região genital, e o paramédico encontrou um bisturi ensanguentado nas roupas dela.

— Por que ela fez isso?

— Provavelmente para atingir Augusto. Só que além do aborto, ela pode ter se machucado de uma forma que, se ela quiser ter um filho, pode não conseguir.

— Suzana, o que está acontecendo com esses jovens? Como alguém pode ter uma ideia tão absurda?

— Não sei, Roberto. Nunca imaginei conhecer alguém que fizesse uma mutilação em si mesmo, ainda mais sendo namorada de um dos nossos filhos.

— O médico não quis falar sobre isso com Humberto?

— Não, ele quer confirmar antes. E tem outra coisa: aborto é crime, ele precisa notificar a polícia.

— Não podemos impedir?

— Não. Mas ele vai esperar até ter certeza de que ela realmente provocou o aborto.

— Ainda bem. Humberto vai ficar arrasado. Você vai falar com Augusto?

— Não. Vamos esperar. Aqui, ele não poderá fazer nada.

— Você tem razão. Você vai ficar em casa?

— Sim, não vou ao curso, deixei meu telefone com o doutor Jorge. Quando ele ligar, quero estar em casa.

— Está bem, vou para a construtora. Se precisar de mim, me ligue. OK?

— Ligo, fique tranquilo. Malu vai encontrá-lo na construtora?

— Sim, almoçaremos juntos e depois vamos trabalhar.

— Então até logo.

— Até mais tarde.

Capítulo 20

— Dom José?

— Sim. Quem está falando?

— Luciano Domenico, como vai o senhor?

— Bem, meu filho, com a graça de Deus. E, você, como está?

— Bem, dom José, agora estou bem.

— Não entendi.

— Finalmente, encontrei meu neto. O casal que o adotou esteve aqui ontem. Ele se chama Augusto e está na Itália, deve retornar no final de julho. Lembra-se daquele garoto que eu dizia que era meu neto?

— Sim, meu filho, me lembro.

— Então, era ele mesmo.

— Quem são as pessoas que adotaram seu neto?

— Roberto e Suzana, o sobrenome é Maia, se eu não estiver enganado.

— O Roberto é uma das pessoas que esteve aqui procurando informações sobre o convento e, na ocasião, ele me disse que havia adotado uma criança. Essa criança teria sido deixada à porta dele dentro de um cesto com a indicação do convento.

— É isso mesmo, dom José. É isso mesmo. Ontem, eu e a irmã Tereza conversamos com eles. Contamos tudo o que aconteceu com meu filho e a mulher dele.

— E como eles reagiram?

— Ficaram muito emocionados. Eles gostam muito do meu neto. Não sei se no lugar deles eu teria feito o mesmo. Procurar os pais verdadeiros para comunicar que estão com o filho deles. Será que eles contarão a verdade para o Augusto? E de que forma farão isso?

— Meu filho, você procurou essa criança durante vinte e cinco anos. Confie em Deus. Ele não desampara seus filhos. Se esse casal foi procurá-lo, é porque está interessado em contar a verdade para o filho que adotou. Pense bem, Roberto esteve aqui, e eu lhe disse que o convento não existia mais, que as freiras teriam de ser localizadas individualmente. Ele poderia ter desistido, mas não o fez. Foi até aí. Acho que você deve esperar e, de qualquer forma, você sabe onde eles moram. Não precisa mais se esconder.

— O senhor está certo. Vou confiar na providência divina e esperar. Obrigado, dom José, suas palavras sempre me tranquilizaram.

— Não precisa me agradecer, Domenico, conheço você há muitos anos, imagino como deve estar se sentindo. A propósito, não foi só Roberto quem esteve aqui procurando informações sobre o convento.

— Não? O senhor acha que aquele *maledeto*... Desculpe, dom José, mas não consigo me referir a ele de outra forma. O senhor acha que ele está procurando pela filha?

— Pode ser, meu filho. Pode ser. Os anos passaram também para ele. Acredito que esteja arrependido do que fez.

— Não sei não, não confio nele. Ele vive na fazenda, mas segundo os empregados só sai de casa para caminhar pela plantação. Os filhos não moram com ele. Vivem na capital. Só se algum deles esteve aí procurando pela irmã.

— Não sei ao certo, o homem me disse que se chamava Eduardo e estava procurando uma tia. Segundo ele, a única informação de que dispunha era de que ela havia trabalhado no convento. Disse-me que ela se chamava Maria, apenas isso.

— Dom José, minha nora se chama Maria Clara.

— Eu sei, mas ele disse apenas Maria. Tínhamos freiras e auxiliares cujo primeiro nome era Maria. Eu não tinha como ajudá-lo. Não fui informado se ele esteve em Jundiaí.

— Aqui na lanchonete ele não passou ou, se esteve aqui, não fez nenhum comentário sobre o convento, senão saberíamos. Dom José, mais uma vez obrigado.

— Não tem de quê, meu filho. Até logo.

— Até logo.

Depois dessa conversa, Domenico procurou Ana para saber se alguém havia comentado algo sobre o convento que ele não estivesse sabendo. A empregada disse que não e perguntou:

— Dom José foi procurado por mais alguém?

— Sim, por um homem chamado Eduardo. Ele disse a dom José que estava procurando uma tia chamada Maria, que havia trabalhado no convento.

— E dom José?

— Não pôde informar nada. Muitas Marias estiveram no convento.

— Eu vou falar com o Mateus. Se foi o velho Francisco quem andou procurando Maria Clara, nós saberemos.

— Por favor, Ana, não quero que ele saiba o que está acontecendo. Você sabe que não confio naquele homem.

— Fique sossegado, sei como chegar até Mateus sem levantar suspeitas. Assim que eu tiver alguma informação, falo com o senhor.

— Está bem. Agora vou até a vinícola. Preciso ligar para o Massimo e saber como estão os preparativos para a rota do vinho.

— E por que não telefona daqui mesmo?

— Porque algumas informações estão no escritório. Preciso delas quando estiver falando com ele, e essa caminhada vai me fazer bem. Até logo, Ana.

— Até logo, Domenico.

***

— Mateus, você tem tido notícias daquela gente lá do Domenico?

111

— Não, senhor. Aconteceu alguma coisa?

— Ouvi um zum-zum aqui em casa sobre um casal que estava conversando com a irmã Tereza no sábado.

— Não sei de nada não, patrão. Se souber, eu conto para o senhor.

— Posso confiar em você não é, Mateus?

— Eu sempre fui fiel ao senhor. Por que não seria agora?

— Não sei. Apenas uma coisa que me passou pela cabeça.

Uma das empregadas entrou na sala e disse:

— Seu Francisco, telefone, é o Chiquinho.

— Já disse que não gosto que o chame assim. Ele não é uma criança.

— Desculpe, seu Francisco.

— Alô, Francisco, o que houve para você me ligar tão cedo?

— Bom dia, papai. Eu preciso que você assine alguns documentos, vou para aí hoje à noite, está bem?

— Você vem sozinho?

— Não, vou levar Eduardo comigo. Ele está me auxiliando no escritório.

— E seu irmão, o que anda fazendo?

— Rogério está cuidando do depósito. Você sabe que ele nunca gostou de trabalhar no escritório.

— É, eu sei. O problema é que nenhum de vocês quer vir tomar conta da fazenda. Tenho certeza de que quando eu morrer vocês a venderão.

— Papai, já discutimos isso muitas vezes. Você vem sempre com essa história. Eu não sei o que faremos quando você se for. Pare de se preocupar com isso. Como estão as coisas por aí?

— No ritmo de sempre. Francisco, você teve alguma notícia de sua irmã?

— Não, papai. O último cartão de natal que ela mandou veio da Itália, mas não tinha endereço do remetente. Eu já disse isso a você. Não sabemos nem se ela está na Itália ou estava de passagem por lá e aproveitou para mandar o cartão.

— Com a venda da casa, o próximo cartão vai se perder.

— Talvez não. Eu converso com o novo proprietário e peço-lhe que me envie toda a correspondência que chegar.

— Está bem, meu filho, até a noite.

— Até mais, papai.

Ao desligar o telefone, Francisco ficou pensativo. Havia muitos anos, soubera que o namorado da irmã levara um tiro, mas nunca descobriu de quem. Ele acreditava que o rapaz não havia morrido. Ninguém falou em enterro, não comunicaram à polícia. Tinha alguma coisa estranha naquela história. Ele estava estudando em São Paulo na época em que tudo aconteceu. Era o mais velho dos três irmãos. Rogério também estava na faculdade naquela época. Os dois voltaram para a fazenda uma semana depois daquela tragédia. Os pais não haviam adiantado nada, esperaram os irmãos chegarem para contar o que havia acontecido. Rogério deu razão ao pai em não admitir o casamento da irmã com o filho do italiano, mas Francisco não. Ele achava que havia alguma coisa errada naquela história. Maria Clara não fugiria com o namorado. Ela era uma moça sensata. Ter ficado grávida, ele admitia, mas daí a fugir, abandonar a família? Alguma coisa naquela história não soava bem. E, se de fato eles haviam fugido juntos, por que atiraram no namorado da irmã e não a feriram? Onde ela estava?

"Um dia vou descobrir toda a verdade dessa história. Maria Clara deve ter sofrido muito, ela manda os cartões de natal todo ano, mas não diz nada sobre sua vida, não pergunta por ninguém. É como se quisesse que soubéssemos que ela está viva, apenas isso", pensou o rapaz.

Eduardo tirou o pai de seus pensamentos:

— Papai, estou pronto, podemos ir.

— E sua irmã? Ela disse que queria ir junto.

— Ela não vai mais. Uma amiga dela está no hospital.

— Está bem. Vamos embora ou chegaremos muito tarde à fazenda.

— Papai, por que a mamãe não vai conosco? Ela sempre tem um compromisso bem no dia em que vamos para lá.

— Meu filho, sua mãe tem os motivos dela. Qualquer dia desses, converse com ela e pergunte-lhe porque ela não vai à fazenda.

— Já fiz isso. Ela me disse que é uma longa história, que um dia conversaremos e fica por isso mesmo. Por que você mesmo não me conta? Não sou mais uma criança, já estou até o ajudando no escritório.

Francisco riu do jeito do filho:

— Realmente. Com 17 anos, você não é mais uma criança. Não se preocupe com esse assunto. Um dia, sua mãe conversa com você sobre isso. Está bem?

— Tá bom. Mas não vou esquecer esse assunto.

— Ah, meu filho, um conselho: não pergunte nada sobre isso ao seu avô, está bem?

— Por quê?

— Como sua mãe disse, é uma longa história. Não vale a pena tocar nesse assunto agora. Vamos chegar lá com tempo de você dar uma volta com Mateus. Eu avisei que você iria e pedi a ele que preparasse os cavalos. Procure se distrair e esqueça nossos problemas.

— Está bem, papai.

— E quem é essa amiga da Ana Paula que está hospitalizada?

— A Marcela. Elas se conhecem da faculdade, eu acho. Ela nunca esteve em nossa casa.

— E você sabe o que houve com ela?

— Não, papai, não perguntei para Ana.

— Estranho, nunca ouvi Ana Paula falar dessa moça. Quando chegarmos à fazenda, vou ligar para sua mãe para saber o que houve.

— Você é quem sabe, estou louco para chegar à fazenda e cavalgar. Pai, posso colocar um CD?

— Pode, desde que não seja um desses CDs barulhentos que você costuma ouvir.

***

Quando chegaram à fazenda, Francisco veio receber o filho e o neto. Eduardo, depois de cumprimentar o avô, saiu à procura de Mateus para cavalgarem.

Francisco perguntou ao filho:

— Como estão todos? Pensei que sua mulher e minha neta viessem com você.

— A Ana Paula está com uma amiga hospitalizada, e Marília tinha um compromisso na faculdade.

— Sua mulher tem sempre um compromisso na faculdade!

— Papai, não comece. Ela é professora, trabalha o dia inteiro, tem responsabilidades com seus alunos.

— Não sei não. Ela era amiga da sua irmã.

— E o que tem isso?

— Acho que ela não vem aqui porque sua irmã fugiu com aquele italiano.

— Papai, esqueça isso, vamos tratar dos papéis que eu trouxe para você assinar, preciso saber o que quer que eu faça com o dinheiro. Amanhã, quero dar uma volta pela fazenda com você e ver como está o gado, as cercas. Precisa fazer alguma manutenção?

— Eu acho que não. Mateus cuida muito bem de tudo.

— Mesmo assim, é bom verificar. Ele pode deixar passar alguma coisa e teremos gastos desnecessários depois.

— Está bem, meu filho, como você quiser.

— Falamos da fazenda, da minha família mas e você, está cuidando da saúde?

— Mais ou menos, esses médicos não sabem de nada.

— Papai, que história é essa?

— Eu acordei um dia desses com dor nas costas, e me mandaram parar de fumar.

— Eles pediram exames?

— Sim, ficarão prontos esta semana.

— Me informe o resultado deles. Não quero assustá-lo, mas se o médico mandou-o parar de fumar, você pode estar com um problema no pulmão.

— Bobagem. Ainda vou viver para ver sua irmã voltar para casa rastejando e me pedindo perdão.

— Papai, já se passaram vinte e cinco anos, você acha que isso ainda vai acontecer?

— Tenho certeza de que vai. Sua irmã é tinhosa, mas um dia vai se arrepender. Ela não veio nem para ver a mãe quando morreu. Mas um dia ela volta.

O homem não disse nada. Pediu licença ao pai para ir tomar um banho e descansar um pouco antes do jantar.

No restante da noite, não tocaram mais nos assuntos da família. Conversaram sobre amenidades e sobre o que Eduardo havia visto enquanto cavalgava com Mateus.

Capítulo 21

No dia seguinte, Francisco levantou-se cedo e acordou o filho para vistoriarem a fazenda. Estava tudo em ordem como o pai dissera. Pai e filho conversaram mais um pouco, e Francisco resolveu ir embora antes do almoço.

No caminho, Eduardo perguntou:

— Papai, por que não ficamos para almoçar com o vovô?

— Meu filho, estou com um pressentimento estranho, achei melhor almoçarmos no caminho.

— Legal, vamos parar naquela lanchonete que tem na estrada?

— Se você quiser...

— Sim, eles fazem uns lanches ótimos.

— Então está bem, pararemos lá para almoçar.

Quando chegaram à lanchonete, Francisco viu Ana arrumando uma das mesas. Aproximando-se, perguntou:

— Ana? Você não trabalhava na fazenda do meu pai, o senhor Francisco Almeida?

— Chiquinho! Meu Deus, como você está diferente. Se não tivesse dito meu nome, eu não o reconheceria. Há quanto tempo não vejo você e seus irmãos. Como estão todos?

— De Maria Clara não temos notícia, acho que você sabe o porquê. Rogério está em São Paulo, casou-se e tem dois filhos.

— E você?

— Eu também me casei e tenho dois filhos: Eduardo, este rapaz que me acompanha, e Ana Paula, que ficou em São Paulo.

— Seu filho é muito bonito, parece com você.

— Obrigado, Ana. E você, o que tem feito?

— Trabalho aqui na lanchonete. O Raul não dirige mais, aposentou-se. De vez em quando, ele aparece por aqui. Mas o que ele gosta mesmo é de pescar. E seu pai? Ainda está na fazenda?

— Está sim, de lá ele não sai mais. Está fazendo exames médicos por causa de uma dor nas costas. O médico pediu a ele que parasse de fumar, mas ele diz que o médico não sabe o que fala.

— Ele não muda. Sempre o mesmo turrão. Desculpe, estou falando do seu pai, mas é que eu trabalhei tantos anos na fazenda. Conheço bem o gênio dele.

— É mesmo. Você ficou lá até minha mãe falecer, não é mesmo?

— Sim. Depois resolvi cuidar da minha casa, do meu marido.

Francisco virou-se para o filho e disse:

— Eduardo, você não quer pedir os lanches? Assim eu converso mais um pouquinho com a Ana.

— Está bem, papai. O de sempre?

— Sim, o de sempre.

— Ana, você estava trabalhando na fazenda quando minha irmã saiu de casa?

— Estava sim. Por quê?

— Eu gostaria que alguém me contasse o que houve. Não aquela história de que ela fugiu com o namorado, mas a história real. Eu não acredito que ela tenha fugido com ele. Depois disseram que ele havia morrido. Como alguém pode morrer e ninguém ficar sabendo do enterro? Se ele levou um tiro, seria normal que alguém tivesse ido à minha casa interrogar meu pai, afinal, todo mundo sabia que eles tinham brigado por causa de Maria Clara.

— Meu filho, são muitas perguntas ao mesmo tempo. Por que você não fala com seu pai?

— Porque vou ouvir a mesma história que tenho certeza de que não é a verdadeira. Minha mulher não vem aqui porque não acredita no que nos disseram. Para ela, quem mandou atirar no namorado da Clara foi o papai. Elas eram muito amigas. Nem eu, nem a Marília acreditamos que ela tenha fugido com o namorado. Massimo, não é? O nome dele era Massimo.

— Francisco, não posso ajudá-lo. Não conheço os detalhes que você quer saber. Ela não escreve para você?

— Não. Apenas manda um cartão no Natal para sabermos que está viva. Mas não fala no Massimo, não fala da criança, que hoje deve ser um homem, afinal, já se passaram vinte e cinco anos.

— Só você tem interesse em saber o que aconteceu? Seu pai e seu irmão não a procuram?

— Não. Eu fui até o bispado para saber do convento. Acredito que Maria Clara tenha ficado lá até a criança nascer. Meu pai não acredita nisso, nem chegou a procurá-la. Eu disse ao bispo que me chamava Eduardo para não comprometer meu pai. Mas saí de lá sem nenhuma informação. Ele disse que o convento foi incendiado e que as freiras voltaram para suas famílias. Eu não tinha argumentos para conversar com ele.

— Entendo, meu filho. Olhe, uma das freiras que trabalhava lá mora aqui perto. Me deixe seu telefone que vou procurá-la e, se eu conseguir alguma informação, ligarei para você.

— Você faria isso por mim?

— Claro. Você parece que gosta muito da sua irmã.

— Ela é minha irmã caçula. Sinto muito a falta dela. E, Ana, por favor, não deixe ninguém saber que estou atrás da minha irmã. Isso pode chegar aos ouvidos do meu pai, e ele não vai gostar. Ele acredita que Maria Clara um dia voltará para pedir-lhe perdão. Eu tenho certeza de que por esse motivo ela nunca vai voltar. Papai destruiu a vida dela. Eu não tenho provas, mas acredito que ele fez ou mandou fazer alguma coisa de ruim aos dois.

— Você está acusando seu pai de ter perseguido e possivelmente atirado no namorado da sua irmã?

— Não é uma acusação porque não tenho provas, mas ele sempre foi muito violento. É bem possível que ele tenha feito alguma coisa para prejudicar os dois. Fique com meu cartão e, por favor, se você tiver alguma informação, me avise. Pode ligar a cobrar, não quero que você tenha despesas por minha causa.

— Não se preocupe com isso. Ligo para você se tiver alguma informação e também se não tiver, assim você não fica esperando uma resposta.

— Está bem, Ana, muito obrigado. Posso te dar um abraço?

— Claro que pode, mas estou cheirando à gordura.

Francisco não se importou com o cheiro de Ana. Ela, muitas vezes, cuidou dele para que não levasse umas palmadas do pai. Cuidava com carinho dele e dos irmãos. O encontro com ela fez-lhe bem. Despediu-se de Ana e foi comer o lanche que o filho já havia sinalizado que estava pronto.

***

Quando Francisco chegou a São Paulo, contou a Marília o que havia acontecido. Ela surpreendeu-se com a reação do marido com relação a Ana:

— Francisco, você acha que pode confiar nela? Afinal, ela trabalhava para seu pai.

— Ela deixou a fazenda quando mamãe morreu. Morava próxima à igreja. Você acha que ela não sabe o que houve? Eu gosto dela e fui sincero quando pedi que ela me conseguisse informações sobre Maria Clara. Papai não tinha o direito de fazer o que fez.

— Eu sei, Francisco, procure não se exaltar com esse assunto. As crianças podem perceber e começar a fazer perguntas. Está difícil contornar a situação com o Eduardo.

— Ele está curioso para saber por que você não vai à fazenda.

— O Eduardo está sempre perguntando a mesma coisa. Se eu contar o motivo, é capaz de ele não querer ir mais ver o avô.

— Vamos esperar a resposta de Ana. Se for o que eu estou pensando, eu mesmo converso com o Edu.

— Ótimo. Agora, por que você não vai descansar um pouco antes do jantar?

— Ana Paula está em casa? Eduardo me disse que ela estava no hospital com uma amiga. Quem é?

— Ah, Francisco! É um problema sério. Lembra-se do Augusto, irmão da Malu, amiga da Ana?

— Sim, eu me lembro.

— Então, o rapaz viajou a trabalho para a Itália, e a namorada dele não contou que estava grávida. Parece-me que ela teve um aborto meio complicado, a família não quer chamar o rapaz de volta. Se você quiser saber mais detalhes, converse com a Ana, ela está no quarto estudando.

— Não, Marília, já sei o suficiente. Eu vou descansar um pouco, depois desço para o jantar.

***

No hospital, o doutor Jorge conversava com Marcela:

— Você está se sentindo melhor?

— O que houve? Eu perdi meu filho?

O médico respirou fundo e disse a ela:

— Marcela por que você não me conta o que houve? Eu examinei você, pedi todos os exames que pudessem me garantir que você estava grávida e não encontrei nada. Ou você estava com gravidez psicológica ou tentou assustar as pessoas simulando um aborto. Se for gravidez psicológica, vou encaminhá-la a um psiquiatra. Do contrário, vou mantê-la aqui até você me dizer a verdade.

— Você não pode fazer isso!

— Posso sim. Aborto é crime. Posso denunciá-la à polícia e dizer a eles que você está muito fraca para sair do hospital. Então, vai me contar ou não?

— Eu não estava grávida. Tentei simular um aborto fazendo um corte para que sangrasse um pouco e parecesse que eu estava abortando. Devo ter cortado alguma veia, eu não sei. Senti uma dor muito forte e desmaiei. Eu estava sozinha em casa. Quando acordei, estava aqui. Quem me trouxe para cá?

— Seu pai. Ele estava apavorado. Mandou chamar os pais de seu namorado para que o ajudassem com você. Estava decidido a tomar satisfações com o rapaz. Suzana conseguiu acalmá-lo, e depois eu expliquei a ela como você estava. Só não confirmei que você não estava grávida. Mas farei isso amanhã pela manhã.

— Você não pode fazer isso.

— Posso e vou. Você é uma garota mimada, precisa ser detida antes que alguém se machuque de verdade.

— Vou dizer que você está mentindo para proteger Augusto. Direi ao meu pai que vocês são amigos.

— Você não vai fazer nada disso. Não piore sua situação. Eu nunca vi esse Augusto. Olha, se ele foi seu namorado por três anos como me disseram, e você sempre foi desse jeito, o cara é um santo.

— Você está me ofendendo.

— Não estou não. Estou tentando colocar algum juízo nessa sua cabeça. Agora você vai tomar a medicação que a enfermeira está trazendo, e nos veremos amanhã.

— Eu não vou tomar nada.

— Vai sim. Enfermeira, pode aplicar a injeção, eu vou aguardar.

— Odeio você.

— Não tem problema. Eu já ouvi isso antes e não morri. Estou aqui firme e forte na minha profissão. Pronto, ela precisa tomar mais algum medicamento?

— Não, doutor. Esse era o último.

— Ótimo, até amanhã, Marcela.

Marcela não respondeu, ficou olhando para o lado contrário ao que o médico estava até que ele fosse embora. Depois que ele saiu, ela começou a chorar e, por fim, adormeceu.

A enfermeira, que a observava a pedido do médico, aproveitou que a paciente estava descansando e saiu para dar informações a ele.

— Doutor Jorge, posso entrar?

— Sim, Regina, algum problema?

— Não, doutor, os pacientes estão bem. Aquela moça que entrou hoje... a Marcela...

— O que tem ela?

— Depois que o senhor saiu da UTI, ela chorou muito. Agora está dormindo.

— Obrigado, Regina. Quem sabe depois desta noite ela melhore? Não me conformo com o que ela fez, e tudo por causa de um namorado. O que há com essas moças? Ela é jovem, bonita, tem um mundo pela frente e quase se mata.

— O senhor tem certeza de que ela não estava grávida?

— Absoluta. Amanhã voltarei a conversar com ela. Você ainda precisa de mim?

— Não, doutor. O plantão de hoje deverá ser calmo.

— Ótimo. Vou para casa. Se houver algum problema com a Marcela, pode me ligar.

— Está bem, doutor, até amanhã.

— Até amanhã, Regina.

Capítulo 22

A secretária entrou no escritório dizendo:

— Roberto, o senhor Domenico está na linha, disse que é particular. O senhor vai atendê-lo?

— Claro, Carmem, pode passar a ligação.

— Roberto, é Domenico, bom dia.

— Bom dia, Domenico, tudo bem?

— Sim, tudo em ordem. Eu liguei para o bispo dom José para avisá-lo que nós havíamos conversado, e ele me disse que outra pessoa foi à diocese perguntar sobre o convento.

— Ele disse o nome dessa pessoa?

— Ele me disse que se chamava Eduardo. Ontem, esteve aqui na lanchonete um dos irmãos da Maria Clara. O nome dele é Francisco, mas ele foi à diocese e se identificou como Eduardo. Ele conversou com a Ana e pediu que ela o ajudasse a descobrir o paradeiro da irmã.

— E ela?

— Desconversou, mas disse que se soubesse de alguma coisa, o avisaria. O rapaz parece sincero em suas intenções. Ele é muito diferente do pai e do outro irmão.

— Domenico, você sabe o nome completo dele?

— Sei, é Francisco de Almeida Filho. Ele cuida dos negócios do pai. O irmão Rogério tem um depósito de material de construção.

— Domenico, esse nome não me é estranho. Você tem algum receio que ele possa descobrir alguma coisa e fazer algum mal a Augusto?

— Sinceramente, eu não sei. O problema é que se ele souber dessa história, o pai dele também saberá, e as consequências serão imprevisíveis.

— Domenico, não vamos nos preocupar antes da hora. Ele ainda não sabe o que houve. Como eu disse, esse nome não me é estranho. Vou ver se descubro alguma coisa e depois falo com você. Obrigado por me avisar.

— Não tem de quê. Ao falar com você, fico mais tranquilo. Não vejo a hora que tudo possa ser esclarecido.

— Nós também, Domenico.

— Roberto, não vou ocupá-lo mais. Obrigado e até logo.

— Um abraço, Domenico, até qualquer hora.

Roberto desligou o telefone e ficou pensativo. De onde conhecia aquele nome? Ligou para Suzana para contar-lhe sobre o telefonema de Domenico.

— Suzana, tudo bem?

— Tudo bem, Roberto, aconteceu alguma coisa? Você nunca telefona a essa hora.

— Aconteceu. Domenico me ligou para falar sobre um irmão da Maria Clara.

— E o que tem isso?

— Ele está procurando pela irmã, conversou com o bispo e com a Ana. O que me intriga é o nome dele.

— E qual é?

— Francisco de Almeida Filho. Você já ouviu esse nome?

— Ah, meu Deus, não pode ser coincidência.

— O que é? Fale logo!

— O pai da Ana Paula, amiga da Malu, se chama Francisco de Almeida Filho.

— O Chico Almeida?

— É, Roberto, ele mesmo.

— E agora?

— E agora precisamos falar com a Malu. Espero que ela não tenha dito nada para Ana Paula.

— Daqui a pouco, ela estará aqui. Falarei com ela durante o almoço.

— Está bem, Roberto. Depois você me dá notícias?

— Dou sim, vou desligar agora. Um beijo.

— Um beijo, até mais.

Suzana desligou o telefone e ficou pensativa. De repente, a vida deles estava virando um redemoinho. Ela havia falado com os filhos, mas não contara nada sobre a família de Augusto. Agora descobriram que a amiga de Malu era prima de Augusto. Eles haviam crescido juntos. Ele vivia implicando com as tranças da menina. E, por fim, descobrem que são parentes.

Para Suzana, o mais difícil era não poder dizer aos filhos o que estava acontecendo. Tomara muito cuidado para mentir quando Augusto perguntou por Marcela. Ela, por mais que tentasse esconder a verdade dos filhos, tinha certeza de que não estava se saindo bem quando falava com eles. Ficava sempre alguma dúvida no ar.

Pensou no curso que estava fazendo. Faltaria novamente, mas precisava ir ao hospital saber notícias de Marcela. Ligou para uma amiga avisando que não iria assistir às aulas e dirigiu-se ao hospital.

Lá chegando, encontrou Humberto, que estava com um ar bastante preocupado:

— Suzana, ontem você não me escondeu nada, não é?

— Não, Humberto, que ideia! Por que eu o faria?

— Não sei. Talvez para proteger seu filho.

— Humberto, nos conhecemos há tanto tempo. Por que você acha que nós não faríamos Augusto assumir as responsabilidades pelos seus atos?

— Ele ainda não ligou para saber da Marcela.

— Eu falei com ele ontem. Ele estava no trem indo para Roma. O que faria se estivesse no meu lugar?

— Não sei, Suzana, não sei. Eu só tenho Marcela, não quero que ela sofra.

— O sofrimento dos filhos não é responsabilidade dos pais. Não procuramos torná-los infelizes. Muitas vezes, eles é que se colocam nessa situação. Se Marcela tivesse compreendido

Augusto, nada disso teria acontecido. Agora nenhum de nós imaginava que ela faria o que fez.

— O que ela fez?

Suzana percebeu que Humberto não sabia a verdade sobre o estado de saúde de Marcela, então disse:

— Brigou muito com Augusto. Você não se lembra?

— Lembro sim, você tem razão. Você vai vê-la?

— Vá primeiro. Depois, se sobrar tempo, eu vou. Você é quem deve permanecer mais tempo com ela.

Enquanto Humberto foi ver a filha, Suzana foi procurar pelo médico que estava cuidando de Marcela. Quando o encontrou, disse:

— Bom dia, doutor. Como está Marcela hoje?

— Está melhor. Eu conversei com ela ontem à noite, acho que a conversa foi produtiva.

— Ela realmente estava grávida?

— Não, mas eu gostaria que isso ficasse entre nós. Quanto ao pai dela, se ela quiser contar-lhe, será entre os dois. Não vou interferir.

— E o que ela fez, afinal?

— Ela tentou fazer um corte na região da vagina para que o sangue simulasse um aborto. Só que ela cortou uma veia, e sangrou muito mais do que ela imaginava. Como Marcela estava sem se alimentar, a perda de sangue causou um desequilíbrio no seu organismo. Por isso, ela vai ficar internada durante alguns dias até se recuperar bem.

— Alguém mais sabe dessa história?

— Além de mim e da senhora, minha assistente e a enfermeira que eu pedi que observasse Marcela em tempo integral.

— Obrigada, doutor. Espero que ela converse com o pai para que ele pare de chamar meu filho de irresponsável.

— Se a senhora me permite a indiscrição, gostaria de saber se eles estão separados há muito tempo.

— Meu filho viajou há quinze dias. Eles brigaram um dia antes da viagem, mas já vinham discutindo há muito tempo. Ele viajou a trabalho, e ela não queria que ele fosse. Acusou-o de estar abandonando-a. Foram várias discussões. Quando ela contou a ele que havia pedido ao pai para interferir na vida profissional dele, Augusto ficou uma fera. Chamo-a de criança mimada e que se ela não mudasse, estava tudo acabado entre eles.

— Então, ela tentou fazer uma chantagem emocional com ele? Ele sabe o que houve?

— Não, doutor. Ontem, quando eu falei com Augusto, ele estava no trem indo de Verona para Roma. Ele tem muitos lugares para visitar e contatos para fazer. Não vou ocupá-lo com os problemas da Marcela. Problemas, aliás, que só dizem respeito a ela. Vou aguardar o melhor momento para conversar com meu filho.

— A senhora tem razão. Vou conversar com a psicóloga do hospital e pedir a ela que fale com Marcela, quem sabe conseguimos ajudá-la.

— Obrigada, doutor.

— Não por isso. É minha função como médico.

— Seria bom se todos os médicos pensassem como o senhor.

— Obrigado, dona Suzana, vou tomar isso como um elogio.

— Eu vou embora, faz tempo que Humberto subiu e acho que não terei horário para visitá-la. Vou pedir para minha filha vir na visita da noite.

— Boa ideia, dona Suzana. A companhia das amigas é muito boa nessas horas.

— Até logo, doutor Jorge.

— Até breve, dona Suzana.

Suzana saiu do hospital e resolveu ir à construtora, estava quase na hora do almoço, e com certeza ela encontraria Malu e Roberto.

Quando chegou à empresa, eles ainda estavam no escritório.

— Surpresa! Vim almoçar com vocês.

— Oi, Suzana, que surpresa boa, você chegou bem na hora.

— Oi, mamãe. De onde você está vindo?

— Do hospital.

— Você falou com Marcela?

— Não, filha, deixei o horário para o Humberto. Mas conversei com o doutor Jorge.

— E ele, o que disse? Ela estava grávida?

— Ele me pediu segredo, mas eu vou contar para vocês, mas, por favor, ele não quer que todos fiquem sabendo sem ser por ela. Marcela não estava grávida. Ela armou uma situação e acabou se ferindo com gravidade.

Malu respondeu:

— Mamãe, ela ficou maluca?

— Não, minha filha, ela se desesperou e quis atingir seu irmão. Quis puni-lo porque ele a deixou.

— Ainda bem que você é uma pessoa equilibrada. Já pensou chamá-lo aqui nesse momento para ele constatar que era uma armação? Ele ficaria enlouquecido.

— Pois é — disse Roberto. Mas agora essa história já está esclarecida. Que tal se fôssemos almoçar?

— Boa ideia, papai, estou morrendo de fome.

***

— Marcela, tudo bem? — perguntou doutor Jorge.

— Mais ou menos, estou me sentindo dolorida.

— É normal nesses casos. Amanhã, você vai fazer alguns exercícios com a fisioterapeuta e vai se sentir melhor.

— Quando você vai me dar alta?

— Se você estiver bem amanhã, depois de amanhã poderá ir para casa. Mas terá que permanecer em repouso por uns dias. O corte que você fez foi muito profundo. É preciso tomar cuidado para não romper os pontos e não ter nenhuma infecção.

— Vou poder engravidar?

— Mas é claro, você é jovem e saudável. Poderá ter vários filhos. Mas vou lhe fazer um pedido e quero que você prometa que vai me atender.

— O que é?

— Nunca mais ponha sua vida em risco, por motivo nenhum desse mundo. Marcela, você tem um futuro lindo pela frente, não jogue sua vida fora.

— Como posso pensar em futuro sem o homem com quem eu queria viver pelo resto da vida?

— Marcela, muita gente perde o namorado, o marido, a esposa, e continua vivendo. Você tem que viver por você e não por ele. Não deu certo com ele, dê uma chance a outra pessoa. Não desperdice sua vida.

— Você parece que sabe muito sobre isso. É casado?

— Não, Marcela, sou viúvo.

— Viúvo! Quantos anos você tem?

— 35.

— O que houve, do que ela morreu?

Os olhos do doutor Jorge se encheram de lágrimas.

— Desculpe, não precisa falar se isso o deixa triste.

Se controlando, o médico disse:

— Não tem problema, sofri muito com a morte de Marisa. Nós nos formamos juntos e logo depois da formatura nos casamos. Estávamos fazendo planos para o futuro, tínhamos acabado de montar o apartamento. Uma tarde, ela sentiu uma dor de cabeça muito forte, eu a levei para o hospital e não foi possível fazer nada. Ela tinha um aneurisma e nós não sabíamos. Ela nunca havia sentido nada. Foi um choque para todos: para mim, meus pais, os pais dela. Demorou muito para eu compreender o que havia acontecido.

— Faz muito tempo que ela morreu?

— Faz cinco anos.

— E você não quis se casar de novo?

— Não, Marcela. Eu mergulhei no trabalho do hospital para não entrar em depressão. No ano passado, um amigo me levou para fazer um trabalho voluntário num centro espírita. Eles precisavam de um médico para atender as crianças da creche por um mês. Eu fiquei um mês, depois mais um e estou lá até hoje.

— Você é espírita?

— Digamos que estou estudando a doutrina espírita. Os livros que andei lendo me ajudaram muito. Por isso, quando você chegou aqui, eu fiquei muito irritado. Não jogue sua vida fora. Está brava com o namorado, vá fazer um trabalho que lhe dê prazer, vá ajudar alguém. Mas nunca mais tente se ferir, por favor.

— Doutor Jorge — chamou a enfermeira.

— Sim.

— Estamos precisando do senhor na emergência.

— Estou indo. Tchau, Marcela. Mais tarde, eu volto para ver você.

Marcela ficou tocada com as palavras do médico. Como a vida dela era inútil. Corria atrás de um homem que estava cansado dela, não tinha conseguido terminar a faculdade, não se interessava pelos negócios do pai.

"Como devo estar fazendo meu pai sofrer. Ele não refez a vida dele para cuidar de mim. E agora, veja o que eu fiz. Jorge tem razão. Mais tarde, quando ele voltar, vou pedir que me ajude a melhorar a minha vida", pensou a moça.

— Dona Marcela?

— Por favor, não me chame de dona. Só de Marcela.

A enfermeira sorriu e disse:

— O doutor Jorge mandou este livro para a senhora, quer dizer, para você ler enquanto está aqui.

— Obrigada, começarei a ler agora mesmo.

Capítulo 23

Augusto chegou a Roma às 18 horas. Registrou-se no Hotel Alimandi e pediu que o chamassem assim que o senhor Luigi Alessio chegasse.

Luigi Alessio, um dos responsáveis pela Alessio Editore, iria pegá-lo no hotel para jantarem e conversarem sobre o contrato de representação entre eles e a Editora da Manhã. Augusto calculou que teria tempo de falar com seu irmão antes do compromisso.

— Alô, Paulo?

— Augusto, tudo bem com você? Fez boa viagem?

— Sim, está tudo bem, e a viagem foi ótima. Escute, você falou com a mamãe? Ela me ligou, mas eu estava no trem e não consegui falar direito com ela.

— Eu falei com ela ontem. Eles estão bem, com saudades.

— Mamãe falou alguma coisa sobre meus pais?

— Sim. No final da semana deverão se encontrar com uma freira que estava no convento na época em que você nasceu.

— Que bom, até que enfim uma notícia sobre eles.

— É, eles estão fazendo de tudo para localizar seus pais verdadeiros. Vamos esperar e ter fé que tudo dará certo.

— Sabe, Paulo, eu andei pensando sobre essa história de pais verdadeiros. Meus pais verdadeiros são Roberto e Suzana. Nada mudará isso.

— Puxa, mano, você deveria dizer isso para a mamãe. Ela ficará muito contente.

— Paulo, preciso desligar. O interfone está tocando, deve ser o editor que vai me levar para jantar.

— Está certo. Outra hora, falamos com mais calma.

— Um abraço, mano, até breve.

***

Luigi era um rapaz jovem, em torno dos 30 anos. Simpático, deu as boas-vindas a Augusto conforme o costume italiano: um beijo no rosto e um abraço. Depois perguntou ao brasileiro se ele estava com fome e disse que o levaria a um restaurante onde serviam massas com lagosta.

— Augusto, você vai gostar muito do I Buoni Amici. Você gosta de lagosta?

— Sim, só que nunca comi lagosta com massa.

— Para você, pode parecer estranho, mas garanto que o sabor é ótimo. Tomaremos um bom vinho italiano e conversaremos sobre negócios. Você está gostando de sua estada aqui na Itália?

— Sim, muito. Tenho feito bons contatos para a editora e conseguido material para meu mestrado.

— Por que Ângelo escolheu os nossos escritores para levar para o Brasil?

— A colônia italiana no Brasil é muito grande, então, levar autores daqui para lá seria uma boa opção de mercado. Ao mesmo tempo, mandaríamos livros de autores brasileiros que merecem ser conhecidos na Europa.

— A ideia é boa. Você contatou outros editores?

— Sim, em Milão falei com a Milan Editoriale e em Verona conversei com dois escritores: Antonio Dalena e Enrico Margutti.

— Eu os conheço, são bons escritores.

— Eu estou com alguns livros para ler e espero poder fazê-lo enquanto estou aqui em Roma. Na próxima quarta-feira, tenho uma reunião agendada com a escritora Maria Domenico. A secretária me disse que ela estará em Nápoles e poderá me receber.

— Ela escreve muito bem, pena que só tenha escrito um romance.

— Você sabe que até agora eu não recebi um exemplar desse livro? Gostaria de conhecê-lo antes de falar com ela.

— Isso é fácil de resolver, devemos ter um exemplar na editora. Mandarei para você amanhã. Você ficará o dia todo no hotel?

— Sim. Não tenho nada programado para amanhã.

— Se você quiser sair para conhecer Roma, fique à vontade, deixarei na recepção.

— Eu lhe agradeço. Talvez dê uma volta para conhecer a Basílica di San Pietro e o Coliseu.

— Você vai gostar. Não deixe de passar na Piazza di Spagna. É uma praça muito bonita. Outro lugar que você não deve deixar de visitar é Galleria Borghese. Você está de carro?

— Não.

— Amanhã estou com a noite livre. Se você quiser, podemos ir a uma pizzaria. Eu sei que os brasileiros apreciam muito uma boa pizza.

— Você está certo. Você me apanha no hotel ou quer que eu o encontre em algum lugar?

— Eu venho até o hotel senão você terá de pegar um táxi. Fique tranquilo, passo no hotel às 20 horas. Está bom esse horário?

— Sim, está ótimo. Hum! A comida está com um cheiro convidativo.

— Aproveite, meu amigo. Garanto a você que está uma delícia.

Durante o jantar, Augusto e Luigi conversaram sobre autores brasileiros e italianos, quem deveria traduzi-los, quais poderiam ser comercializados imediatamente e também sobre os contratos de direitos autorais.

Quando estavam voltando para o hotel, Augusto perguntou:

— Luigi, você me disse que era uma pena porque Maria Domenico escreveu apenas um livro. Como você a descobriu?

— Eu não a descobri. Foi puro acidente. Eu estava com uns amigos na Toscana fazendo a rota do vinho. Enquanto conversávamos com o *sommelier*, percebi que minha esposa estava numa conversa séria com uma jovem senhora. Quando Corina se aproximou de onde eu estava, me disse baixinho:

— Amor, aquela mulher escreveu um romance que parece ser muito interessante. Ela veio me perguntar se você era o editor da Alessio porque o livro foi para lá há quase um ano, e até agora ninguém disse a ela se será publicado ou não.

— Ela disse o título do romance?

— Não, mas acho que deveríamos conversar com ela.

— Está bem, vou pedir licença aos meus amigos e vou com você até ela.

— Maria, este é meu marido Luigi, um dos diretores da Alessio.

— Muito prazer.

— Maria, para quem você mandou seu livro?

— Eu vi um anúncio que estavam procurando novos escritores e resolvi mandar minha história. Acho que não a apreciaram, mas eu gostaria de ter uma resposta.

— Você conta sua história na obra?

— Sim, parte dela.

— Qual o nome do livro?

— O livro se chama *A voz do coração*.

— Estranho. Eu não recebi. Voltaremos para Roma neste fim de semana, vou saber o que houve e entro em contato com você. Pode me dar seu telefone?

— Sim, vou lhe dar um cartão da vinícola, assim, se eu não estiver aqui, você pode falar com Massimo, meu marido.

— Eu cheguei à redação e fui atrás do responsável pelos originais recebidos. Ele me disse que não tinha gostado da história, e que a autora havia se inscrito num concurso para novos autores italianos, mas ela era brasileira.

— Não pode ser — respondi — o italiano dela é perfeito.

— Sim — disse-me meu funcionário — a escrita também é perfeita, mas ela nasceu no Brasil.

— Está bem — respondi — de qualquer forma, quero ver os originais.

— Quando eu comecei a ler o romance, não consegui parar. A história é comovente. Eu conversei com Maria e soube que depois de casada, ela se mudou para a Itália. Ela já vive aqui há mais de vinte anos. Combinei de nos encontrarmos para discutir os direitos autorais, e publiquei o livro. Quando tentei falar com ela para fazermos uma reimpressão, ela me pediu que esperasse, pois talvez uma segunda impressão não fizesse o sucesso da primeira, e me disse também que precisa se ausentar por causa de um congresso que participaria na França.

— E depois disso você não fez mais contato com ela?

— Fiz, falei com ela pelo menos umas três vezes. Ela estava irredutível. Não queria que reimprimíssemos o livro.

— Por isso, não consegui encontrar a obra em nenhuma livraria.

— Exatamente. Vendemos todos os exemplares.

— E agora, ela concordou em fazer uma nova tiragem?

— Ainda não. Eu disse a ela que estava negociando com uma editora no Brasil, e faríamos uma nova tiragem na Itália. Ela falou que iria pensar, que queria conversar com o representante da editora do Brasil. Eu não duvido nada se ela não cancelar o encontro com você na semana que vem.

— Será?

— Não desista, meu amigo, teremos muito trabalho até lá. Eu agendei com alguns autores para conversarmos sobre os lançamentos no Brasil. Aproveite o fim de semana porque a partir de segunda-feira você vai ter muito o que fazer. Você fica aqui até quando?

— Ficarei aqui até o final do mês. Devo seguir para Nápoles dia 1º de junho.

— Ótimo, teremos tempo para trabalhar e jantaremos juntos mais vezes para você conhecer os restaurantes romanos.

— Não quero incomodá-lo.

— Não é incômodo nenhum. Amanhã, minha mulher irá conosco. Você vai gostar dela. É professora de História da Arte. Quem sabe ela não lhe dará algumas informações sobre seu projeto?

— Seria ótimo. O professor que eu deveria encontrar em Verona foi a um congresso, e eu não fui avisado a tempo. Uma

136

de suas auxiliares conseguiu agendar com um professor da Universidade de Nápoles no dia 2 de junho.

— Augusto, não quero desanimá-lo, mas confirme essa data porque 2 de junho é feriado aqui.

— Obrigado pelo aviso. Ligarei para ela amanhã.

— Chegamos. Boa noite, Augusto, nos veremos amanhã.

— Boa noite, Luigi, e obrigado pelo jantar. Você tinha razão, estava ótimo.

Augusto foi para seu quarto e calculou que estava tarde para ligar para o Brasil, portanto, conversaria com os pais no dia seguinte. Ficou pensando na autora do livro: "Por que ela teria agido assim? Será que ela roubou ou plagiou a história e ficou com medo de ser descoberta? Talvez tivesse pegado os originais de uma amiga."

Com todas essas dúvidas no pensamento, Augusto adormeceu e sonhou que era uma criança, e uma jovem o chamava:

— Augusto, venha com a mamãe. Venha, meu filho, corra.

Ele corria e não conseguia alcançá-la. Acordou sobressaltado, olhou no relógio e viu que eram seis horas da manhã. Levantou-se para beber água e voltou para cama. Depois de algum tempo adormeceu pensando no sonho. Quando ele acordou, eram onze horas.

Levantou-se, tomou um banho e saiu para dar uma volta. A imagem da jovem chamando por ele no sonho ficou em sua mente o dia todo.

Capítulo 24

Augusto visitou a Basílica di San Pietro e depois resolveu tomar um café. Foi sentar-se em uma cafeteria próxima à igreja. Achou simpática a forma como os garçons atendiam. Eles colocavam uma bandeira do país do cliente em cima da mesa e ali, se estivessem pessoas do mesmo país, poderiam se confraternizar.

Augusto já estava sentado há algum tempo quando percebeu o clarão de um *flash*. Irritado, perguntou:

— Por que você fez isso?

— Porque você estava tão distraído que não percebeu que nessa cafeteria só tem duas mesas com a bandeira do Brasil, e estamos os dois sozinhos.

— Isso não lhe dá o direito de me fotografar, ou melhor, me agredir com esse *flash*.

— Me desculpe, não tive a intenção de irritá-lo, foi apenas uma brincadeira. É a primeira vez que vejo um turista brasileiro mal-humorado. Essa cafeteria é famosa porque quando as pessoas passam por aqui, mesmo que não se sentem para fazer um lanche, costumam acenar para os que estão sentados fazendo uma refeição. Identificam-se pelas bandeiras que estão nas mesas. Por isso, achei que não haveria problema em fazer uma brincadeira.

— Eu que peço desculpas. Tem razão quando disse que estou mal-humorado. Normalmente, não sou assim. Estou com alguns problemas pessoais e estava tentando solucioná-los quando você me fotografou. A foto deve estar horrível.

— Não está não. Veja!

— Estou ridículo, por favor, apague e eu deixo você fazer outra. A propósito, meu nome é Augusto Maia, e o seu?

— Muito prazer, meu nome é Renata Azevedo.

— Você está aqui como turista?

— Mais ou menos. Meu pai costuma vir todo ano à Itália para participar das feiras de produtos cerâmicos. Dificilmente eu o acompanho por causa do meu trabalho. Este ano consegui vir com ele, embora com roteiros diferentes. Aqui em Roma tem lugares lindíssimos, mas estou interessada nas cidades que ficam em volta de Roma. Quero publicar um livro de fotografias, mas fotos que digam alguma coisa não só para mim, mas para quem se interessar pelo livro.

— Você também pode fazer uma exposição. O que acha?

— Talvez isso seja um pouco mais complicado. Preciso primeiro que algum dono de galeria se interesse pelo trabalho. Essa é a parte mais difícil quando não se tem conhecimento no meio.

— Você é de que lugar do Brasil?

— De São Paulo, e você?

— De São Paulo. Moramos na mesma cidade e viemos nos encontrar em Roma.

— É, Augusto, o destino tem dessas coisas.

— Renata, você acredita em destino? Você parece ser uma pessoa tão segura de tudo o que quer.

— Sim, eu acredito em destino. Se não fosse ele, não estaríamos aqui hoje. Garanto que se você não estivesse com problemas, estaria passeando com alguma garota, e eu não poderia tirar essa foto. Não vou apagá-la. Vou me lembrar sempre de você cada vez que eu vê-la.

— O que eu devo fazer para me desculpar?

— Quem sabe se você me acompanhar à Piazza di Spagna e me pagar um sorvete eu possa perdoá-lo?

— Então, vamos lá. Você sabe para que lado fica a *piazza*?

— Sei sim, vamos descer esta rua.

E assim Augusto e Renata foram andando no meio de uma multidão de turistas. Renata era uma moça alegre, espirituosa, inteligente, segura do que fazia.

"Ela é muito diferente de Marcela", pensou Augusto.

Ele se propôs a levá-la ao hotel onde estava hospedada quando teve outra surpresa:

— Você está hospedada no Alimandi?

— Sim. Por que você está rindo?

— Quando você chegou?

— Hoje de manhã. Eu tinha feito reserva em outro hotel, no Nazionale, mas quando cheguei lá, minha reserva não estava confirmada, o recepcionista foi atencioso e conseguiu um quarto no Alimandi. Depois que me registrei, saí para me adaptar ao fuso horário. Por quê?

— Acho que serei obrigado a acreditar em destino.

— Não acredito! Você está no Alimandi? — perguntou Renata rindo.

— Estou.

— Está vendo quando digo que precisamos acreditar no destino? Nosso destino era nos conhecermos nesta viagem.

— Muito bem, então vamos deixar que ele nos guie. Você ficará aqui até quando?

— Até o final da semana que vem. Depois vou para Paris, Madrid e Lisboa.

— Na semana que vem estarei ocupado em reuniões com editores e escritores. Na outra semana, viajarei para Nápoles, pois tenho uma reunião com uma escritora.

— Você é editor?

— Não exatamente. Eu sou jornalista. Estava trabalhando no Jornal da Manhã quando o diretor me convidou para trabalhar na Editora. Ele sabia que eu viria para a Europa para pesquisar sobre a cultura celta para meu trabalho de mestrado. Então, me pediu que aliasse o tempo de estudo ao de trabalho. Ele quer alavancar a editora, por isso, estou fazendo contatos com editoras daqui e com alguns escritores. Quando seu livro estiver pronto, me avise.

— Depois de Nápoles você vai voltar para o Brasil?

— Não. Nápoles é minha última tarefa com a editora. Depois viajarei para a Irlanda em busca de material para minhas pesquisas.

— Ah, que pena! Chegamos.

— Pena por quê?

— Você deve ter compromisso para jantar, considerando-se que são 19h30. Os italianos costumam jantar às 20 horas. Só verei você amanhã.

— Tenho uma ideia melhor. Você não quer vir jantar comigo? O editor da Alessio virá com a esposa me buscar para irmos a uma pizzaria, você poderia vir conosco.

— Mas eu não os conheço.

— Não tem problema, Luigi é um cara muito simpático, tenho certeza de que não vai se importar se eu levar uma bela jovem comigo.

— Obrigada. Está bem. Vou me arrumar e me encontro com você no saguão.

Os dois pegaram as chaves e subiram para seus respectivos quartos. Renata estava no segundo andar, e Augusto no quarto.

Às 20 horas, Luigi chegou acompanhado da esposa e encontrou Augusto no saguão.

— Augusto, esta é minha esposa Corina. Corina, este é Augusto, o jovem de quem lhe falei.

— Muito prazer.

— O prazer é meu. Luigi falou muito de você. Você e Corina se importam se eu levar uma amiga para jantar conosco? Eu a conheci hoje, e ela está hospedada aqui no hotel.

— Por acaso é aquela jovem que está parada perto do elevador e não para de olhar para nós?

Augusto virou-se e viu Renata parada esperando próxima a eles. Ele foi buscá-la e apresentou-a:

— Renata, esses são Corina e Luigi, o casal que vai nos levar para comer pizza.

— Muito prazer.

Luigi respondeu:

— O prazer é nosso. Você está passeando pela Itália?

— Sim, cheguei hoje e, por coincidência, conheci Augusto, e ele me convidou para jantar com vocês. Espero que não seja incômodo.

Foi a vez de Corina responder:

— Não é incômodo nenhum. Esses dois vão falar sobre livros a noite toda. Vai ser ótimo ter você para conversar comigo.

— Então, vamos! Eu fiz uma reserva e me pediram que não passasse das 20h30 ou eles colocariam outra pessoa no meu lugar.

Assim, o grupo saiu conversando animadamente. Luigi falava com Augusto sobre os escritores com quem ele agendou reuniões, e Corina perguntava a Renata como ela havia conhecido Augusto.

Luigi e Corina organizaram vários passeios para o fim de semana e mantiveram Augusto e Renata ocupados com visitas a museus, pontos turísticos e restaurantes diferentes para cada refeição.

No domingo, Luigi os deixou no hotel às 18 horas, e os dois decidiram tomar uma taça de vinho no bar do hotel.

Renata disse a Augusto:

— Corina e Luigi são muito animados. Acho que vi em dois dias o que eu havia programado para ver durante uma semana.

Augusto riu.

— Eu não sei você, mas eu estou cansado. Amanhã, me levanto cedo para ir à editora. Devo ficar lá o dia todo. E, você, o que vai fazer?

— Vou baixar essas fotos e talvez saia para comprar alguma coisa.

— Podemos jantar juntos aqui no hotel. O que você acha?

— Acho que vai ser ótimo. Um programa mais tranquilo.

— Renata, você quer ir a Nápoles comigo?

— Eu? Não sei, seu convite me pegou de surpresa.

— Eu vou ficar uma semana em Nápoles e só terei uma reunião, então, poderemos conhecer Pompeia, Caserta, Capri e visitar o Museu Arqueológico. O que você acha?

— Eu acho que seria ótimo. Vou ligar para a companhia aérea e verificar se posso mudar meu itinerário. Avisarei meu pai

142

também que não voltarei para o Brasil com ele. Se eu conseguir alterar meu roteiro, irei para Nápoles com você. Diga-me uma coisa, por que você resolveu me convidar para viajar com você? Foi só porque está sozinho?

— Não. Você é uma garota encantadora. Gosto muito da sua companhia. Você deixou alguém a esperando no Brasil?

— Não, Augusto. Eu conheci muitos rapazes, mas nunca me apaixonei de verdade. Nunca estive noiva, nem perto disso.

— Mas você tem alguma coisa contra o casamento?

— Claro que não. Casamento é um passo muito sério. Dividir sua vida com outra pessoa é muita responsabilidade. Não encontrei ninguém que me desse segurança para fazer algo tão importante. E, você, é casado?

— Não sou casado. Eu estava namorando há três anos. Nunca fiz planos para me casar com Marcela. Depois que nós completamos dois anos de namoro, e eu comecei a trabalhar no jornal, nosso relacionamento mudou. Ela começou a ficar exigente, com ciúmes de todas as pessoas que se aproximavam de mim. Quando soube que eu ficaria três meses viajando para tratar da pesquisa e de questões de trabalho, não me deu mais sossego. Não queria que eu viesse. Pediu ao pai que interferisse no meu trabalho. Acabamos brigando na véspera da viagem. Eu disse a ela que se não mudasse o comportamento, eu não voltaria para ela.

— Mas, então, vocês não romperam definitivamente?

— Naquele momento não. No dia que você me conheceu, eu tinha acabado de receber um telefonema da minha mãe me contando o que ela fez. Ela simulou um aborto para exigir que eu voltasse para o Brasil. Segundo mamãe, Marcela poderia ter morrido, ela cortou uma veia e como estava sem se alimentar, seu estado físico se agravou. O médico que a atendeu conseguiu mostrar-lhe que o que ela havia feito era crime. Mamãe me disse que ela deixaria o hospital naquele dia e que estava se recuperando bem. Marcela queria meu telefone para se desculpar. Eu autorizei mamãe a dar-lhe o número. Falei com ela ontem. Felizmente, ela entendeu que entre nós não poderá haver mais nada. Disse que vai começar uma vida nova e que eu não me preocupasse com ela. Que nosso namoro tinha sido ótimo, mas ela sabia que havia matado o amor que eu sentia por ela.

— Você ainda gosta dela?

— Renata, você não me conhece totalmente, eu jamais pediria para você viajar comigo para Nápoles se eu sentisse alguma coisa ou tivesse alguma dúvida com relação aos meus sentimentos por Marcela.

— Desculpe, Augusto, você disse que eu não o conheço totalmente, e você também não me conhece totalmente. Eu sempre tive medo de me envolver e não ser correspondida. Vi várias amigas se entregarem a uma aventura e sofrerem desilusões horríveis. Não quero isso para mim.

— Renata, vamos combinar o seguinte: você amanhã verifica se pode alterar seu roteiro de viagem. Se puder, viajaremos juntos como amigos. Sem compromisso com nada. Se for para acontecer alguma coisa entre nós, acontecerá naturalmente, sem data marcada. O que você acha?

— Está bem. Farei o possível para viajar com você. Agora vou subir, tomar um banho e dormir. Estou exausta. Boa noite, Augusto.

— Boa noite, Renata, durma bem. Se você quiser falar comigo amanhã durante o dia, deixarei meu telefone para você na recepção.

Renata sorriu e deu-lhe um beijo no rosto.

Depois que ela se foi, Augusto começou a pensar em tudo que lhe acontecera em apenas um mês. Como sua vida mudara. O sorriso de Renata surgiu-lhe na mente. Como ela era bonita, meiga, delicada e, ao mesmo tempo, firme, decidida, dona de sua vida. Eles tinham dois anos de diferença na idade. Ela era mais velha que ele, tinha 27 anos. E pelo visto tinha lutado muito para chegar até ali. Ele estava encantado, ainda não havia conhecido alguém como ela.

De repente, ele lembrou-se de Paulo e sorriu. Foi para o quarto telefonar para ele e contar as novidades. Precisava falar sobre Renata com alguém, e o irmão era a pessoa certa.

— Alô!

— Paulo, é Augusto, como vai?

— Oi, mano. Tudo bem com você?

— Tudo ótimo. Você não imagina o que me aconteceu!

— Por esse ótimo, eu posso imaginar. Você conheceu a mulher da sua vida, não foi?

— Você não tem jeito mesmo. Foi sim. O nome dela é Renata Azevedo, tem 27 anos e é fotógrafa. Está trabalhando para publicar um livro. Ela parece você, está sempre buscando a alma das coisas.

— Está vendo? Eu não disse que você iria encontrar alguém nessas suas andanças? Como ela é fisicamente?

— Ela tem cabelos pretos, a pele clara, olhos castanhos escuros, deve ter a altura da Malu. E é muito bonita. Ela é um contraste.

— Como alguém pode ser um contraste?

— Ao mesmo tempo em que ela é meiga e delicada, é uma mulher segura, que sabe o que quer.

— Mano, você está apaixonado. E ela também está gostando de você?

— Acredito que sim. Eu a convidei para viajar comigo para Nápoles, ela terá que mudar todo o roteiro de viagem que ela programou. Amanhã saberei.

— Boa sorte, vou ficar aqui torcendo por você.

— E você e a Vanessa?

— Estamos bem. Estou cada dia mais ligado nela.

— Você não me disse como ela é fisicamente.

— Ela tem a minha altura, é morena clara, tem olhos verdes, lindos.

— Mamãe vai ficar contente se voltarmos namorando e pensando em casamento. Vai nos cobrar netos.

— Pode ter certeza.

— Mamãe falou com você sobre minha outra família?

— Não, Augusto, eles ainda estão atrás da tal freira.

— Você soube da Marcela?

— Sim, que coisa maluca. Eu conversei com a Malu, e ela me contou que a Marcela está diferente. Parece que vai fazer um trabalho voluntário com o médico que cuidou dela.

145

— Ótimo, ela precisa de um rumo na vida, precisa fazer coisas boas. Ela é uma boa garota, mas muito mimada. Tomara que ela se encontre e não faça mais nenhuma bobagem.

— Ela falou com você?

— Sim. Terminamos tudo.

— Que bom — disse Paulo bocejando.

— Mano, você está com sono, vá descansar.

— Obrigado, Augusto, estou cansado mesmo. Hoje eu almocei com a família da Vanessa. Aqueles almoços levam a tarde inteira. Comi muito, bebi um vinho delicioso, preciso dormir senão amanhã não conseguirei assistir às aulas.

— Boa noite, Paulo, ligarei para você durante a semana.

— Ok, mano, boa noite.

***

— Alô, papai?

— Renata? Oi, minha filha, tudo bem?

— Sim, tudo bem, e com você?

— Estou bem. A feira terminou hoje, amanhã volto para o Brasil. E o seu trabalho, como está?

— Bem, tirei fotos lindas. Papai, posso mudar minha passagem? Digo mudar o itinerário e a data de retorno ao Brasil?

— Claro. Mas por que você quer mudar o itinerário?

— Eu conheci um rapaz aqui em Roma, e ele me convidou para viajar para Nápoles na próxima semana. Ficaremos aqui em Roma até sexta-feira e no sábado viajaremos para Nápoles.

— Preciso conhecer esse moço. Como ele conseguiu fazê-la mudar um roteiro de viagem? Ele deve ter alguma coisa especial ou errada.

— Papai, não brinque. Preciso resolver isso até amanhã. Como foi você quem cuidou de tudo, não sei se posso ligar para a companhia aérea e alterar alguma coisa.

— Pode mudar, está no seu nome. Se você não conseguir alterar por aí, compre uma passagem nova, que depois eu resolvo isso quando você voltar. Preciso voltar a Milão em novembro, posso remarcar sua passagem. Você está com o cartão de crédito?

— Estou.

— Então acerte tudo, e eu a ajudo com as despesas. Não se preocupe, aproveite o que a vida está lhe oferecendo.

— Não sei não, papai. Ele parece ser uma pessoa ótima e é brasileiro, mora em São Paulo, olha que coincidência.

— Como é o nome dele?

— Augusto Maia, você conhece?

— Que eu me lembre não. Maia não é um nome comum, deve ser fácil localizar a família. Quer que eu investigue a vida dele para saber se é casado, tem filhos ou outro impedimento?

— Papai, pare com isso, não precisa fazer nada disso.

— Deve haver alguma coisa errada com esse moço. Tirar a minha Renata do caminho traçado por ela, eu ainda não acredito!

— É difícil conversar a sério com você.

— Renata, você é uma moça decidida, ajuizada, que nunca se aventura em nada. Remarque a passagem, troque o hotel, aproveite a companhia dele. Quem sabe você encontrou o homem por quem vai se apaixonar. Estou ficando velho, preciso de um neto.

— Você não precisa de nada, e sabe como fico insegura quando o assunto é compromisso com alguém.

— Renata, pare de pensar que todos os homens são iguais a mim, e que você vai ser infeliz como sua mãe foi. Viva, minha filha, viva sem se preocupar comigo e com sua mãe. Nós fomos felizes durante um tempo, depois o amor acabou. Ninguém tem culpa do que aconteceu. Não são todos os casais que conseguem viver juntos pela vida toda.

— Mas nem você nem ela se casaram novamente.

— Eu amo sua mãe, só não consigo viver com ela. E o mesmo acontece com ela. Se estamos juntos, não paramos de brigar. Separados, conseguimos ser amigos. A sua vida não será igual à nossa. Você não é igual à sua mãe, e esse moço, Augusto, com certeza não tem nada a ver comigo. Deixe a vida levá-la, apaixone-se por ele e não se preocupe com o futuro. Pare de se perguntar se vai dar certo. Desligue-se dos compromissos, tire umas férias. Aproveite a chance que a vida está lhe dando. Não tenha medo. O medo não ajuda ninguém.

— Você está certo, eu tenho medo de sofrer e não me ligo a ninguém. Augusto é diferente, é maduro, sincero, sabe o que quer da vida, é responsável.

— Renata, você está apaixonada.

— Como você pode ter certeza? Nem está me vendo.

— Não preciso vê-la, basta ouvi-la. Se você não acredita em mim, ligue para sua mãe e descreva esse Augusto. Ela vai dizer a mesma coisa, você nunca falou assim de um homem. O amor é fundamental na vida do ser humano. Viaje com ele e observe, mas se deixe levar, não fique pensando que você pode sofrer. Pense nas alegrias que você viverá.

— Obrigada, papai, seguirei seu conselho.

— Ótimo, ligarei para sua mãe contando a novidade. E se você precisar de dinheiro, me avise, faço uma ordem bancária para você. Não haverá nada que impeça você de ser feliz.

— Obrigada, papai. Amo você.

— Também amo você, querida. Boa noite. Um beijo.

— Beijo, papai, boa noite.

***

Na segunda-feira, Renata e Augusto se encontraram no final da tarde, no bar do hotel.

— Renata, como foi seu dia? Decidiu se vai viajar comigo?

— O dia foi corrido para resolver tudo por causa da diferença de fuso horário com o Brasil, mas está tudo certo. Vou com você para Nápoles.

— Você não conseguiu resolver por aqui?

— Não, as reservas foram feitas em uma agência de viagem brasileira, então, pedi a eles que cuidassem de tudo para mim. Eu fiquei presa aqui no hotel aguardando as respostas. O que não foi possível mudar, como a reserva do hotel na França, eu pedi a eles que cancelassem e, quando eu for para lá, peço novamente a reserva.

— Acabei lhe dando prejuízo.

— Não, vai ser muito bom estar com você nos próximos dias.

— Fico feliz que você pense assim. Eu não consigo deixar de pensar em você.

— Sabe, Augusto, eu sempre tive medo de viver como meus pais viveram. Hoje eles estão separados. Só que eu não consigo entender como duas pessoas que dizem se amar não conseguem viver juntas.

— Não são todos os casais que vivem assim. Meus pais estão juntos há quase trinta anos e vivem bem. Essa é a história deles, a dos seus pais é diferente, e a nossa não será igual a de nenhum deles.

— Você tem razão, vamos viver nossa história.

— Vamos sair para jantar? O recepcionista me indicou um restaurante aqui perto que ele disse ser muito bom.

— Boa ideia, hoje eu só comi um sanduíche.

— Então vamos.

Durante a caminhada até o restaurante, Renata percebeu que Augusto estava mais quieto do que o habitual.

— Augusto, tem alguma coisa incomodando você?

— Tem sim. Eu preciso ler o livro de uma escritora e não consigo ter acesso a ele. Estou começando a achar que tem alguma coisa errada com essa mulher.

— O que pode ser?

— Eu tenho uma reunião com a escritora Maria Domenico, uma brasileira radicada aqui na Itália e que escreveu apenas um livro. O livro está esgotado, portanto, não consegui comprá-lo. Uma conhecida, que hospeda meu irmão, tem o livro, ela emprestou para uma amiga e não consegue tê-lo de volta para me enviá-lo. Quem publicou o livro foi a Alessio Editore, do Luigi, você conhece. Hoje ele me disse que não conseguiram encontrar o exemplar que deveria estar guardado na editora. Não é estranho?

— Eu não diria estranho, só que são muitas coincidências. Por que você quer ler o livro antes de se encontrar com a escritora?

— Porque eu conversaria com ela mais à vontade. Ela não quer reimprimi-lo, não atende jornalistas e, ao mesmo tempo, marcou essa reunião com o Ângelo na véspera do meu embarque para cá.

149

— Quem é Ângelo?

— O diretor da Editora da Manhã.

— Você sabe o nome do livro?

— Sim, chama-se *A voz do coração*. A escritora conta a história de uma amiga que perdeu o filho. É tudo o que sei.

— Deve ser uma bela história. Amanhã, eu tenho o dia livre, vou procurar para você. Quem sabe eu tenho mais sorte?

— Seria ótimo! Obrigado, Renata. E suas fotos?

— Posso fazer as duas coisas ao mesmo tempo e, depois, em Nápoles, tenho certeza de que terei muito o que fotografar. Você não concorda comigo?

— Não sei não, acho que estaremos ocupados demais para você se lembrar das fotos — disse Augusto rindo.

— Hum! Veremos. Ah! Chegamos ao restaurante.

No restaurante, depois de fazerem os pedidos, Augusto disse a Renata:

— Renata, preciso contar-lhe algo sobre minha família, que até hoje não consegui dividir com ninguém.

— Você está com um ar muito sério — brincou ela.

— É um assunto sério. É sobre meu nascimento.

— Desculpe, pode falar.

— Eu sou adotado. Meus pais verdadeiros me deixaram à porta de uma família no dia em que eu nasci. Eu descobri isso há alguns dias antes de embarcar para a Itália. Conversei com meus pais adotivos e pedi a eles que tentassem localizar minha família. Eu preciso saber por que fui abandonado.

— Eles tratam você diferentemente dos seus irmãos?

— Não, ao contrário. Eu amo meus pais adotivos, eles me deram tudo que uma criança precisa, tanto em termos de carinho como bens materiais. Mas a sensação de ter sido abandonado é horrível. Meu pai tem se esforçado para encontrar o convento onde nasci e a mulher que me trouxe à vida. Mas ainda não conseguiu nada. Não sinto segurança quando falo com minha mãe, acho que está me escondendo alguma coisa.

— Deve ser difícil para eles aceitarem que podem perdê-lo.

— Renata, eles nunca me perderão. Eu só quero tirar essa angústia do meu peito. Agora tem outra coisa.

— Já estou imaginando o que seja.

— Eu acho que a história dessa escritora de alguma forma está ligada à minha.

— Por quê? Você sente alguma coisa com relação a ela?

— Sinto, pode parecer absurdo, mas, na minha cabeça, quando conhecê-la, vou descobrir por que fui adotado. É uma sensação forte. Não sai do meu pensamento.

— Como você está se sentindo depois de ter falado sobre isso?

— Mais leve. Eu nunca tinha encontrado alguém com quem tivesse vontade de falar sobre isso, além da minha família.

— Imagino que esteja sendo muito difícil para eles. Devem amá-lo muito para concordarem com essa busca. Acho que você deve relaxar um pouco. Olhe, amanhã vou procurar o livro aqui em Roma. Na semana que vem, estaremos em Nápoles, posso continuar a procurá-lo lá, caso eu não o encontre aqui.

— Na semana que vem, vou conversar com uma professora de história na Universidade de Nápoles. Tenho um encontro com a escritora na quarta-feira. Você me acompanharia?

— Claro que sim. Augusto, você me convidou para viajar com você. Não vou deixá-lo nem um segundo.

— Sabe, você é adorável, estou ficando cada dia mais apaixonado.

— É muito bom ouvir isso. Eu também estou gostando muito de você.

Augusto ia beijá-la quando o garçom os interrompeu com o jantar. Ele ficou sem graça, e os dois rindo brincaram com ele sobre a interrupção.

Terminado o jantar, resolveram caminhar de volta ao hotel.

— Está uma noite linda, não? — disse Renata.

— Perfeita para um casal de namorados. Vamos andar por aí e depois pegamos um táxi para voltar ao hotel.

— Vamos. Assim ficamos mais tempo juntos.

Os dois foram até uma *piazza* onde havia casais namorando, pessoas idosas conversando, casais com filhos pequenos. Estava começando o verão, a noite estava quente, perfeita para o amor.

Capítulo 25

Roberto e Suzana almoçavam com Malu e Ângelo quando Suzana comentou:

— Faz um mês que eles viajaram. Sinto uma falta dos dois.

Roberto completou:

— E parece que aqueles dois além de trabalhar e estudar, estão namorando.

— Papai, quem sabe eles resolvem se casar, mamãe está louca para ser avó.

— Malu, pare com isso! — ralhou Suzana.

Roberto perguntou:

— Ângelo, como ficou aquela história da reunião com a escritora italiana?

— Eu consegui impedir que o livro chegasse às mãos dele, e a escritora, segundo o editor italiano, adiou a reunião, disse que precisava voltar para casa porque havia acontecido alguma coisa com o marido.

— Como voltar para casa? — indagou Suzana.

— Ela mora na Toscana e estava em Roma, para fazer uma palestra. Eu não sei se vocês sabem, ela é professora de História. Viaja para muitos lugares para participar de palestras e congressos.

— E como fica o trabalho de Augusto nessa história?

— Roberto, ele viajou ontem para Nápoles e, na próxima semana, deverá conversar com um professor sobre sua pesquisa sobre os celtas. Tudo que eu pedi a ele que fizesse já está pronto. Eu o aconselhei a cuidar agora da pesquisa que ele quer fazer. O trabalho com essa escritora ficará para o futuro.

— E ele? Acreditou nisso?

— Augusto me pareceu insatisfeito quando conversamos. Ele está cismado com a história da escritora. Ele não se abriu comigo porque não sabe que eu conheço a origem dele.

— Você acha que ele poderá procurá-la por conta própria?

— Não, Suzana, ele não terá tempo para isso. Ele ficará em Nápoles esta semana e depois viajará para a Irlanda. Eu pedi a ele que assim que a pesquisa estivesse pronta, ele retornasse. Já recebi alguns originais e preciso dele para aprovação.

— Você precisa dele ou usou isso como desculpa? — perguntou Roberto.

— Eu preciso do Augusto. E como eu conheço um pouco da história dos celtas, ele vai estar muito ocupado na Irlanda para pensar na escritora.

Foi a vez de Malu perguntar:

— O que tem de tão interessante na cultura celta?

— A ausência de informações corretas, acusações de que parte de suas tribos eram canibais. Eles não deixaram quase nada escrito. Aqui no Brasil os livros mostram muito pouco sobre eles, e essa ausência de informação cria o interesse. Você sabe que o povo irlandês descende de uma das tribos dos celtas? Tem alguns romances escritos sobre a Irlanda que contam lendas muito interessantes. Eu entendo o interesse do seu irmão por eles. Ele vai pesquisar sobre os druidas, que são parte do povo Celta.

Roberto perguntou:

— Eu nunca me interessei por história, mas estou curioso para saber se eles eram mesmo canibais.

— Alguns autores dizem que eles degolavam os inimigos para que os espíritos não ficassem presos aos corpos sem vida e que não eram canibais. Espalharam que eram canibais para prejudicá-los. O canibalismo tem várias histórias. Aqui no Brasil, por exemplo, alguns índios comiam os inimigos acreditando que adquiririam a força que eles possuíam. Não era um simples ato de comer a carne de um homem. Tinha uma finalidade segundo a cultura daquela tribo.

Suzana perguntou:

— Dá para entender que alguém coma carne humana?

— Suzana, nós não aceitamos porque parece um costume bárbaro, mas se você se desligar dos nossos costumes e tentar entender como eles viviam, vai compreender que não era uma carnificina e sim era uma particularidade da cultura daquela tribo.

Malu perguntou:

— Você acha que Augusto vai conseguir material para essa pesquisa?

— Eu acredito que sim porque ele vai até o país onde se supõe que eles viviam. Ele não está fazendo uma simples consulta na internet. Ele está no lugar onde eles viviam e, provavelmente, deixaram descendentes.

— Você vai publicar a pesquisa dele? — perguntou Roberto.

— Vou sim. Se ele conseguir material para o artigo de mestrado, eu publicarei com o maior prazer.

O telefone tocou, e Suzana pediu licença para atender.

— Alô, quem fala?

— Mamãe, sou eu, Augusto.

— Augusto, que saudade! Onde você está?

— Acabei de chegar a Nápoles. Aqui está um calor infernal. Como vocês estão?

— Estamos bem, só que num frio infernal. A temperatura caiu ontem, e está frio como há muito tempo não sentíamos.

— Mamãe, eu queria falar com papai. Ele está aí?

— Sim, meu filho, só um minuto que vou chamá-lo.

— Roberto, Augusto está ao telefone e quer falar com você.

— Alô, Augusto, como você está, meu filho?

— Estou bem, papai, preocupado com vocês, por isso, preferi falar com você e não com a mamãe.

— Por que você está preocupado conosco?

— Porque sei que vocês estão procurando minha família biológica, e isso deve estar fazendo vocês sofrerem. Paulo me falou da tal freira que vocês estão com dificuldade para encontrar.

— Meu filho, fique tranquilo. Nós estamos procurando a irmã Tereza e uma hora vamos encontrá-la. Eu não nego que é difícil falar com você sobre isso, mas acredito que, quando você voltar, teremos notícias.

— Por favor, papai, não deixe mamãe sofrer com isso, vocês são meus verdadeiros pais, isso jamais se modificará. Acho que fui egoísta quando pedi para você procurar a mulher que me deu a vida.

— Não, Augusto, foi uma reação normal. Todos queremos saber quem nos gerou, e você mais do que qualquer um de nós porque foi deixado à nossa porta.

— Papai, eu estou namorando uma garota brasileira que conheci aqui na Itália, estou me sentindo mais tranquilo, consegui falar com ela sobre minhas dúvidas, ela é uma garota ótima, vocês vão gostar dela. Por favor, não façam nada que lhes traga sofrimento.

— Meu filho, não se preocupe. Aproveite esse momento de sua vida, faça as suas pesquisas, cuide dessa garota que, pelo jeito que você fala, deve ser muito especial. Cuide para não fazê-la sofrer. Quando você voltar, estaremos esperando por vocês e quem sabe teremos novidades.

— Ângelo pediu para eu retornar no mês que vem.

— Ele falou sobre isso. Ele está aqui almoçando conosco.

— A Malu e ele continuam firmes?

— Sim. Ângelo é uma pessoa ótima, sua irmã está visivelmente feliz.

— Que bom, papai.

— Você tem falado com seu irmão?

— Sim, nos falamos uma vez por semana.

— Pelo jeito, ele também está namorando. Você a conhece?

— Não, papai, eu não conheço a Vanessa, e ele não conhece a Renata. Vamos nos conhecer quando voltarmos para o Brasil.

— Espero que seja logo, estamos com saudade.

— Papai, vou desligar, diga a mamãe que amo vocês. Um beijo.

— Outro para você e esteja sempre certo de que nós também amamos muito você.

156

Quando Augusto desligou o telefone, Renata perguntou:

— Está se sentindo melhor?

— Sim, foi importante falar com meu pai.

— Augusto, meu pai costuma dizer que devemos dar tempo ao tempo. Que a vida coloca tudo em seu lugar. Vamos deixar que a vida faça isso no momento dela. Não tente apressar nada. A ansiedade não ajuda, só atrapalha.

— Você tem razão. Eles estão almoçando. Ângelo está lá com Malu, papai disse que eles estão namorando firme, e que minha irmã nunca esteve tão feliz.

— Lá é hora do almoço e aqui, daqui a pouco, será a hora do jantar. Vamos dar uma volta e procurar um lugar para comer ou você prefere jantar aqui no hotel?

— Não, Renata, vamos sair. Andar um pouco vai me fazer bem. Está muito calor, poderíamos tomar um sorvete, o que você acha?

— Acho a ideia ótima.

Enquanto andavam pela cidade, Renata e Augusto faziam planos para semana que passariam ali.

— Augusto, quando você vai à universidade?

— Na quarta-feira. A reunião está marcada às 10 horas, com a professora Maria Clara, não me lembro do sobrenome.

— Posso ir com você? Assim tirarei algumas fotos da universidade, quem sabe de alguns alunos.

— Não sei se você poderá fotografar os alunos, mas o prédio da universidade é muito bonito. Espero que você não fique entediada. A reunião pode demorar umas duas horas.

— Você estando comigo, nada me entedia.

— Hum! Isso é um elogio?

— Não, é uma declaração de amor, seu bobo.

— Renata, o que eu faço sem você? Estou cada dia mais apaixonado.

— Tem alguém olhando para nós?

— Não.

— Então, me dê um beijo e depois vamos tomar sorvete.

Augusto beijou-a longa e apaixonadamente. Depois, rindo, os dois foram até uma sorveteria experimentar os famosos sorvetes napolitanos.

***

Nos dias que se seguiram, eles aproveitaram para visitar Pompeia e Caserta. Renata tirou uma grande quantidade de fotos. No dia marcado, quando chegaram à universidade, foram informados de que a professora Maria Clara precisou se ausentar com urgência porque seu marido havia sofrido um derrame.

— Meu Deus! — disse Augusto — o marido da escritora adoeceu, e o marido da professora teve um derrame. Será que minha viagem foi inútil?

— Augusto, não exagere, é só uma coincidência. Você não consegue fazer a pesquisa com outra pessoa?

— Não. Ela é a titular da cadeira de História. Que coisa, isso me deixa cada vez mais intrigado. Vou fazer o seguinte, vou para a Irlanda e tentarei agendar com um professor de lá. Depois volto para cá para tentar encontrá-las.

— Quando você embarca para a Irlanda?

— Na segunda-feira. O que você fará? Vai para Paris?

— Se você não se importar, cancelarei minha viagem para Paris e irei para a Irlanda com você.

— Nada me deixaria mais feliz.

— Então, vamos voltar para o hotel, preciso remarcar minhas passagens.

***

— Senhora Domenico?

— Sim, doutor, como está meu marido?

— Ele está se recuperando. Hoje mesmo nós vamos transferi-lo para o quarto.

— O derrame paralisou algum membro?

— Ele tem um quadro delicado por causa das sequelas das cirurgias realizadas anteriormente, mas ele é um homem forte. Precisará fazer fisioterapia e diminuir o ritmo de trabalho. Em dois meses, ele estará andando normalmente. Por ora, ele vai sentir alguma dificuldade para mover a perna esquerda. Os membros superiores e o rosto não foram afetados.

— Graças a Deus, doutor. Não posso perder o Massimo.

— A senhora não vai perdê-lo. Ao contrário, é melhor a senhora se cuidar senão ele é quem vai perdê-la. Quando fez o último *check-up*?

— Há uns três anos.

— Então, espero-a amanhã no meu consultório às 15 horas.

— Está bem, doutor, estarei lá.

— A enfermeira, que está acompanhando Massimo na UTI, virá buscá-la daqui a pouco.

— Obrigada, doutor, ficarei aqui esperando.

Enquanto aguardava a transferência do marido, Maria Clara repensou toda sua vida. O susto que teve quando avisaram que o marido havia sofrido um derrame; a correria para conseguir um lugar num voo que a levasse o mais cedo possível para casa, o cancelamento da reunião com o editor brasileiro, o cancelamento da reunião com o aluno brasileiro. Ela dizia para si mesma: "Acho que está na hora de voltar ao Brasil, já se passaram vinte e cinco anos. O senhor Domenico está com uma idade avançada. Se houvesse acontecido alguma coisa com Massimo, eu não me perdoaria. As viagens ao Brasil são sempre adiadas por minha causa. Meus compromissos com a faculdade, com meus alunos. Vou pedir umas férias ao reitor, assim voltaremos ao Brasil.", concluiu Maria Clara.

A voz da enfermeira a tirou de seu devaneio:

— Dona Maria Clara, seu marido já está no quarto e ele quer vê-la.

— Você vai me acompanhar?

— Sim, venha comigo.

Quando entrou no quarto, Maria Clara não conteve as lágrimas:

— Querido, o que houve? Por que aconteceu isso com você?

— Estou bem, Maria Clara. O médico disse que foi a pressão que subiu muito e provocou o derrame. Há quantos dias estou aqui?

— Há três dias. Eles o deixaram sedado para realizar alguns exames para saber a extensão do dano provocado pelo derrame. Felizmente, foi só uma das pernas. Segundo o médico, você precisará fazer fisioterapia, mas logo estará andando normalmente.

— E você está aqui desde quando?

— Quando você desmaiou, um dos empregados da vinícola chamou uma ambulância e depois ligou para mim. Ele ficou no hospital até eu chegar. Enquanto eu aguardava que me acomodassem em um avião, cancelei todos os meus compromissos e vim direto pra cá.

— Você deixou seus alunos por minha causa?

— Lógico, eu quase perdi você uma vez, não posso perdê-lo de novo. Não saberia viver sem você.

— Você acha que conseguiria uns dias para irmos ao Brasil?

— Sim, eu estava mesmo pensando nisso. Amanhã vou ligar para o reitor e conversar com ele e, assim que você possa viajar, iremos para o Brasil.

— Você se sentirá bem lá, na casa do meu pai?

— Lógico que sim. Amanhã farei um *check-up* a pedido do seu médico. Ele reclamou que eu não voltei mais ao consultório dele. Assim que estivermos liberados, faremos as malas e iremos para o Brasil.

— Papai vai ficar muito contente.

— Massimo, eu ainda não disse a ele o que houve.

— Clara, não diga nada. Ele vai ficar preocupado e não poderá fazer nada. Quando chegarmos ao Brasil, contaremos tudo. Ele não falou mais do nosso filho. Quem sabe quando chegarmos lá teremos uma boa notícia?

— Ah, Massimo! Eu não quero alimentar falsas esperanças. Nosso filho hoje está com 25 anos. Não acredito que o encontremos.

— Você não deve desistir. Já pensou que talvez sejamos avós?

— Seria muito bom. Mas será que, quando ele descobrir o que houve, vai me perdoar?

— Eu acredito que, se um dia o encontrarmos, ele conhecerá nossa história e não se revoltará contra nós. Quem sabe ele foi criado por uma boa família que soube dar a ele amor, carinho, atenção?

— Tomara que você esteja certo.

— Sinto que estou. Quando acordei na UTI, foi meu primeiro pensamento: voltar ao Brasil e procurá-lo. Acho que ele está nos chamando.

— Deus o ouça. Eu seria a mulher mais feliz do mundo.

Capítulo 26

Augusto e Renata viajaram para a Irlanda na segunda-feira conforme haviam programado. Ficaram encantados com o país. Foram recebidos por um guia, que fez questão de falar tudo o que sabia sobre o país no trajeto do aeroporto ao hotel.

Augusto perguntou-lhe:

— Eu preciso alugar um carro. Sabe como devo proceder?

— O senhor pode solicitar diretamente no hotel. Nós temos um serviço de aluguel de automóveis. Se me permite, o senhor vai aonde?

— Vou à Universidade de Dublin, tenho um encontro com o professor Marc Bernard, vou também visitar os museus e as galerias de arte.

— Quando o senhor estiver livre, não deixe de tomar um copo da Guinness, nem de experimentar o *irish coffee*.

Renata perguntou:

— Que bebidas são essas?

— A Guinness é a nossa cerveja e o *irish coffee* é o café irlandês. Vocês vão gostar daqui.

— Tem muitos *pubs* por aqui?

— Sim e com uma comida deliciosa. Vou deixar-lhes alguns endereços na recepção.

— E quanto às lendas? — perguntou Renata.

— Ah, senhora Renata! Temos muitas lendas. Muitas dessas histórias são verdadeiras.

Augusto interrompeu o motorista dizendo:

— Chegamos ao hotel.

Quando apresentaram os documentos ao recepcionista, ele disse:

— Não precisa do documento da senhora, apenas do senhor.

— Como você vai me registrar? — perguntou Renata.

— Junto com o senhor Augusto.

— Junto comigo? Mas nós estamos em quartos separados.

— Não, senhor, não estão não. A agência que fez as reservas insistiu que vocês teriam de ficar no mesmo hotel. Só tínhamos disponível um quarto duplo. O hotel está cheio por causa do congresso que está sendo realizado na Universidade de Dublin.

— Renata, você quer procurar outro hotel?

— Não. Segundo o recepcionista, estão todos cheios. Ficaremos juntos, não tem problema. A menos que você não queira.

— Você está brincando comigo? Quero-a sempre ao meu lado.

— Augusto, você sempre me surpreende.

— Pode nos colocar no mesmo quarto.

— As camas são de solteiro.

— Não tem problema.

O quarto em que ficaram hospedados era amplo e com uma bela vista da cidade. Augusto abraçou Renata e disse para a moça:

— Podemos começar nossa vida juntos a partir desse momento.

Renata virou-se e colocou os braços em torno do pescoço de Augusto:

— Será que não estamos nos precipitando?

— Renata, confie em mim, eu amo você. Estamos juntos há pouco tempo, mas eu não consigo pensar em ficar longe de você por nada neste mundo. Não tenha medo.

— Tenho medo que você me faça infeliz... tenho medo que essa felicidade acabe.

163

— Não se preocupe, não vou deixar que nada nem ninguém me afaste de você.

Augusto beijou Renata ternamente, depois se tornou mais exigente. A moça correspondeu aos carinhos do rapaz, e os dois viveram a primeira noite de amor deles.

Os dias na Irlanda passaram voando. Renata e Augusto visitaram a universidade, foram a museus, exposições de arte e conversaram com várias pessoas do lugar que lhes contaram várias lendas celtas. Eles se encantaram com a história de Amergin e os druidas e a filha adotiva do vaqueiro.

O casal visitou os *pubs* indicados pelo motorista do hotel e beberam a Guinness.

No último dia de estada em Dublin, ao passar por uma pequena loja, um livro chamou a atenção de Renata. Ela estava sozinha, Augusto tinha ido à universidade despedir-se dos professores que ele havia conhecido.

— Por favor — disse ela ao balconista — este livro está à venda?

— Não, foi uma turista que esteve aqui no mês passado e o esqueceu no balcão.

— Posso vê-lo?

— Sim, apenas tome cuidado.

Renata leu a dedicatória: "Ao meu filho, onde quer que ele esteja".

— Por favor, esse livro está esgotado na editora, você não poderia vendê-lo para mim? Se a turista esteve aqui há um mês, acha que ela voltará?

— Por que esse livro é tão importante para a senhora?

Renata lembrou-se das palavras que Augusto usara com uma bibliotecária que não queria que ele copiasse um artigo sobre o povo celta e disse:

— Eu o estou procurando há mais de um mês, estou fazendo um trabalho de literatura, e esse livro é fundamental para minha pesquisa.

O vendedor pegou o livro, viu se tinha algum nome, telefone ou qualquer indicação que pudesse ligá-lo à dona. Como não havia nada, ele disse a Renata:

— Pode levá-lo. Não precisa pagar nada. Provavelmente, quem o esqueceu não voltará para buscá-lo.

— Você não vai cobrar nada?

— Não. Como você pode ver, não vendo livros, só roupas.

— Então vou comprar uma blusa para compensá-lo.

— A senhora quem sabe.

Renata comprou uma blusa branca com uma libélula bordada. À noite, quando se encontrou com Augusto, ele elogiou-a, e ela, agradecendo, disse:

— Além da blusa, comprei um presente para você, mas só pode ser aberto quando estivermos no avião.

— Amor, vamos viajar amanhã. Por que não posso saber o que é hoje?

— Amanhã você entenderá.

— Eu também tenho um presente para você, mas não vou castigá-la como está fazendo comigo. Feche os olhos e me dê sua mão direita.

Renata obedeceu e sentiu que Augusto colocava um anel em seu dedo.

— Agora pode abrir os olhos.

— Augusto, é lindo. É uma libélula?

— Sim, combinou com sua blusa. Eu achei que você iria gostar. É uma joia simples, mas dada com todo o meu amor.

— Augusto, é lindo! Estar com você foi um presente que a vida me deu, e eu não quero me separar de você nunca mais.

— Isso não vai acontecer. Pode estar certa.

Augusto beijou Renata apaixonadamente selando o amor que os unia.

REENCONTROS

Capítulo 27

Augusto e Renata não saíram de Dublin com destino ao Brasil. Foram para Milão encontrar Paulo. Os irmãos não se viam há quase dois meses. Paulo e Vanessa esperavam o casal no aeroporto.

— Augusto, quanto tempo!

— Paulo! Como vai? Foram apenas dois meses e parece que se passaram dois anos.

— Deixa eu te apresentar a Renata. Renata, este é Paulo, meu irmão.

— Muito prazer.

— Augusto, Renata, esta é Vanessa.

— Muito prazer. Então você é a mulher que conseguiu mudar a opinião do meu irmão sobre namoro?

— Olha, Augusto, até que não foi muito difícil.

Todos riram e seguiram para a casa em que Paulo estava hospedado.

— Paulo, não vamos ficar com você na casa do Celso. Eu e a Renata fizemos uma reserva no Mini Hotel Aosta.

— Você quer ir primeiro para o hotel?

— Seria ótimo, assim deixamos as malas, nos registramos e depois iremos com vocês à casa de Celso. E, por falar nisso, a Flávia conseguiu o livro?

— Augusto, ela está muito sem graça. A tal amiga, para quem ela emprestou o livro, viajou para Dublin e disse que o esqueceu em uma loja de roupas.

— E não tem como entrar em contato com o dono da loja? Você podia ter me avisado, eu estava em Dublin, poderia tê-lo procurado.

Instantaneamente, Augusto virou-se para Renata e, quando fez menção de dizer alguma coisa para a namorada, ela falou:

— Augusto, você trouxe o presente que lhe dei, não é? Nós combinamos que você abriria no avião. Lembra-se?

— Lembro sim. Eu coloquei na minha pasta junto com o material da minha pesquisa.

Paulo retrucou:

— Por que o mistério? Dar um presente com local para ser aberto.

— Paulo, pare de implicar com Renata. Ela sabe o que está fazendo — disse Vanessa.

— Muito bem, não vou falar mais, mas ainda não entendi por que o mistério. Augusto, chegamos ao seu hotel.

Eles pegaram as malas e, enquanto Augusto providenciava os documentos para o registro, Renata disse a Paulo:

— Por uma enorme coincidência, eu achei o livro que essa mulher perdeu. Augusto está muito preocupado com tudo o que está acontecendo. Por isso, pedi a ele que abrisse o presente no avião, sem dizer que era o tal livro. E agora, como falaremos sobre isso com seus amigos?

— Não falaremos. Esqueça o assunto. Quando vocês estiverem no Brasil, eu contarei a eles. Veja, Augusto está chamando você.

— O que foi, Augusto?

— Vamos subir para ver o quarto. Vocês querem vir junto ou esperam aqui embaixo?

— Vão vocês, nós esperaremos aqui.

Vanessa perguntou a Paulo:

— O que tem de tão importante nesse livro?

— Lembra que eu lhe falei sobre a história de Augusto, a adoção e a nossa procura pelos pais verdadeiros de meu irmão?

168

— Sim, eu me lembro.

— Então, Augusto acredita que lendo esse livro encontrará algumas respostas para o que aconteceu no passado dele. Pela forma como Renata falou comigo, ela sabe tudo sobre meu irmão. Eu e meus pais estamos escondendo a verdade dele porque não sabemos como ele reagirá quando souber do passado dos pais dele. Meus pais e o avô do Augusto estão esperando a volta dele e a chegada dos pais, que deve acontecer agora em julho. Querem marcar um encontro sem que meu irmão saiba, para que possam se conhecer sem que ele crie ideias equivocadas por causa do abandono.

— Entendi. Seus pais devem gostar muito de Augusto.

— Gostam sim, e os pais dele também sofreram muito. O nosso receio é que a autora do livro seja a mãe dele. Eu, meus pais, o diretor da editora onde ele trabalha e o editor daqui da Itália fizemos de tudo para que ele não tivesse acesso ao livro, só que Renata não sabe disso.

— E como você vai fazer para contar tudo à namorada de Augusto?

— Você precisa fazer isso para mim.

— Como farei isso?

— Vamos almoçar e, enquanto converso com Augusto, vocês vão ao banheiro ou a alguma loja, qualquer coisa que permita vocês ficarem sozinhas. Aí você explica o que eu lhe falei.

— Está bem. Farei o que você está me pedindo. Nós não estaremos no Brasil quando eles se encontrarem. Acho que será emocionante.

— É, nosso curso termina em agosto. Mas saberemos de tudo quando regressarmos.

— Saberão de tudo o quê? — perguntou Augusto.

— Da cara da mamãe quando conhecer Renata e vir a foto da Vanessa, que você vai levar. Como você acha que ela vai reagir?

— Sabe que eu não tenho a menor ideia.

— Então, vocês estão com fome, vamos almoçar?

Enquanto aguardavam os pedidos, Vanessa e Renata foram ao banheiro.

169

— Renata, o Paulo me pediu para lhe dizer que encontraram a família do Augusto, só não disseram a ele porque estão com medo da reação que ele terá. Os pais biológicos estão aqui na Itália e voltarão para o Brasil ainda este mês. Todos estão tentando esconder o livro que você achou, porque não sabem que reação ele terá. Provavelmente, o livro foi escrito pela mãe dele.

— Puxa, Vanessa, se eu soubesse disso antes... no livro tem uma dedicatória que me chamou a atenção. Está escrito: "Ao meu filho, onde quer que ele esteja". E agora? Augusto vai querer ver o livro hoje. Tem uma foto da autora na contracapa.

— Você acha que eles se parecem?

— Não. E a foto é antiga, o livro foi bastante manuseado. Eu acho que Augusto deixou a pasta dele no carro do Paulo. Vamos verificar e, quando chegarmos ao hotel, vocês acidentalmente ficam com a pasta. Mas, por favor, nela estão todos os documentos da pesquisa dele, vocês terão que ter o máximo de cuidado.

— Fique sossegada. Você tem certeza de que ele não levou para o hotel?

— Tenho, ele deve estar falando sobre ela com o Paulo.

Quando retornaram, Augusto reclamou:

— Meu amor, por que você demorou tanto?

— Augusto, estávamos conversando sobre as mulheres italianas. Eu estava falando das fotos que fiz de alguns rostos femininos, aí começamos a falar sobre maquiagem e não percebemos o tempo passar.

Paulo retrucou:

— Eu não disse? Mulheres só pensam em roupas, maquiagem e nos deixam aqui sozinhos.

— Renata, eu comentei com Paulo que minha pasta ficou no carro dele.

— Que ótimo! Você estava tão preocupado.

— E não é para menos, toda minha pesquisa e meu presente estão lá dentro. Paulo, você tem certeza de que ninguém mexerá no carro?

— Meu Deus, você está sempre preocupado. Vou até o carro e coloco sua pasta no porta-malas, assim você ficará tranquilo.

Paulo aproveitou que um carro desocupou a vaga em frente ao restaurante e estacionou em um local onde poderiam ver o veículo. Guardou a pasta do irmão no porta-malas e voltou para junto deles.

— Pronto, Augusto, daqui você vê o carro. Está bem assim?

— Está ótimo. Eu vou lhe contar como foi difícil conseguir esse material, e você vai me dar razão.

Enquanto comiam, Augusto foi contando os problemas que surgiram durante a viagem: as reuniões desmarcadas, os professores que não estavam disponíveis, pois estavam participando de congressos, e os sucessos obtidos na Irlanda.

Paulo perguntou a Renata:

— E você, Renata, como chegou até aqui?

— Eu sempre gostei de fotografia. Fiz alguns cursos, alguns trabalhos como *freelancer*, juntei algum dinheiro e resolvi viajar para fotografar pessoas e os monumentos espalhados pelo mundo. Fotografar pessoas é muito interessante porque você capta as mais diversas expressões. Quando ampliamos a foto, podemos observar detalhes que você olhando para a pessoa não enxerga. Eu quero montar um livro e especificar esses detalhes.

— Augusto me disse que você procura captar a alma da pessoa.

— Exatamente, por isso, as fotos têm de ser espontâneas, para que você consiga enxergar a pessoa como ela é. Sem maquiagem, sem pose, ela não esconde o que sente.

Vanessa disse:

— Nossa, Renata, que interessante. Você tem alguém financiando seu trabalho?

— Não. Eu trabalhei muito para chegar até aqui. Fiz muitas fotos de casamentos, batizados, aniversários de quinze anos. Quando consegui o dinheiro para viajar, meu pai me ajudou com as passagens. Ele trabalha numa empresa de cerâmica e viaja todo ano para cá. Este ano, como foi a décima viagem, ele ganhou um pacote turístico que poderia usar ou presentear alguém. Como sou filha única, ganhei o pacote. Depois que eu conheci o Augusto, fiz alguns ajustes, e o pessoal da agência foi muito atencioso. Não tive despesas extras.

171

— Agora, fale um pouco de vocês. O Augusto me disse que vocês estão fazendo um curso de restauração.

Paulo respondeu:

— É um curso muito interessante, descobrimos o que está embaixo de várias camadas de tinta. Muitas casas são reformadas, e seus proprietários se preocupam em pintá-las ou usar forrações sem se importarem em descobrir qual a cor da pintura original, que tipo de azulejo foi usado, por que determinado quarto ou sala foi construído daquela maneira. Quando aplicamos a técnica da restauração, conseguimos recuperar a forma original, que nos traz ambientes belíssimos, que ninguém considerou.

Vanessa completou a explicação de Paulo:

— Quando alguém constrói uma casa, coloca na construção seu modo de vida, o que pretende fazer quando estiver morando ali, seus sonhos, suas aspirações, seus desejos. Cada detalhe da construção é estudado. Se por qualquer motivo, ele vende a casa, quem a comprou provavelmente vai reformá-la para que esteja adequada ao novo dono. Não haverá a preocupação de tentar entender a casa.

Renata perguntou:

— Você acha que os sentimentos das pessoas ficam nas paredes ou nos objetos?

— Acho. Existem estudos na área da metafísica que comprovam esse pensamento. Imagine que você e Augusto resolvam construir uma casa. Nesse momento de suas vidas tudo é alegria e amor. Digamos que, daqui há vinte ou trinta anos, vocês se separem ou um dos dois fique viúvo. Tudo o que vocês viveram de bom e de ruim está naquela casa. Alegria, tristeza, sonhos, risos, lágrimas, tudo está guardado lá. Ficou preso nas paredes, nas cores originais. Se um de vocês decidir vender a casa, quem comprá-la vai mandar fazer uma pintura nova, trocar peças como pias, lustres, talvez derrubar ou construir uma parede. Tudo o que vocês viveram naquele espaço foi desconstruído.

Augusto perguntou:

— Mas o certo não é fazer uma reforma ou pelo menos uma pintura quando estamos entrando numa casa que já pertenceu a alguém?

Foi a vez de Paulo responder:

— É certo, mas o modo de fazer, muitas vezes, não é correto. Um lugar onde houve muito sofrimento pode tornar-se difícil para um novo morador. A energia do lugar fica comprometida se você simplesmente passar uma tinta na parede. É preciso entrar no imóvel comprado e pensar com o coração. Procurar saber quem viveu ali, como viveu, quais as cores originais das paredes, o que significa tirar ou acrescentar uma coluna ou uma parede. É necessário dar uma vida nova àquele local, não simplesmente passar uma tinta qualquer e mudar-se.

Renata perguntou:

— Você acredita que é por isso que algumas pessoas não conseguem viver em determinados lugares, como por exemplo, em lugares onde houve guerra ou um incêndio?

Vanessa explicou:

— Muitas pessoas são sensíveis a essas energias, sentem-se tristes, algumas ficam deprimidas, e não sabem o porquê. Quando buscamos o passado do lugar onde viviam, encontramos informações como um casal que perdeu o filho num acidente, ou um incêndio no local e outras tragédias.

— Não é na Alemanha que estavam fazendo estudos sobre esse tema? — perguntou Renata.

— Sim, estamos tentando contatar um professor que está fazendo esse trabalho. São os estudos de radiestesia — explicou Paulo.

Renata achou fascinante o trabalho deles:

— Isso é muito interessante. Vocês acham que conseguirão aplicar essas técnicas no Brasil?

— É possível. Papai tem uma construtora, então posso começar trabalhando com ele. Estudando as áreas onde ele pretende construir uma casa ou um prédio. De qualquer forma, eu e Vanessa pretendemos nos dedicar à restauração quando voltarmos ao Brasil. Ainda temos um mês e meio de curso. Deveremos voltar no meio de agosto.

Augusto perguntou:

— Vocês pretendem ter um escritório próprio ou vão trabalhar na construtora?

— Mano, eu quero ter meu escritório, minha empresa, não quero usar o nome do papai. Talvez precisemos de ajuda no início. Acreditamos que papai e o pai da Vanessa poderão nos emprestar algum dinheiro, mas só se não conseguirmos nos manter no começo do negócio. Depois, seguiremos sozinhos e devolveremos o que eles nos emprestaram.

— Paulo, papai vai ficar muito orgulhoso de você.

— Espero que sim. A Malu está com ele na construtora e está se saindo muito bem. Ele está entusiasmado com o progresso dela.

— E você, Vanessa? Conseguirá conviver com meu irmão em tempo integral?

— Augusto, eu acredito que sim. Sabe, nesse período que estamos estudando, descobrimos que temos muita afinidade. Mas só teremos certeza quando estivermos trabalhando juntos efetivamente. Nós nos propusemos a sermos muito honestos um com o outro. Se não houver total confiança no nosso relacionamento, não conseguiremos viver juntos.

— E você, Renata, o que vai fazer chegando ao Brasil? — perguntou Paulo.

— Vou trabalhar nas minhas fotos. Fazer aquilo que eu sempre quis: mostrar o rosto das pessoas sem as máscaras que elas usam para sobreviver nesse mundo.

— Tem como se dedicar totalmente a esse projeto?

— Tenho. Trabalho em casa mas tenho certeza de que, depois desse trabalho, terei meu estúdio. Meus pais me ajudam como podem. Eles estão separados. Sabe aqueles casais que se amam mas não conseguem viver juntos? Assim são meus pais.

— Deve ser difícil para você — argumentou Vanessa.

— Era, mas depois que eu conheci o Augusto, parece que a vida ficou mais fácil, mais leve. Eu não tenho mais medo do futuro. Ele me passa muita segurança.

Paulo retrucou:

— Ele sempre foi assim, protegia a mim e a Malu sempre. Mesmo que eu não tivesse razão numa briga, ele estava lá me defendendo. Lembra aquela vez que acabamos apanhando os dois, e a professora mandou chamar a mamãe?

— Se lembro. Eu defendi você, e ninguém acreditou que você não era culpado pela briga. Acabamos ficando de castigo. Será que eu tinha uns dez anos, e você uns nove?

— É, por aí. Sabe que eu me lembrei de uma coisa que nunca comentamos. Tinha um homem parado perto da grade da escola, ele viu a briga. Achei que ele ia nos defender, mas, de repente, ele se virou e foi embora.

— Por que você não falou nada naquela época?

— Augusto, eu não sei. Sabe quando você vê uma coisa e apenas guarda a imagem para um dia recordar-se dela? Acho que foi isso que aconteceu agora.

— Você se lembra do rosto dele?

— Não, apenas me lembro de que ele era alto, tinha cabelos pretos e parecia que ia falar alguma coisa. Só isso. Gravei apenas a expressão dele.

— Interessante lembrar-se de um fato assim — disse Renata.

Todos ficaram calados por algum tempo. Paulo quebrou o silêncio:

— Parece que todos nós nos perdemos em lembranças. Que tal se pedíssemos a conta e fôssemos tomar um sorvete? Eu e a Vanessa estamos experimentando todos os sabores exóticos que encontramos. Vocês já ouviram falar em sorvete de pera com ricota?

Augusto respondeu:

— Você esqueceu que estivemos em Nápoles?

Renata concluiu:

— Seu irmão não quis experimentar esse sabor, eu achei uma delícia.

— Ótimo, então vamos lá.

Vanessa comentou com Renata quando estavam saindo do restaurante:

— Quando eu voltar para o Brasil, terei de fazer uma dieta rigorosa, engordei três quilos em menos de dois meses.

— Você está bem assim, não se preocupe tanto. Eu acho que se vivesse aqui, eu ficaria redonda. Como se come bem, não?

— Pois é. Você experimentou os doces?

— Sim, são irresistíveis.

Augusto alcançou as duas e perguntou:

— O que vocês estão cochichando?

— Nada, estamos falando que se vivêssemos aqui ficaríamos redondas. Comemos demais, tomamos sorvetes, é tudo tão gostoso — respondeu Renata.

Paulo resolveu brincar com as meninas:

— Quando voltarmos para o Brasil, não levaremos vocês a nenhum restaurante. Certo, Augusto?

— Certo, Paulo. Vamos levá-las apenas para caminhadas no Ibirapuera.

Os quatro riram e foram em direção à sorveteria. O dia estava terminando quando Paulo os deixou no hotel.

— Ah, Renata! Esqueci de pegar minha pasta.

— Você acha que Paulo pode descuidar-se dela?

— Não, mas daqui a pouco ligarei para ele lembrando. Mas me diga uma coisa: aquela história do livro... Você o encontrou na Irlanda?

— Sim. Me chamou atenção um livro no meio de algumas roupas. Achei até que fosse um brechó daqueles que vendem de tudo.

— Sim, e o que houve?

— Falei com o vendedor dizendo que estava à procura daquele livro para um trabalho de faculdade. Ele me contou que uma moça havia esquecido o livro no balcão da loja. Por fim, acabou me dando o livro, e eu comprei a blusa para compensá-lo. Eu pedi para você abrir o presente no avião porque imaginei que, se você soubesse o que era, começaria a ler na mesma hora, e como deveríamos nos levantar cedo...

— Renata, eu não sei o que dizer. Estou procurando esse livro há dois meses, e você o encontrou sem querer. Só que ainda estou impossibilitado de lê-lo. Por que será que isso está acontecendo? Você está me escondendo alguma coisa?

— Não. Digamos que estou atendendo a um pedido do destino.

— Novamente essa conversa de destino.

— Augusto, vamos viajar amanhã para o Brasil. Vamos aproveitar esta noite, e amanhã no avião você lê o livro. Ligue para o Paulo. Ele não vai nos levar ao aeroporto?

— É mesmo, vou falar com ele.

— Alô.

— Paulo, é Augusto.

— Oi, mano, aconteceu alguma coisa?

— Aconteceu sim, minha pasta ficou no porta-malas do seu carro.

— Eu sei, ela está comigo. Entregarei para você amanhã quando for buscá-los.

— Obrigado, Paulo. Essa pasta é muito importante para mim, você sabe disso.

— Fique sossegado. Até amanhã.

— Até. Boa noite.

Renata perguntou:

— Agora você está mais tranquilo?

— Não sei, tenho uma sensação estranha, parece que vai acontecer alguma coisa que não sei o que é.

— Você está tenso, ansioso, preocupado com o momento em que está vivendo, acho que é normal. Venha, vou fazer uma massagem em você.

— Renata, o que eu faria sem você?

— Nada, meu amor, ou tudo, nunca saberemos. Como disse meu pai quando eu perguntei se deveria viajar com você: "viva, aproveite o que a vida está lhe dando".

— Palavras muito sábias. A vida me deu você, não quero perdê-la por nada neste mundo.

— Então confie em mim e procure relaxar. Nosso dia amanhã será corrido. Agora, deite-se aqui e me deixe tirar um pouco dessa sua tensão.

— Eu já disse que amo você?

Capítulo 28

No dia seguinte, Paulo e Vanessa levaram Renata e Augusto ao aeroporto. Paulo disse a Augusto:

— Mano, aqui está sua pasta. Espero que você agora fique mais tranquilo.

— Obrigado, Paulo. Toda a minha pesquisa do mestrado está aí. Não conseguirei esse material novamente.

— Preparados para a viagem?

— Sim, já fizemos o *check-in*, agora é só esperar o horário do embarque.

— Papai vai esperá-los no aeroporto. Renata, alguém vai buscá-la?

— Sim, meu pai estará lá.

— Ótimo, está na hora de vocês embarcarem, boa viagem. Augusto, diga à mamãe que estou com saudades de todos. Não vejo a hora de voltar para o Brasil.

Paulo e Augusto se abraçaram.

— Se cuida, mano, e cuide bem da Vanessa.

— Não se preocupe, já aprendi a cuidar de mim. E quanto a Vanessa, acho que ela é quem cuida mais de mim do que eu dela.

Vanessa abraçou Augusto e Renata e desejou-lhes uma boa viagem.

Paulo abraçou Renata e disse:

— Cuide bem de Augusto, ele vai precisar de você.

— Não se preocupe, não sairei do lado dele.

Augusto e Renata foram para a sala de embarque. Enquanto aguardavam para passar pelo raio-x, observavam um casal que estava na frente deles, quando o homem desequilibrou-se. Augusto imediatamente o segurou e, com o auxílio do guarda que estava ali, levou o senhor para a cadeira mais próxima.

A senhora que acompanhava o homem perguntou:

— Massimo, você está bem?

— Sim, eu tropecei em alguma coisa.

Virando-se para Augusto, Massimo agradeceu o rapaz:

— Se você não estivesse ali, eu teria caído.

Renata estava ao lado deles, e Augusto perguntou:

— Vocês estão sozinhos? Temos um longo caminho até o avião, poderemos acompanhá-los.

Massimo respondeu:

— Se não for incômodo... eu tive um derrame e ainda estou em tratamento. Às vezes, tenho tontura.

A mulher que o acompanhava disse:

— Obrigada, vocês são muito gentis. Meu nome é Clara, e meu marido se chama Massimo.

— Eu me chamo Augusto, e essa é Renata, minha namorada. Como você está se sentindo?

— Estou bem. Vou caminhando devagar, assim não terei mais nada.

Renata perguntou:

— Não seria melhor uma cadeira de rodas? Assim você não precisará fazer tanto esforço.

— Não é necessário. O médico recomendou que eu caminhasse. Só que vou devagar. Podem ir, não quero dar-lhes trabalho.

Augusto respondeu:

— Não é trabalho nenhum, e pelo jeito vamos embarcar no mesmo avião. Então, vamos acompanhá-los. Certo, Renata?

— Certo. Temos muito tempo até o embarque.

Enquanto caminhavam, Augusto perguntou:

— Vocês moram no Brasil?

— Não — respondeu Clara — somos brasileiros, mas vivemos há muitos anos na Itália. Meu marido tem uma vinícola e todo ano ele recebe visitantes apreciadores de vinho que percorrem o que chamamos de "a rota do vinho".

— E vocês estão passeando?

— Não, eu trabalho em uma editora e vim fazer contatos com editores e escritores italianos. A colônia italiana no Brasil é muito grande, então, o diretor com quem trabalho sugeriu que investíssemos nesse mercado. Quando eu estava em Roma, conheci Renata. Ela é fotógrafa e estava viajando para tirar fotos e montar um livro.

— Que interessante! — exclamou Massimo.

— E você, Clara, trabalha?

— Sim, Renata, sou professora.

A conversa foi interrompida porque chegaram à sala de embarque, e o voo estava sendo anunciado. Augusto e Renata acompanharam os conhecidos até que estivessem acomodados em suas poltronas e foram sentar-se em seus lugares.

— Simpáticos os dois — disse Renata.

— É.

— É o quê?

— A professora que eu fui procurar se chama Maria Clara, e ela não me atendeu porque o marido havia tido um derrame. Lembra-se?

— Nossa, Augusto, será que são eles?

— Eu não quis perguntar, achei que seria indelicado. Vou tentar saber alguma coisa quando chegarmos ao Brasil.

— Você pegou o livro?

— Não, está na mala. Terei muito tempo quando chegarmos. Agora quero aproveitar para curtir a viagem com você.

— Ótimo, gostei da ideia. Será que nossos pais se encontrarão no aeroporto?

— É possível, mas nada impede de você conhecer meus pais e me apresentar aos seus.

— Acho que não teremos problemas com desencontros. A área de desembarque não é tão grande assim. Não corremos o risco de nos perdermos.

Enquanto isso, Massimo e Clara conversavam:

— Clara, você está pensativa. Aconteceu alguma coisa?

— O jornalista que estava me procurando se chama Augusto. E eu deveria atender um estudante também chamado Augusto. Não é muita coincidência?

— Eu não sei se é coincidência, mas ele me pareceu alguém que eu conheço. Você reparou nos olhos dele?

— Não, eu não fiquei de frente a ele, senão teria prestado atenção.

— A moça também é muito simpática.

— Formam um belo casal.

— Eles estão muito atrás de nós?

— Não, estão na quarta fila. Você quer falar alguma coisa com eles?

— Clara, eu gostaria de me despedir deles quando chegarmos. Quem sabe até lá descubro de onde o conheço. Agora tenho que tomar algum comprimido?

— Sim, vou pegá-lo para você. Aqui está a água.

— Obrigado. Tomara que não passemos por nenhuma turbulência.

— Procure dormir um pouco. A viagem será longa.

— O que você ficará fazendo enquanto durmo?

— Nada, talvez eu veja um filme. Fique sossegado que não sairei de perto de você.

— Eu já disse que amo você?

***

O avião chegou ao aeroporto de Cumbica às 7 horas da manhã. Augusto e Renata procuraram por Clara e Massimo e os encontraram na área das bagagens. Augusto disse:

— Massimo, deixe que eu pego suas malas, só me indiquem quais são.

Clara, aproximando-se de Augusto, falou:

— Obrigada, Augusto, você é muito gentil. Vou indicá-las para você.

— Massimo está bem? Ele me parece abatido.

— Ele está cansado da viagem. O derrame o debilitou um pouco, mas o tratamento é longo. Viemos para o Brasil para descansar. Na Toscana, onde vivemos, ele não conseguiria parar de trabalhar.

— E você, não deveria estar dando aulas?

— Deveria, mas as férias iniciam no final do mês, e eu deixei um professor me substituindo. Como esse período de férias é de três meses, posso ficar com ele aqui no Brasil.

— O médico autorizou a viagem?

— Na realidade, o médico impôs essa viagem para mim e para ele. Ele, por causa do derrame, e eu porque tenho trabalhado muito. Sabe, eu participo de muitas palestras e de muitos congressos universitários. Viajo muito. Estava precisando de férias.

— Onde vocês ficarão hospedados aqui em São Paulo? Eu gostaria de visitá-los.

— Ficaremos na casa do meu sogro, em Jundiaí. Vou deixar meu telefone com você, teremos muito prazer em recebê-lo e também a Renata.

— Pode marcar aqui, não vou perder este tíquete.

— Onde você quer que eu coloque?

— Pode colocá-lo no meu bolso, estou com as mãos ocupadas. Pronto, acho que pegamos todas as malas, vou separá-las nos carrinhos.

— Augusto, muito obrigado, sua ajuda foi preciosa para nós — disse Massimo abraçando o rapaz.

— Renata, muito prazer em conhecê-la. Clara deu nosso telefone para Augusto, espero revê-los em breve.

Enquanto se despedia, Renata disse:

— Iremos sim, boa estadia no Brasil.

— Obrigada. Gostei muito de conhecê-los.

Augusto perguntou:

— Como vocês vão? Alguém vem buscá-los?

— Não, mas não se preocupe, pegaremos um táxi à porta do aeroporto. Agora vá que sua família deve estar esperando.

— Até logo, Massimo, Clara.

— Até breve, Augusto.

— Clara, que telefone você deu para ele?

— O da casa do seu pai. Por quê?

— Meu pai! É isso!

183

— Massimo, isso o quê?

— Os olhos do Augusto, Clara, são idênticos aos do papai.

— Você tem certeza?

— Absoluta. Você pegou o telefone dele?

— Dele não, mas estou com o número da Renata. Eu fiquei de encontrá-la para ver as fotos que ela tirou. Fique calmo, nós os encontraremos. Agora vamos, ainda temos um bom caminho a percorrer, e você não pode se agitar tanto, lembre-se do que disse o médico.

— Senhor, falou o taxista, as malas já estão no carro.

— Então vamos. Amanhã ligarei para Renata, está bem?

— Está bem, Clara, por um momento eu pensei...

— Eu sei. Você pensou em nosso filho. Vamos esperar até amanhã e então saberemos.

***

Enquanto isso, Augusto e Renata se encontravam com os pais do rapaz. Suzana foi a primeira a abraçá-lo:

— Meu filho, que saudades. Como você está? Fez boa viagem?

— Estou bem, mamãe, apenas um pouco cansado.

Roberto abraçou-o e disse:

— Augusto, você está corado. O verão europeu lhe fez bem.

— Papai, como você está? E a Malu, por que não veio?

— Ela está nos esperando em casa.

— Deixe-me apresentar minha namorada para vocês. Renata, estes são Roberto e Suzana.

Suzana, abraçando Renata, disse:

— Muito prazer, meu filho fala muito de você.

— Ele também fala muito de você. Posso tratá-la por você?

— Claro que pode. Não me acostumo quando me chamam de senhora. Sinto-me velha.

Roberto abraçou Renata e falou:

— Renata, seja bem-vinda à nossa família. E pode me chamar de Roberto.

— Obrigada, vocês são muito gentis.

184

Augusto perguntou a Renata:

— Você localizou seus pais?

— Ainda não.

— Eles estão aqui no aeroporto? — perguntou Suzana.

— Ah! Lá vem eles.

Um casal vinha correndo e acenando para Renata. Quando a encontraram, abraçaram-na quase ao mesmo tempo:

— Renata, que saudade! Como foi difícil ficar longe de você.

— Você fez boa viagem, querida? Está com uma aparência ótima.

— Papai, mamãe, deixe-me apresentá-los a Augusto e também aos pais dele, Roberto e Suzana. Augusto, meus pais Helena e Marco Antonio.

— Muito prazer, Augusto, obrigada por trazer minha filha para casa — disse Helena.

— O prazer é meu. Marco Antonio, como vai?

Os pais de Augusto e Renata riram, e Augusto perguntou:

— Do que vocês estão rindo?

— Estávamos tomando café ainda há pouco e falando de nossos filhos sem saber que falávamos de vocês dois.

— Espero que tenham falado bem de nós.

— É claro, meu filho. Não temos motivo para reclamar de vocês.

Roberto perguntou:

— Já que fomos todos apresentados, vocês não querem ir lá para casa? Minha filha está preparando um lanche para nós.

Helena respondeu:

— Ela não está nos esperando, não queremos incomodá-los.

Suzana disse:

— Não é incômodo nenhum. No caminho, eu ligarei para casa, e ela e o Ângelo cuidarão de tudo.

Augusto disse:

— Vamos, Renata, assim ficamos mais um tempo juntos.

Marco Antonio respondeu:

— Então vamos todos. Só que em carros separados porque quero curtir minha filha.

185

Todos riram da expressão dele e assim fizeram. Augusto foi com os pais dele em um carro, e Renata com os pais dela no outro veículo.

No caminho, Roberto perguntou:

— E então, Augusto, sua volta foi antecipada. Você conseguiu fazer tudo o que precisava?

— Consegui sim, papai. Só não pude me reunir com a escritora Maria Domenico e não consegui falar com a professora da Universidade de Nápoles porque o marido dela teve um derrame. Aliás, eu acredito que os conheci no avião.

Suzana e Roberto se entreolharam.

— Se ele teve um derrame, como estava viajando? Estava acompanhado por alguma enfermeira?

— Não, o derrame não foi muito forte, então, não deixou sequelas. Ele precisa descansar e fazer fisioterapia. Eu o conheci acidentalmente, ele tropeçou quando passava no raio-X, e eu o segurei. Eu e Renata percebemos que estavam com dificuldades e os acompanhamos até o embarque. Na viagem, foi tudo tranquilo. Quando o avião pousou, ele estava um pouco abatido, então eu me ofereci para pegar as malas. Depois nos despedimos. Clara ficou com meu telefone, ela quer que a visitemos na casa do sogro.

Suzana perguntou:

— Tinha alguém esperando por eles?

— Não, foram de táxi, mas me garantiram que estavam bem e tinham ainda um longo caminho a percorrer. Se não me engano, foram para Jundiaí.

Suzana respirou fundo, mas Augusto não percebeu o gesto da mãe.

— Mamãe, como está Malu?

— Sua irmã está muito bem. Está namorando o Ângelo, trabalhando na construtora com seu pai e terminando a faculdade. Acho que ela fará um exame, não sei bem.

— Augusto, Marcela ligou para você?

— Ligou. Como ela simulou um aborto? O médico percebeu?

— Sim. Quando ele a examinou, viu que ela havia tentado se ferir para ter um sangramento e simular o aborto, só que o corte foi mais profundo do que ela pretendia fazer. O médico que a atendeu é muito bom. Cuidou dela como médico e como terapeuta. Ela está bem, voltou a estudar, está fazendo um trabalho voluntário numa creche de um centro espírita. Não sei dizer qual, só que é frequentado pelo doutor Jorge.

— Ela é maluca. Ainda bem que encontrou um profissional competente para cuidar dela.

Roberto perguntou:

— Seu irmão disse quando vai voltar? Você conheceu a Vanessa?

— Ela é muito bonita, agradável, combina muito bem com ele. Eles voltam no início de agosto. Papai, eu sei que a pergunta é difícil, mas você conseguiu encontrar a tal freira que poderia dar notícias dos meus pais?

Roberto respirou profundamente:

— Encontramos. Ela nos levou até seu avô, que nos contou por que você foi abandonado à nossa porta e onde seus pais estão. Você não foi abandonado porque eles não queriam você.

Suzana continuou:

— A história dos seus pais verdadeiros é muito triste, Augusto, mas eles estão vivos, e você vai conhecê-los e ouvir deles tudo o que viveram.

— Mamãe, meu pais verdadeiros sempre serão vocês. Eles são meus pais biológicos.

— Fico muito feliz em ouvir isso, mas você deve ouvir seus pais antes de julgá-los. Sua mãe era muito jovem, e o que eles viveram foi muito triste.

— Não pretendo julgá-los, vou ouvi-los e depois decidirei o que fazer. Vocês querem que eu mude de casa?

Roberto respondeu:

— Nunca, Augusto. Você sairá da nossa casa para a sua quando resolver se casar. Antes disso não. Chegamos. Augusto, receba Renata e os pais dela enquanto estaciono o carro na garagem.

Suzana disse a Roberto:

— Você acha possível que seja o casal do avião?

— Têm coincidências demais na vida do Augusto. É bem provável que sejam eles sim.

Malu e Ângelo foram recebê-los. Abraçaram Augusto e Renata, dando-lhes calorosas boas-vindas.

Renata e Augusto falaram dos lugares que visitaram, das pessoas que conheceram, das fotos, dos encontros e desencontros com escritores e editores. Quando Augusto bocejou, Marco Antonio disse:

— É hora de irmos para casa. Augusto está com sono, precisa descansar.

— Desculpe, Marco Antonio, eu não consegui dormir no avião.

Renata disse:

— Vocês foram muito gentis, e eu também tenho que tomar um banho e dormir na minha cama. Estou fora de casa há quase dois meses.

Todos se levantaram para acompanhá-los e despedirem-se.

Augusto beijou Renata longamente e prometeu que assim que acordasse telefonaria para a moça.

— Ficarei esperando, meu amor. Até logo.

— Até. Descanse bastante.

188

Capítulo 23

Marco Antonio chegou à casa de Helena e Renata e guardou o carro na garagem. Renata estranhou e perguntou à mãe:

— Mamãe, papai vai dormir aqui?

— Renata, nós precisamos conversar. Você quer descansar um pouco e falamos mais tarde?

— Não, mamãe, estou bem. O que houve?

Foi Marco Antonio quem falou:

— Renata, eu e sua mãe conversamos e decidimos nos dar mais uma chance. Então voltei a morar aqui.

— Você não fez isso por causa das coisas que eu disse, né?

— Em parte, sim. Quando eu disse a você que vivesse os momentos que a vida estava lhe dando, percebi que comigo e sua mãe nem sempre foi assim. Nós discutíamos muito por causa de outras pessoas e acabamos nos separando. Eu procurei sua mãe logo que cheguei ao Brasil, conversamos bastante e resolvemos viver os dois juntos, sem aceitar comentários de ninguém, apenas seguindo nossos sentimentos.

— Mamãe?

— Minha filha, você sabe que eu sempre amei seu pai. Acho que fui imatura algumas vezes, ciumenta em outras, acreditei muito em amigos e não fiz a única coisa que devia ter feito: confiar no seu pai. Estamos tentando novamente, vamos ver o que acontecerá. Não temos pressa. Estamos mais velhos, mais maduros e aprendemos que a base de um relacionamento está em confiar no outro. Só o amor não basta. A falta de confiança cria o ciúme, que acaba em briga, e a vida fica muito difícil.

— Fico muito feliz com a notícia. É bom estar junto com vocês dois, eu me sinto mais segura sabendo que estamos unidos novamente.

— Agora fale do Augusto. Você nos contou como o conheceu, onde andaram, mas quem é ele? Por que é tão diferente dos pais e da irmã?

— Mamãe, é uma longa história, que contarei para vocês em um momento mais oportuno. O que vocês acharam dos pais dele?

— São muito simpáticos e demonstram ter um amor incondicional pelos filhos — respondeu Marco Antonio.

— A propósito, você conheceu o outro irmão dele?

— Sim, papai, ele e a namorada estão fazendo um curso de restauração em Milão, devem retornar ao Brasil no início de agosto.

Helena disse:

— Minha filha, vá descansar, mais tarde eu a ajudo com as malas e conversamos mais sobre Augusto e a família dele.

— Está bem, mamãe.

Renata beijou Helena e Marco Antonio e foi para o seu quarto.

Marco Antonio perguntou:

— Você acha que conseguiremos ser felizes desta vez?

— E por que não? Marco, você precisa seguir os conselhos que deu à sua filha. Não vamos nos preocupar com o amanhã, vamos viver o hoje e fazer o que devíamos ter feito há alguns anos: não deixar nossos pais e irmãos se meterem em nossas vidas. Eles nos amam, eu tenho certeza disso, mas não podemos viver do jeito que eles querem. Temos que viver da maneira que nós queremos.

— Você está certa, não vamos falar mais nisso. Você acha que a Renata vai gostar da surpresa que preparamos para ela?

— Tenho certeza que sim. Você viu o brilho nos olhos dela?

— Eu nunca a vi assim antes. Esse Augusto mexeu com nossa menina.

190

— É mesmo, ela está visivelmente apaixonada. Vamos deixá-los viver a vida deles, sem intromissões, está bem?

— Está bem. Quero que eles sejam muito felizes e não tenham os problemas que nós tivemos.

— Helena, acho que vou deitar um pouco, afinal, nos levantamos muito cedo hoje. Você vem?

— Vou. Também estou um pouco cansada.

Marco Antonio beijou Helena e disse que a esperaria no quarto. Helena, abraçada a ele, disse-lhe:

— Não vamos nos magoar de novo, não é?

— Não, meu amor, dessa vez não vou deixar ninguém se intrometer em nossa vida.

***

Massimo e Maria Clara chegaram à casa de Domenico próximo da hora do almoço. Sabiam que ele devia estar ansioso, pois não se viam desde que saíram do Brasil, há vinte e cinco anos. Domenico os abraçou com carinho.

— Venham, entrem, deixem as malas aqui mesmo que depois nós levamos para o quarto. Vocês fizeram boa viagem? Meu filho, que susto você me deu.

— Papai, estamos bem. O meu derrame não deixou sequelas, eu tenho um pouco de dificuldade para caminhar também por causa do que houve aqui. O médico me recomendou repouso e achou que deveríamos vir para cá. Ele tinha certeza de que se eu ficasse na vinícola, não descansaria o tempo que ele acha necessário para minha recuperação.

— E você, minha filha, como está?

— Estou bem, senhor Domenico, um pouco cansada da viagem e com ordens do nosso médico para que eu descanse. Tenho mesmo trabalhado muito, então, aproveitei para vir junto com o Massimo. O período letivo está terminando, logo todos estarão de férias, não foi difícil arrumar um professor para me substituir.

Nesse momento, Ana entrou na sala:

— Maria Clara, minha menina, com vai? — disse enquanto abraçava Maria Clara.

— Bem, Ana, estou bem. E você, como está?

— Estou bem graças a Deus. E o senhor Massimo, como vai?

— Estou bem, Ana, obrigado.

Domenico perguntou:

— Ana, você cuidou de tudo para o almoço?

— Sim, o almoço e o quarto estão prontos. Onde estão as malas?

— Ali na entrada, vou ajudá-la — respondeu Maria Clara.

— Não precisa, fique sossegada, vou pedir a Josefa que me ajude.

Domenico tornou a falar:

— Vocês querem almoçar já ou preferem descansar um pouco?

— Papai, antes de qualquer coisa, queremos saber se você teve alguma notícia da família que adotou nosso filho. Eu encontrei na viagem um rapaz com os olhos iguais aos seus, fiquei muito impressionado.

— Você perguntou o nome dele?

— Sim, é Augusto.

Maria Clara apertava a mão de Massimo sem sentir o que fazia. Domenico respirou fundo e disse-lhes:

— Se ele estava voltando da Itália e se chama Augusto Maia, então, vocês encontraram nosso menino perdido.

— Clara, eu não lhe disse? Eram os olhos de papai. Ligue para a namorada dele, vamos falar com ele agora.

Quando Massimo acabou de falar, notou que a esposa apenas chorava, ele abraçou-a e disse com carinho:

— Meu amor, nós o encontramos, ele está vivo e próximo a nós. Poderemos falar com ele, abraçá-lo, contar tudo o que houve, vamos procurá-lo agora mesmo.

Domenico chamou o filho e falou:

— Meu filho, não se preocupe, ele virá até nós.

— Como você pode saber?

— Porque foram os pais adotivos que vieram me procurar. Procure se acalmar, deixe Maria Clara se controlar, que lhes contarei o que houve.

192

Massimo, abraçado a Maria Clara, pediu ao pai que lhes contasse o que havia acontecido.

Domenico contou sobre as buscas que Roberto havia feito, do encontro com Ana e a irmã Tereza e depois a conversa que teve com eles.

— O diretor da editora para a qual Augusto trabalha foi quem interrompeu a viagem do garoto. E eu pedi que vocês viessem me ver nessas férias para conhecerem o rapaz. Só não imaginamos que as coisas sairiam tanto do nosso controle. A escritora que ele foi procurar era você, Maria Clara, só que com o nome de Maria Domenico. As coisas foram acontecendo e vocês se desencontrando, e nós aqui preocupados que esse encontro se tornasse um pesadelo para vocês. Segundo Roberto, Augusto acredita que foi abandonado e não aceita essa ideia.

Maria Clara falou:

— Será que ele vai me perdoar? Será que vai compreender o que eu fiz?

— Ele me pareceu um rapaz muito sensato, meu bem, ele vai entender o que houve. Você não acha, papai?

— O casal que o criou ficou muito tocado com a história de vocês, tenho certeza de que nos ajudarão.

— Eles vão contar o que houve a ele? — perguntou Massimo.

— Não. Eles vão contar que me encontraram e vão trazê-lo aqui, assim que vocês estiverem prontos para recebê-lo.

— Eles sabem que estamos aqui?

— Eu avisei que vocês chegariam hoje. Procurem descansar. À noite, eu telefonarei para o Roberto, e vocês conversarão com ele. Provavelmente, Augusto também deve estar descansando da viagem.

— Você tem razão, papai, é melhor comermos alguma coisa e irmos descansar, Clara. Mais tarde, falaremos com eles.

— Está bem.

— Então vamos. Ana, por favor, sirva o almoço.

***

Augusto foi para o quarto descansar e, quando pegou sua pasta, o presente que Renata lhe dera estava caído sobre a cama. Ele resolveu abri-lo embora soubesse o que continha. O rapaz rasgou o papel e viu o livro que tanto procurara. Manuseou a obra pensando: "Há quanto tempo estou à sua procura, finalmente, posso ver o que você contém sem ser interrompido".

Assim, Augusto começou a ler o livro e não conseguiu parar até chegar à última página. Emocionou-se com a história da mulher que entregou o bebê à adoção porque acreditava que não conseguiria cuidar dele, o encontro com o namorado que acreditava estar morto, e a declaração final onde dizia ter certeza de que um dia encontraria seu filho, o tomaria nos braços, e eles nunca mais se separariam. Releu a dedicatória: "Ao meu filho, onde quer que ele esteja".

Levantou-se e foi procurar os pais.

Suzana e Roberto conversavam com Malu quando Augusto apareceu na sala com os olhos vermelhos de quem havia chorado. O rapaz chegou perto do pai e perguntou:

— Você conhece a história dos meus pais? É o que está escrito neste livro?

Roberto respondeu:

— Augusto, eu não li este livro. O que sei sobre ele é que pode ser a história dos seus pais biológicos. Foi uma forma que sua mãe encontrou de publicar o que houve, na esperança de que um dia você o lesse e fosse procurá-la.

Roberto abraçou o filho, que não conseguia conter as lágrimas.

— Onde eles estão, papai? Preciso vê-los.

— Acalme-se, meu filho. Nesse estado, você vai assustá-los.

— Papai, você não entende? Eles estavam no mesmo avião que eu.

O telefone tocou interrompendo-os.

— Alô. Sim, sou eu, Suzana. Ah, boa noite, senhor Domenico. Como vai?

— Roberto está? Posso falar com ele?

— Só um momentinho.

Roberto, é o senhor Domenico para você.

— Senhor Domenico, boa noite.

194

— Roberto, meu filho está aqui e quer falar com você.

— Pois não, eu o atendo.

— Roberto, muito prazer, é Massimo.

— Como vai, Massimo?

— Como está meu filho?

Roberto, sentindo um aperto no coração, respondeu:

— Ele está bem, um pouco surpreso porque descobriu que viajaram juntos e bastante emocionado porque acabou de ler o livro que sua esposa escreveu.

— Por favor, espero que você nos compreenda, estamos aflitos para vê-lo, para falar com ele. Esperei muito por esse momento.

— Massimo, eu entendo perfeitamente o que você está sentindo. Estamos todos muito emotivos. Já passa das 22 horas. Eu lhe prometo que amanhã cedo levarei Augusto até vocês.

— Você tem razão, a hora é imprópria. Meu pai confia muito em você. Eu e Maria Clara esperaremos por vocês amanhã. Será que Augusto falaria comigo um pouquinho?

— Augusto, seu pai quer falar com você.

Mais controlado, Augusto disse:

— Massimo, é Augusto, vocês chegaram bem?

— Sim, meu filho, estamos bem. Sua mãe está muito emocionada, não conseguirá falar com você. Amanhã explicaremos tudo o que houve.

— Amanhã me encontrarei com vocês, podem me esperar.

— Até amanhã, meu filho.

— Até amanhã.

Augusto desligou o telefone e abraçou Suzana:

— Não conseguirei me afastar de vocês.

— Nós não queremos que você se afaste de nós. Queremos que você os conheça melhor e os entenda. Acho que não tem que falar em perdão. A vida deles foi muito difícil. Ouça-os, tente se colocar no lugar de sua mãe. Ela tinha 19 anos, era muito jovem. Agora procure descansar, não se preocupe com o que vai acontecer amanhã. Viva um dia de cada vez.

— Papai, você irá comigo?

— Claro, fique tranquilo, confie que tudo dará certo.

195

— Está bem, vocês têm razão. Vou ligar para Renata lá do meu quarto e depois tentarei dormir. Boa noite, papai, mamãe, Malu.

— Boa noite, meu filho, durma bem.

Depois que Augusto foi para o quarto, Malu perguntou aos pais:

— Como é que vocês estão se sentindo com tudo o que está acontecendo?

Suzana respondeu:

— Está sendo muito difícil para nós, mas temos que ir até o fim. Augusto precisa conhecer sua história, e esse casal tem o direito de conhecê-lo.

— E você, papai?

— É tudo muito estranho, difícil, eu não consigo imaginar que Augusto possa preferir a outro pai. Quando Massimo pediu para falar com ele, eu senti um aperto no peito. Em compensação, ele não chamou Massimo de pai. Não dá para imaginar como será esse encontro.

— Eu imagino, papai, vocês todos vão chorar muito. Mamãe, você vai junto?

— Não, filha, amanhã eu vou procurar o pai da sua amiga Ana Paula, o Francisco Almeida.

— Por quê? O que ele tem a ver com essa história?

— Ele é irmão da mãe do Augusto.

— Ah, mamãe, por isso você me pediu para não falar sobre o Augusto com ela?

— Sim, por isso.

— E como você ficou sabendo disso?

— Malu, é uma longa história, outra hora eu conto para você e para seus irmãos. Agora vamos dormir. Amanhã todos estarão de pé muito cedo.

— Boa noite, mamãe, papai.

— Durma bem, minha filha.

***

— Renata, é Augusto.

196

— Oi, amor, como você está?

— Péssimo, acabei de ler o livro e falei com Massimo pelo telefone.

— Massimo? Aquele que você ajudou no avião?

— Sim, ele é meu pai biológico.

— Então, você estava certo? O livro realmente conta a história dos seus pais?

— É isso mesmo. O Massimo falou com meu pai e depois pediu para falar comigo, vou me encontrar com eles amanhã.

— Seu pai, quer dizer, o Roberto vai com você?

— Meu pai vai comigo.

— Você quer que eu vá também?

— Não, Renata, eu não sei o que vai acontecer. Quando eu chegar de Jundiaí, ligarei para você, e nos encontraremos.

— Pelo jeito, você chorou muito. Sua voz está diferente.

— O livro é muito emocionante. A história deles é muito triste, sofreram muito por causa do pai da Maria Clara. Quando eu acabei de ler, fui ver meus pais e não consegui conter as lágrimas. Estou me sentindo infantil, mas é mais forte do que eu.

— Meu amor, chorar é bom, lava a alma, como dizia minha avó. Reter a emoção faz mal para a saúde. Ninguém vai ridicularizá-lo. O que está acontecendo com você é difícil para qualquer pessoa.

— Eu achei que fosse mais forte.

— Não é uma questão de força ou fraqueza, é emoção. A emoção precisa fluir, libere-a, chore o que sentir necessidade. Amanhã, você estará melhor e mais controlado quando for conversar com seus pais.

— Eu estou só falando de mim e não perguntei como você está.

— Estou bem, eu dormi algumas horas. Tenho uma novidade: meus pais voltaram a viver juntos. Resolveram dar mais uma chance ao casamento deles.

— E você como está se sentindo com essa decisão?

— Estou bem. No fundo, eu me sinto mais segura quando os dois estão juntos. Parece coisa de criança, mas é que meu pai é um homem forte, decidido; minha mãe é mais frágil, ela precisa dele. E eu não gosto de ficar me dividindo entre os dois.

— Eu acho que sei o que você sente. Só estamos inteiros se nossas famílias estão unidas.

— Meu bem, é tarde. É melhor você descansar. Nos veremos amanhã.

— É, preciso mesmo, vou dormir. Beijo. Te amo.

— Também te amo. Um beijo.

Capítulo 30

— Bom dia, mamãe. Você levantou-se cedo.

— É, Malu, tenho algumas coisas para resolver e depois quero passar no escritório do Almeida.

— Papai já acordou?

— Sim, está fazendo a barba.

— E Augusto?

— Já acordei sim, mana, bom dia; bom dia, mamãe.

— Bom dia, meu filho. Venha tomar café conosco. Como você está se sentindo?

— Estou melhor, dormi bem. Acho que vou ficar sonolento uns dias por causa do fuso horário, mas logo estarei em forma.

— Malu, eu não lembro se fiquei de ir à editora agora pela manhã. Meus pensamentos estão um pouco confusos. Você pode ligar para o Ângelo e avisar que vou para Jundiaí com papai?

— Claro. Vou para a construtora e de lá ligo para ele. Vocês não marcaram nada. Ele me disse que lhe daria uns dias para você se adaptar ao horário brasileiro e cuidar de seus assuntos pessoais.

— Você contou a ele?

— Sim, ele estava comigo no dia em que nossos pais foram conversar com a freira, que conhecia sua história.

— Mamãe, por que vocês não me contaram o que estava acontecendo aqui?

— Porque nós não queríamos preocupá-lo. Houve alguns contratempos, e estávamos com receio de que você encontrasse com Massimo e Maria Clara antes de conversar conosco, e eles, com o senhor Domenico.

— Como é o senhor Domenico?

— É uma pessoa muito educada, lutou muito para cuidar do filho. A esposa dele faleceu já faz algum tempo. Ele vinha sempre aqui perto para vê-lo, ele me disse que quando eu o via se aproximar, segurava você no colo como se tivesse medo de perdê-lo.

— E você fazia isso?

— Instintivamente, acho que sim. Eu não me lembrava disso. Um dia ele me seguiu e descobriu onde vocês estudavam. De longe, ele o observava esperando para ter uma oportunidade de aproximar-se, mas isso nunca aconteceu. Ele contou sobre uma briga em que você e o Paulo se meteram, você bateu no garoto que acertou seu irmão. Ele ficou com receio de falar com a professora e ter de explicar o que estava fazendo ali.

— Mamãe, você não vai acreditar! Um dia desses, eu estava falando com o Paulo sobre essa briga, e ele disse que tinha um homem olhando para nós. O Paulo achou que o tal homem iria contar o que aconteceu, mas ele não fez isso, abaixou a cabeça e saiu.

— Mas seu irmão não falou nada no dia.

— Não, ele gravou essa imagem, mas não conseguiu dizer nada. Por acaso, enquanto conversávamos com Vanessa e Renata, ele se lembrou.

— Lembrou-se de quê?

— Bom dia, papai. Paulo lembrou-se de um homem que presenciou uma briga nossa na escola, e agora fiquei sabendo que o tal homem era o senhor Domenico.

— Augusto, ele nos contou essa história. O Paulo se lembrou dele? Faz tanto tempo.

— Papai, ele se lembrou de um homem. A imagem deve ter ficado guardada no cérebro dele e, quando voltamos a falar no assunto, ele teve essa lembrança.

— É, ele não podia se lembrar especificamente do senhor Domenico, ninguém o conhecia.

— Malu, você vai à faculdade ou à construtora?

— Vou à construtora, papai, hoje não terei aula.

— Ótimo, peça para Carmem desmarcar meus compromissos, inclusive a reunião que está agendada para hoje.

— Papai, a ida a Jundiaí atrapalhou seus compromissos?

— Não, Augusto, a reunião é com uma pessoa da construtora, e não tenho tantos compromissos assim. A Malu sabe como fazer, dependendo de quem deseja falar comigo, ela mesma atende.

— Muito bem, mana, estou gostando de ver.

— Viu só? Você não imaginou que sua irmãzinha aqui era tão competente.

— Não seja convencida. Quando veremos um projeto seu?

— Ainda não posso assinar porque não terminei a faculdade, então, tenho feito coisas pequenas, mas tenho um projeto em mente, que pretendo montar assim que terminar o curso.

— Parabéns, garota, assim é que se fala.

— Muito bem, crianças. Augusto, vamos, temos um bom caminho pela frente. Suzana, você me telefona depois que falar com o Almeida?

— Sim, pode deixar que eu levarei a Malu até a construtora. Boa viagem.

— Obrigado.

— Tchau, mamãe.

Augusto beijou a mãe e a irmã e acompanhou o pai para o encontro com seus pais biológicos.

— Como você está se sentindo, Augusto?

— Fisicamente bem, mas confesso que estou um pouco ansioso com essa situação.

— Procure se acalmar, você vai gostar deles. O senhor Domenico é uma pessoa muito ponderada. Acredito que muito diferente do pai da Maria Clara.

— Ele ainda está vivo?

— Ele sim, a mãe não. Parece que ela morreu de tristeza. Não sabemos ao certo.

— Quem é esse Almeida com quem a mamãe foi falar?

— É o pai da Ana Paula. Lembra-se da aquela amiga da Malu que usava tranças e vocês viviam implicando com ela?

— Lembro, ela está uma linda moça.

— Então, o pai dela é o irmão mais velho da Maria Clara.

— Você está brincando! E ele sabe que sou adotado?

— Não, ele está procurando a irmã porque não acredita na história que lhe contaram quando ela desapareceu. Nós pedimos a Malu que não falasse nada com a Ana Paula até resolvermos essa história toda.

— E por que a mamãe foi falar com ele?

— Porque ele procura pela irmã há vinte e cinco anos. Está preocupado com ela e, segundo o senhor Domenico e a dona Ana, que trabalhou na casa da Maria Clara, ele é a única pessoa da família que se importa com ela.

— Ela tem outros irmãos?

— Tem outro irmão chamado Rogério, que segue os passos do pai. Acha que a irmã fugiu, que envergonhou a família. Pobre garota.

— Papai, que história!

— Você vai ouvi-la em detalhes da boca do seu avô.

***

Suzana chegou ao escritório de Francisco de Almeida às 9 horas conforme havia agendado com a secretária dele.

— Senhor Francisco, dona Suzana Maia está aqui.

— Pode mandá-la entrar.

— Suzana, como vai? O que a traz aqui tão cedo?

— Francisco, é um assunto delicado, eu pediria a você que me deixasse falar sem me interromper. Depois responderei a todas as suas perguntas.

— Estou à sua disposição.

— Em primeiro lugar, quero dizer-lhe que vim aqui por minha inteira responsabilidade. A senhora Ana não sabe que estou aqui.

— Ana? Ana de Jundiaí? Você a conhece?

— Francisco, por favor, deixe-me falar senão não conseguiremos nos entender.

Francisco assentiu, e Suzana contou-lhe tudo o que havia acontecido com Maria Clara: o atentado a Massimo, a doação do bebê, a fuga para a Itália, a adoção de Augusto e o reencontro deles, que aconteceria naquela manhã.

— Meu Deus, Suzana, por que nunca me contaram a verdade?

— Isso eu não sei dizer. Augusto você conhece, é meu filho mais velho.

— Sim, eu o conheço. Quer dizer que ele é meu sobrinho? Eu falei com ele algumas vezes. Ah, se eu pudesse imaginar!

— Ninguém sabia de nada. Se Augusto não tivesse encontrado o cestinho do convento na garagem, nem você nem sua irmã saberiam da existência dele.

— E você e o Roberto, estão abrindo mão de serem os pais dele?

— Não, Francisco, nós amamos Augusto como amamos Paulo e Malu. Caberá a ele resolver onde quer ficar. Devemos a ele esse direito.

— Onde está minha irmã?

— Ela e o marido estão hospedados na casa do senhor Domenico.

— Senhor Domenico. Ele ainda está vivo?

— Sim, e aparentemente muito bem de saúde, apesar de tudo o que sofreu.

— Será que Maria Clara me receberia?

— Também não posso responder a essa pergunta. Vou deixar o telefone da casa do senhor Domenico. Se eu fosse você, falaria primeiro com ele. É um homem ponderado, experiente. Quem sabe ele não o ajuda a encontrar-se com sua irmã?

— Eu não sabia de nada. Papai não me contou que tinha mandado atirar no namorado da minha irmã. Disse-nos que ela havia fugido com o rapaz, mas eu nunca acreditei nessa história. Deveria ter procurado o senhor Domenico.

— O passado não pode ser mudado, mas no presente poderemos construir um futuro melhor. Agora vou deixá-lo com

203

suas lembranças. Pense com calma. Tenho certeza de que você vai rever sua irmã, e ela o receberá. Ela sofreu muito.

— Suzana, muito obrigado por você vir até aqui me trazer essas notícias. Roberto deve estar com eles agora?

— Talvez, não é muito longe, mas nunca sabemos como estará o trânsito.

— Vou ligar para o senhor Domenico agora mesmo. Suzana, novamente, muito obrigado, você não sabe o bem que me fez.

— Não tem de quê. Se houver alguma coisa que eu e o Roberto possamos fazer para ajudá-los, ligue para nós. Você tem meu telefone, não tem?

— Tenho sim. Ligarei informando você do que aconteceu.

— Até logo, Francisco.

— Até breve, Suzana.

***

— Senhor Domenico?

— Sim, quem fala?

— Senhor Domenico, é Francisco, irmão de Maria Clara, eu acabei de saber o que houve com a minha irmã. Será que poderíamos nos encontrar para uma conversa? Por favor, eu não tinha a menor ideia do que havia acontecido.

— Hoje não posso vê-lo, mas amanhã você poderia vir até a vinícola?

— Vou sim, estarei aí na hora em que o senhor marcar.

— Amanhã, às 10 horas. Você sabe onde é?

— Sei, estarei lá no horário combinado. Senhor Domenico?

— Sim.

— Muito obrigado.

— Não tem de quê, meu filho. Espero que você cumpra com sua parte nessa história.

— Não se preocupe, farei tudo o que for possível para a felicidade da minha irmã. Até logo.

— Até amanhã.

— Quem era papai?

— Um cliente, meu filho. Eu não vi Maria Clara. Ela está bem?

204

— Está. Nós conversamos bastante ontem à noite. Ela está com medo de ser rejeitada pelo filho.

— Eu não acredito que isso aconteça. O Roberto e a Suzana são pessoas muito equilibradas. Se achassem que ele os maltrataria, não teriam nos procurado.

— Tomara, papai, não quero ver Maria Clara sofrer mais.

— Olhe, eles estão chegando. Vamos recebê-los.

**

— Alô, Rogério?

— Sim. Oi, Chico, como vai?

— Bem, e você?

— Tudo bem. Você tem algum compromisso para esta noite?

— Não, por quê?

— Eu gostaria de conversar com você sobre a Maria Clara.

— O que tem ela? Apareceu?

— Aquela história que papai nos contou de que ela havia fugido com o namorado é mentira.

— Como é que você sabe?

— Conversei com a mulher que adotou o filho da Maria Clara. Ela me contou toda a história.

— Você conhece essa mulher?

— Sim, é mãe de uma amiga da minha filha.

— E ela foi procurar você à toa? Que interesse ela tem nessa história?

— Rogério, é uma história longa. Dá ou não dá para você dar um pulo lá em casa para conversarmos?

— Olha, Chico, eu não sei o que está acontecendo. Uma mulher que aparece depois de vinte e cinco anos para falar que a Maria Clara não fugiu, para mim, é estranho e, de qualquer forma, eu acredito no que papai nos disse.

— Você não quer nem saber se ela está bem, onde tem andado?

— Não, mano, não estou interessado na vida dela. Ela fugiu, mamãe morreu de desgosto por causa dela. Você esqueceu-se disso?

205

— Mamãe não morreu de desgosto por causa da Maria Clara. O problema da mamãe era nosso pai.

— Não adianta, Chico, você não vai me convencer. Se você quer ir atrás dela, vá. Mas não me envolva nessa história, não quero problemas com o papai.

— Está bem, não vou envolvê-lo nessa história, mas eu tenho certeza de que você está do lado errado da família.

— Chico, você cuida dos negócios do papai, tem seu escritório de advocacia, se deu bem na vida. Eu só tenho o depósito. Para quê vou brigar com papai por causa da Maria Clara?

— Você não tem seus negócios porque não quis investir na sua profissão, acomodou-se no depósito e na espera da herança que papai vai deixar. Como você é egoísta.

— Sou egoísta sim, agora ainda chega essa zinha aí vinda não se sabe de onde. Vai ver que veio porque soube que papai está muito velho e pode morrer a qualquer hora.

— Não diga asneiras, papai está muito bem de saúde.

— Engano seu, ele não está fazendo o que os médicos mandam.

— Eu vou saber disso também. Bom, não tenho mais nada para falar com você. Até qualquer hora.

— Até logo, Chico.

***

Ângelo foi buscar Malu para almoçarem juntos, ele queria saber como estava Augusto e também vê-la:

— Oi, Malu, tudo bem? Como está Augusto?

— Oi, amor. Augusto leu o tal livro e ficou muito abalado, emocionou-se, demorou um pouco para voltar ao normal.

— Depois que eu saí da sua casa ele não foi descansar? A viagem foi cansativa.

— Sim, mas encontrou o livro e acabou passando a tarde toda lendo. Quem conseguiu tranquilizá-lo foi a Renata. Ele me pediu para avisá-lo que, depois que resolver esse assunto dos pais dele, ele irá à editora.

206

— Você disse que não tem necessidade, que ele pode resolver a vida pessoal dele primeiro?

— Disse, mas eu acredito que voltar ao trabalho vai fazer-lhe bem. Afinal, parte da viagem foi a trabalho.

— Você tem razão, e eu preciso preparar o material para os lançamentos.

— Então, não se preocupe. Augusto logo estará bem. Ele estava preparado para uma situação de abandono, por qualquer motivo, menos pelo que houve com os pais dele. Agora ele deve estar dividido entre o amor por nossos pais e o medo de amar os pais biológicos.

— Eu não gostaria de passar por isso, deve estar sendo muito difícil para todos. Que coisa, não? Tudo por causa da intolerância de um pai.

— Pois é, e tem mais uma coisa. Lembra-se da minha amiga Ana Paula?

— Sim, o que tem ela?

— É prima do Augusto. O pai dela, Francisco de Almeida, é o irmão mais velho da Maria Clara.

— E ele sabe o que está acontecendo?

— Sim, mamãe foi hoje, pela manhã, falar com ele. Não sei o que aconteceu porque não consegui falar com ela. Mas não deve ter sido uma conversa muito fácil. Eu ouvi papai e mamãe conversando, parece que é o único que procurou a irmã. O outro irmão não está nem aí pra ela.

— Então hoje à noite vocês terão muito o que conversar. Foi bom termos vindo almoçar juntos.

— Por que você está dizendo isso?

— Porque vocês vão conversar sobre os assuntos da família, eu ainda não faço parte dela.

— Não? O que somos então?

— Malu, você entendeu, sou seu namorado. Só serei parte integrante da família quando estivermos casados. Até lá, acredito que alguns assuntos só dizem respeito a vocês.

— Mas eu sempre lhe contei tudo sobre minha família, minha vida. Não deveria tê-lo feito? O que você me contou sobre você e sua família não me fazem ser parte dela?

— Você é diferente.

— Não entendi. Diferente em quê?

— Malu, você é a mulher com quem eu quero viver pelo resto da minha vida, mas, às vezes, eu acho que sou velho para você. Meu trabalho me retém no jornal nos fins de semana, não gosto de balada, de música barulhenta, e isso me faz pensar que talvez você devesse estar com alguém da sua idade, aproveitando para ir à praia, a *shows*.

— Meu Deus, por que você não me pergunta o que eu quero fazer em vez de ficar se torturando com o que gostaria que eu fizesse? Ângelo, na primeira vez que saímos juntos, eu lhe disse que não me identificava com rapazes vazios, sem perspectiva de futuro. Você acha que se eu gostasse de balada ou fins de semana na praia estaria aqui agora com você?

— Malu, eu estou apaixonado por você. Gosto de você como nunca gostei de ninguém, quero me casar com você, viver ao seu lado para sempre. Você sabe o que é isso?

— Não tenho como saber. Você diz que quer viver ao meu lado para sempre e, ao mesmo tempo, acha que eu deveria namorar alguém mais novo?

— Eu quero me casar com você, tenho certeza dos meus sentimentos, mas nós estamos namorando há dois meses. Não sei como você se sente em relação a isso.

— Eu amo você. Não sinto falta de baladas, música barulhenta, *shows* ou coisa parecida. Você falou que é mais velho, Ângelo, mas o que são oito anos? Se você tivesse cinquenta anos, aí sim, mas você tem trinta. Você está vendo problemas onde eles não existem.

— Você quer se casar comigo?

— Sim, quero viver com você para sempre.

— Você acha que seus pais aprovarão?

— Eles estão esperando esse pedido de casamento desde que começamos a namorar. Papai acha você decidido como ele. Meus pais namoraram e casaram-se em seis meses e, como diz a mamãe: "ela não estava grávida como vovó pensava".

Ângelo riu do jeito de Malu e perguntou:

208

— Você acha que em quatro meses dá tempo de arrumar tudo?

— Não, vamos esperar mais um pouquinho, deixe-me acabar a faculdade. Termino meu curso no final desse ano, aí poderemos nos casar. O que você acha?

— Farei como você quiser. Só não vou deixar passar do final deste ano.

— Está certo, agora me responda: você irá à minha casa hoje à noite?

— Claro, afinal, preciso pedir você em casamento para o seu pai. Agora venha cá, quero beijar minha noiva.

Ângelo beijou Malu com toda a paixão que sentia por ela. Malu correspondeu ao beijo com a mesma intensidade. Depois, disse com a voz rouca:

— Será que conseguiremos esperar até dezembro?

— Não sei, Malu, mas daremos um jeito.

Rindo, os dois trocaram um longo e apaixonado beijo, confirmando o amor que sentiam um pelo outro.

***

— Vanessa, tenho uma novidade para lhe contar.

— O que houve? Você está agitado.

— Fomos escolhidos pelo professor Marconi para integrar o grupo que fará a restauração da igreja da universidade. Trabalharemos com paredes, móveis, quadros, imagens, enfim, tudo o que existe na igreja.

— E como faremos isso?

— Ele vai nos dividir em equipes para dar oportunidade a todos os alunos selecionados de trabalharem em todos os objetos que precisam ser restaurados.

— Que maravilha! Mas e nosso retorno para o Brasil, será que vai dar tempo de fazer tudo isso?

— Eu conversei com ele e expliquei nossa situação. Na realidade, as obras vão iniciar em agosto, ao término do curso, quando deveríamos voltar para o Brasil, mas ele me disse que antes de confirmar nossos nomes conversou com o reitor e este enviou uma carta para o consulado pedindo que nossa estadia aqui fosse prorrogada. O consulado aprovou, podemos ficar aqui até dezembro, porque estaremos trabalhando e recebendo um salário. A universidade fará um contrato conosco, assim não teremos problemas com a imigração.

— Que notícia boa, mas não sei se poderei ficar todo esse tempo na casa dos meus tios. Eles estão sempre preocupados comigo, acabo dando-lhes despesas extras.

— Vou fazer o seguinte: pedirei a papai que me ajude com dinheiro para podermos alugar um apartamento. O Celso me falou de uma imobiliária que aluga apartamentos mobiliados para estudantes, teremos que providenciar apenas roupa de cama, de banho, e demais coisas que usaremos.

— Paulo, você pode pedir para o seu pai, mas não sei se meu pai tem como me ajudar.

— Vanessa, não se preocupe com isso. E, depois, teremos um salário, acho que conseguiremos viver. O que você acha de morar comigo?

— Acho estranho. Mas eu confio em você.

— Ah, meu amor, será um teste. Se nos dermos bem, podemos chegar no Brasil e avisar nossas famílias que nos casaremos o mais breve possível.

— Casar. Você quer se casar comigo?

— Vanessa, eu estou apaixonado por você, não consigo imaginar minha vida sem você. Tenho certeza de que nos daremos muito bem.

— Você não tem medo?

— Você me ama?

— Eu amo você e tenho muito medo de perdê-lo, não sei como viveria sem você.

— Então não precisamos ter medo, vamos aprendendo a conviver um com o outro. Quando acreditamos no amor que sentimos, as dificuldades se tornam pequenas. Tenho certeza de que seremos felizes.

— Eu confio em você, meu amor. Vou ligar para meus pais e conversar com eles. Quem sabe eles também não nos ajudam?

210

Paulo abraçou Vanessa, e os dois trocaram um longo beijo. Depois, abraçados, começaram a traçar planos para o futuro.

Capítulo 31

Roberto e Augusto chegaram a Jundiaí próximo à hora do almoço. Domenico os recebeu e disse:

— Bom dia, Roberto, tudo bem?

— Bom dia, senhor Domenico, tudo bem. Este é Augusto.

Domenico olhou para o neto e reconheceu nele os traços de sua família. Alto, pele morena, olhos verdes. Sorriu e disse:

— Augusto, como você cresceu. Você não tem ideia da alegria que tenho de reencontrá-lo e vê-lo assim um homem feito, bonito, saudável. É um presente de Deus. Posso lhe dar um abraço?

Augusto abraçou o avô e teve uma sensação de bem-estar, de estar sendo abraçado por alguém que gostava muito dele. Domenico se emocionou, o que deixou Roberto preocupado:

— Senhor Domenico, tudo bem?

Augusto amparou o avô, levando-o para que se sentasse em uma cadeira próxima a eles.

— Me desculpem, é uma emoção muito forte. Meu coração é bom, mas está velho.

— Não temos nada para desculpar. Eu sei o quanto vocês devem ter sofrido. Espero que entenda que talvez eu ainda não consiga chamá-lo de avô. É tudo muito novo para mim.

— Augusto, se é difícil para nós, eu imagino como deve ser para você. De repente, você se vê no meio de estranhos que dizem ser a sua família. Fique tranquilo, precisamos nos conhecer, com o tempo tudo vai ficar mais fácil. Não vou me importar se você não me chamar de avô. O que importa é que você está aqui, vivo, forte, bem criado.

Nesse momento, Massimo retornou da varanda e ficou parado olhando aquela cena. Emocionado, disse a Augusto:

— Augusto, ontem, quando você me ajudou no aeroporto, eu senti que o conhecia, seus olhos lembravam alguém. Logo depois, quando você saiu de perto de nós, foi que me lembrei do seu avô, meu pai. Vocês têm os olhos iguais aos dele. Papai tem razão quando disse que para você deve estar sendo muito difícil. Aparecemos vinte e cinco anos depois informando a você e à família que o criou que nós somos sua família. Eu espero que você nos dê uma chance de conhecê-lo, de conviver um pouco com você. Não vamos impor nada, não exigiremos nada, não temos nenhum direito sobre você. Roberto, muito obrigado por ter criado meu filho. Ele se parece fisicamente com papai, mas tem o seu jeito. Você é o verdadeiro pai de Augusto.

— Massimo, eu quero que você saiba que a história de vocês nos emocionou muito. Eu não a contei para o Augusto, mas ele acabou lendo o livro que sua esposa escreveu. Ele vai ser sempre meu filho mais velho, o amor que temos por ele não vai se modificar porque vocês surgiram na vida dele. Augusto, meu filho, você não tem que fazer escolhas, você deve conhecê-los, ouvi-los, e eu tenho certeza de que em seu coração haverá lugar para todos nós.

Augusto, que até aquele momento apenas ouvira, respondeu:

— Eu quero que todos vocês entendam que é muita coisa acontecendo ao mesmo tempo. Quando eu soube que havia sido adotado, fiquei perdido. Sabia que meus pais me amavam e o quanto eu gostava deles, mas, ao mesmo tempo, fiquei aflito para saber por que eu havia sido abandonado. Por que o casal que me gerou me deixou à porta de um casal de estranhos? Como eu me sentiria quando encontrasse meus pais biológicos? Todas essas perguntas me atormentaram durante os últimos dois meses. Eu precisava me encontrar com uma escritora inacessível, que havia escrito um livro que me fazia pensar na minha história. Eu estava preparado para uma história de abandono. Porém, quando finalmente eu consegui ler o livro, descubro o quanto vocês sofreram por causa da intolerância e do preconceito de um homem que talvez eu nunca chegue a conhecer. Por favor, me deem um tempo para absorver isso tudo. Neste momento, não consigo descrever o que sinto.

Massimo disse:

— Augusto, você terá o tempo que quiser. Nós ficaremos durante três meses no Brasil, depois teremos que voltar para Itália. Você sabe que eu tenho a vinícola, e sua mãe é professora, tem compromissos com a universidade. O meu derrame tirou-a da rotina. E foi bom porque o médico disse que ela também precisava de descanso. Por fim, a emoção que estamos sentindo talvez nos deixe mais fortes. Saber onde você está, que está vivendo bem, feliz, é um presente para nós. Maria Clara está muito preocupada com a sua reação, ela teme que você a rejeite. Por favor, tente entender o que houve, ela jamais entregaria você para adoção se nossa situação fosse outra. Se ela soubesse que eu estava vivo.

Augusto perguntou:

— Onde ela está?

— Na sala, quer que eu o leve até lá?

— Não, pode deixar que eu a encontro. É só passar por essa porta, não?

— Sim, meu filho, é por aqui.

Domenico perguntou a Roberto:

— Como você e Suzana estão se sentindo? Afinal de contas, nós mudamos a vida de vocês todos.

— Digamos que nós estamos nos adaptando a uma nova vida: Augusto encontrou os pais biológicos, Paulo está estudando fora do Brasil, Malu trabalha comigo, e acredito que logo se casará. Este ano, nossa vida virou do avesso, mas eu e Suzana estamos juntos, apoiando nossos filhos e nos apoiando também. Nós somos cúmplices em tudo o que fazemos, não temos segredos. Acredito que essa confiança é que nos ajuda a equilibrar nossa família.

Enquanto Roberto, Massimo e Domenico conversavam, Augusto entrou na sala e encontrou a mãe sentada, olhando para o vazio. Ele chegou perto dela devagar para não assustá-la:

— Mamãe?

Maria Clara levantou os olhos e rompeu em soluços ao ver Augusto diante dela.

O rapaz a abraçou e sentiu-a tão pequena, tão frágil, deixou-se ficar assim abraçado a ela até senti-la mais calma, respirando regularmente.

— Meu filho, me perdoe, eu nunca deveria ter feito o que fiz. Eu só pensava em protegê-lo, em não permitir que meu pai o encontrasse e lhe fizesse algum mal. Me perdoe.

— Mamãe, eu conheço a sua história pelo livro. Gostaria de conversar com você sobre ele, mas agora, neste momento, deixe-me apenas abraçá-la, assim terei certeza de que você me amava, que não me rejeitou e, por isso, me pôs numa casa qualquer para ser adotado. Quando eu soube que era adotado, fiquei com muita raiva. Eu me perguntava por que tinha sido abandonado. Que espécie de mãe me gerou e depois me jogou fora como se eu fosse um brinquedo velho?

— Meu filho, não, por favor, não pense nada disso, não se torture dessa forma. Eu sempre amei você. Eu e o seu pai o geramos num momento de muito amor. Você sempre foi muito querido. Quando você nasceu, eu estava absolutamente sozinha. Sem o Massimo, sem minha família, sem emprego, eu teria que sair do convento com você nos meus braços e não tinha para onde ir. Por isso, eu pedi ao marido da Ana que o levasse para a roda da Santa Casa. Graças a Deus, ele resolveu deixá-lo na casa desse casal que o criou tão bem, com amor, carinho e educação. Serei eternamente grata a eles.

— Eu não consegui chamar o Massimo de pai, nem o senhor Domenico de avô.

— E como conseguiu me chamar de mãe?

— Não sei. Talvez porque eu tenha sonhado várias vezes com você me chamando. No sonho, eu era uma criança, e quando estava perto de alcançá-la, eu acordava. Ou talvez porque eu tenha lido o livro. A dedicatória é para mim?

— Sim, meu filho. Quando eu escrevi aquele livro, acreditei que um dia ele chegaria às suas mãos e, vendo a dedicatória, você viria até mim. Depois eu percebi que isso não fazia sentido, o livro foi lançado na Itália, não foi publicado no Brasil. Como você poderia encontrá-lo?

— Eu procurei tanto esse livro, queria lê-lo para conhecer a história da escritora com quem eu deveria conversar. Mas eu sempre chegava atrasado. Não havia mais o livro em lugar nenhum, nem na editora. Você se lembra da Renata?

— Sim, é uma bela moça.

— Então, Renata encontrou um exemplar no último dia que passamos na Irlanda. Eu deveria lê-lo no avião. Mas eu estava preocupado com vocês e resolvi aproveitar a viagem com a minha namorada. Deixei para lê-lo no Brasil. Li no dia em que chegamos. Fiquei muito comovido com sua história. Você pretende encontrar-se com seu pai?

— Não, meu filho. Quando eu penso no que ele fez com o Massimo... Talvez eu procure um dos meus irmãos.

— O Francisco?

— Como é que você sabe que eu tenho um irmão chamado Francisco?

— Porque ele é pai de uma amiga de infância de minha irmã. Meus pais souberam que ele a procura desde que você desapareceu. Ele nunca acreditou que você tivesse fugido com o Massimo, mas ele não sabia como encontrá-la. Minha mãe foi procurá-lo hoje para contar-lhe o que aconteceu. À noite, saberei como ele reagiu. Se você quiser, posso telefonar-lhe para falar sobre a reação dele.

— Ah, meu filho! Se eu pudesse, passaria o resto da minha vida assim, abraçada com você. Me conte uma coisa, era você o jornalista que queria conversar comigo para lançar o livro no Brasil?

— Sim, era eu. E por acaso era você a professora da Universidade de Nápoles que iria conversar comigo sobre a cultura celta?

— Eu mesma. Como escritora, eu fugi de você, achei que você fosse mais um jornalista tentando fazer sensacionalismo no Brasil com a minha história, mas como professora foi o acaso.

A doença do Massimo me deixou desnorteada. Ligaram para a universidade dizendo que meu marido havia sofrido um derrame e estava internado na UTI do hospital na Toscana.

"Eu fiquei apavorada, imaginei que seu pai morreria sem conhecer você, que eu não chegaria a tempo de vê-lo com vida, e uma série de outras bobagens. Felizmente, quando cheguei ao hospital, o médico me levou para vê-lo e me explicou que ele havia tido um princípio de derrame, ele teria que fazer fisioterapia e descansar, por isso, viemos para o Brasil".

— Vocês pretendem voltar para a Itália?

— Sim, nossa vida é lá. Temos compromissos: seu pai com a vinícola, e eu com a universidade. Ficaremos aqui durante três meses, depois voltaremos para a Toscana.

Enquanto Augusto e Maria Clara conversavam na sala, Ana se dirigiu à varanda e falou para Domenico:

— Senhor Domenico, o almoço está pronto. Posso mandar servir?

— Você falou com Maria Clara?

— Não, eu dei uma espiadela, e os dois estão abraçados há um tempão, conversando baixinho. Vocês estavam com medo da reação deles. Olhem aqui pela janela.

Os três se levantaram para olhar, e a cena que viram comoveu a todos: Augusto estava sentado abraçado à mãe, ela brincava com os dedos entre os dedos do filho. Estavam conversando, mas não se podia ouvir o que diziam. De repente, Augusto disse:

— Acho que estamos sendo observados.

Maria Clara levantou-se e viu Massimo, Domenico e outro homem, que ela deduziu que fosse Roberto, observando-os pela janela. Olhou para o relógio e assustou-se com a hora:

— Nossa, como a hora passou rápido! Acho que eles estão com fome, já passa das 14 horas. Venha, vamos nos reunir a eles e almoçar.

E assim, abraçados, Augusto e Maria Clara se juntaram aos demais.

Depois do almoço, tomaram café na varanda, e Augusto disse-lhes:

— Não saberei explicar-lhes porque minha reação com relação à mamãe foi diferente da que tive quando os conheci. Peço-lhes que me deem um tempo para que eu possa conhecê-los e me aproximar de vocês. Virei aqui sempre que puder e gostaria muito que vocês conhecessem minha família.

Voltando-se para Roberto, Augusto perguntou:

— Você acha que poderíamos oferecer-lhes um almoço no domingo? Assim passaríamos o dia juntos.

— Claro, vou combinar com sua mãe, quer dizer, com Suzana, e os receberemos com o maior prazer.

— Roberto — disse Maria Clara — não faça isso, não deixe de falar "sua mãe" para Augusto. Suzana é a mãe que o criou, tem todo o direito de ser chamada assim. Não se constranja com minha presença. Eu gostaria muito de conhecê-la.

— Está bem, é que é tudo tão novo que, às vezes, fico sem saber como falar. De qualquer forma, esperamos vocês no domingo. Quem irá levá-los?

— Meu motorista poderá nos levar, Roberto, não se preocupe. Massimo não pode guiar por enquanto, e eu não tenho mais paciência no trânsito. Quando preciso ir a São Paulo, peço a Pedro que me leve e fico sossegado. Faremos assim no domingo, e não se preocupe com a bebida, levarei vinho e suco de uva para todos.

— Muito obrigado, senhor Domenico, é muito gentil da sua parte. Agora, Augusto, é melhor partimos, temos um bom caminho a percorrer e certamente muito trânsito.

Augusto despediu-se de Domenico e de Massimo abraçando-os e sentindo o mesmo calor que havia percebido no abraço que Domenico lhe dera na chegada. Depois abraçou Maria Clara e, percebendo lágrimas em seus olhos, disse-lhe:

— Mamãe, não chore, por favor. Estarei sempre perto de você. Me telefone quando quiser. Logo nos veremos novamente. Agora nada poderá nos separar.

— Está bem, meu filho, vou procurar me controlar. À que horas eu posso ligar para conversar com você?

— A qualquer hora, mamãe, se eu não atender de imediato, é porque estou em alguma reunião. O seu número ficará registrado, e eu ligo assim que estiver desocupado para conversarmos tranquilamente.

— Está bem, meu filho, que Deus os acompanhe.

— Obrigado, mamãe. Até logo.

Roberto despediu-se de todos e pediu a Augusto que dirigisse. Ele havia bebido vinho e não queria ter problemas na estrada.

— Você bebeu muito, papai?

— Bebi duas taças de vinho, estou com um pouco de sono.

— Pode dormir sossegado, eu não bebi, dirigirei com tranquilidade.

— Você se identificou mais com Maria Clara do que com Massimo, ou foi impressão minha?

— Não é impressão não. Quando eu a vi sentada no sofá, com o olhar perdido e aquela expressão de desamparo, não me contive. Ela parece ser tão frágil, tão delicada. Como pode ter um pai tão ruim?

— Essas coisas não se explicam, meu filho. Ninguém sabe por que isso acontece. Fiquei contente com a maneira como você os tratou.

— Com o tempo, eu acho que conseguirei me relacionar melhor com eles. Meu pedido para almoçarmos juntos não foi inconveniente?

— Não, eu estava pensando nisso, mas não queria forçar uma situação. Eu e sua mãe já vínhamos pensando nisso. Quando chegarmos, falaremos com ela, tenho certeza de que não haverá problema.

— Eu falei com a Maria Clara sobre o irmão dela.

— E ela?

— Não falou nada. Você acha que ele irá procurá-la?

— Eu acredito que sim. O Francisco é um bom homem. Quem sabe não o convidamos para o almoço de domingo?

— Acho melhor falar com Massimo primeiro, ele pode não gostar.

— Você tem razão, meu filho, vou conversar com o senhor Domenico. Ele é mais experiente, vai nos orientar melhor. Acho que vou tirar um cochilo.

— Durma à vontade. Se importa se eu ligar o som?

— Não, meu filho, fique à vontade.

E assim, enquanto Augusto dirigia e se recordava das emoções do dia, Roberto cochilava ao lado do rapaz e só acordou quando estavam quase chegando a São Paulo.

Quando chegaram em casa, Suzana os esperava ansiosa. Roberto abraçou-a e disse:

— Foi tudo bem, acalme-se.

— Como está Augusto?

— Eu acredito que bem. Malu ainda não chegou?

— Ela e Ângelo estão vindo. Disseram que precisam conversar conosco.

— Sobre o quê?

— Eu não sei.

— Será que ele vai pedi-la em casamento?

— Roberto, você não acha isso um pouco antiquado?

Rindo, Roberto falou:

— Você tem razão, nem eu pedi você em casamento. Decidimos nos casar e pronto.

— Então é melhor esperar em vez de um pedido uma comunicação.

— Comunicação de quê, posso saber?

— Oi, meu filho, achamos que sua irmã e Ângelo vão se casar.

— Mas já! Há quanto tempo estão namorando?

— Dois meses. Mas vamos deixar isso para depois. Me dê um abraço, senti sua falta. Você passou o dia todo fora.

— Hum! Estou sentindo uma pontinha de ciúme nesse comentário.

Augusto abraçou a mãe e disse-lhe:

— Mamãe, você vai conhecer a Maria Clara, ela é uma pessoa encantadora, fico feliz em ser filho dela, porém, preste atenção no que vou lhe dizer, não quero ficar toda hora repetindo: você é minha mãe de coração, a mãe que me criou, que me orientou e me fez quem sou. O tempo vai me ensinar a gostar do Massimo, da Maria Clara e do senhor Domenico, mas eu não posso mudar o que sinto. Fiquei aliviado ao saber que não tinha sido abandonado como uma coisa velha. Eles sofreram muito, e eu respeito isso, mas você e papai serão sempre meus pais, minha referência de vida. Esta casa é meu porto seguro, por favor, vocês precisam acreditar nas minhas palavras. Não vejo necessidade de ficar toda hora repetindo o quanto eu amo vocês.

— Desculpe, meu filho, você tem razão. Eu fiquei muito insegura quanto a isso. Meu lado egoísta não quer dividi-lo com ninguém, mas sei que isso será impossível. Eu acredito em você e não vou ficar amolando, cobrando um amor que sei que me pertence.

— Papai, você tem alguma dúvida com relação aos meus sentimentos?

— Não, meu filho. No começo, eu tive muito medo de perdê-lo, mas agora sei que isso não acontecerá. Você é um homem correto, íntegro, que sabe o quer fazer de sua vida. Esta casa sempre será seu porto seguro, e nós estaremos aqui sempre que você precisar.

Augusto abraçou os pais e deixou-os para telefonar para Renata. Roberto e Suzana se abraçaram emocionados com o que ouviram do filho.

— Nós o criamos com esse caráter, com essa integridade, estou muito feliz.

— É, Roberto, nós o criamos. Estou feliz por ter sido escolhida para ser a mãe de Augusto.

— Augusto e eu convidamos o senhor Domenico, o Massimo e a Maria Clara para almoçarem aqui no domingo. O que você acha?

— Foi uma boa ideia, assim podemos nos conhecer melhor, e Augusto ficará mais à vontade para conviver com eles.

— Você falou com Francisco?

— Sim, ele ficou muito abalado, eu o aconselhei a conversar com o senhor Domenico, deixei com ele o número do telefone.

— Eu acho que é ele quem vai à vinícola conversar com o senhor Domenico. Eles comentaram sobre alguém que chegará amanhã, mas ele desconversou dizendo que era um cliente.

— Pode ser. Tomara que ele e a irmã consigam se entender.

— Você ouviu o portão?

— Malu e Ângelo chegaram.

— Oi, papai, mamãe. Você estava chorando?

— É, tivemos uma conversa com Augusto, e eu me emocionei. Como vai, Ângelo?

— Bem, e vocês, como estão?

Roberto respondeu:

— Estamos bem.

— Como foi o encontro?

— Com o avô e com o pai, o encontro foi cerimonioso. Já com a mãe, Augusto foi mais carinhoso. Conversaram e tudo correu bem. Domingo eles virão almoçar conosco, eu gostaria que vocês estivessem aqui.

— Sim, podem contar conosco.

— Malu, sua mãe me disse que você queria falar conosco.

— É, papai, eu e Ângelo resolvemos nos casar no final do ano. Vocês veem algum problema?

Suzana disse:

— Depende do que vocês pretendem fazer. Se for um casamento com recepção, temos que começar já os preparativos. Se for um casamento simples, organizaremos tudo três meses antes da data que vocês marcarem.

— Suzana, será uma cerimônia simples, nos casaremos no civil e no religioso, e depois ofereceremos um jantar para os convidados. Estamos pensando em convidar a família e alguns amigos. O que vocês acham?

— Acho que teremos tempo para preparar tudo. Vocês precisam fazer a lista dos convidados para podermos decidir aonde será realizado o jantar e definir o cardápio. Também precisam marcar o cartório e a igreja. A igreja pede de quatro a cinco meses de antecedência para agendar a cerimônia.

222

— Agendar cerimônia? Que conversa é essa? — perguntou Augusto.

— Mano, eu e Ângelo vamos nos casar.

— Hum! Papai, você deixou?

— E eu mando nesta casa?

— Pelo jeito não. Agora vamos jantar?

Todos riram e dirigiram-se para a sala de jantar, lá continuaram a falar sobre o casamento de Malu e o dia de Augusto.

Capítulo 32

Francisco chegou cedo à vinícola. Estava ansioso e, ao mesmo tempo, temeroso de não ser bem recebido.

— Senhor Domenico, muito prazer, espero que não me julgue pelo comportamento do meu pai.

— Francisco, você não me conhece direito, não seja precipitado. Venha, vamos ao escritório. Você aceita um café? Eu acabei de fazê-lo.

— Aceito sim, obrigado. Desculpe se fui grosseiro, não consigo definir direito o que estou sentindo com tudo o que soube ontem pela Suzana Maia.

— Ela lhe contou o que houve com Maria Clara e Massimo?

— Sim, só não me confirmou se foi meu pai quem atirou em Augusto.

— Isso nós não temos certeza. Maria Clara ouviu quando ele disse à mãe dela que o mataria. Ele esteve na minha casa, armado, veio procurar sua irmã. Massimo ficou aflito imaginando Maria Clara perdida por essas terras. Seu pai saiu correndo atrás dele e, algum tempo depois, o marido de Ana veio nos avisar que meu filho havia sido baleado. O que você pensaria?

— Mas o senhor não deu queixa à polícia.

— Seu pai era um homem influente nessa região. Minha mulher ficou com medo de que ele soubesse que Massimo havia sobrevivido e voltasse para matá-lo. Então, conversamos com o padre e resolvemos esconder Massimo na enfermaria do convento quando ele deixou o hospital.

— Esse padre de quem o senhor fala é dom José?

— Sim, ele mesmo. Você esteve com ele?

— Estive, mas ele não me disse nada. Eu não disse quem era, me identifiquei como Eduardo, meu filho.

— Ele não o reconheceu. Ana me contou que você pediu--lhe ajuda para encontrar Maria Clara. Eu falei com dom José sobre você.

— O senhor acha que meu pai incendiou o convento?

— Francisco, não sabemos. A polícia não encontrou nada que ligasse o incêndio a seu pai. Graças a Deus ninguém se feriu. Ele não procurou Maria Clara no convento. Disse às pessoas que ela havia fugido com Massimo. Por isso, não pudemos acusá-lo de nada.

— O senhor acha que Maria Clara me receberia?

— Ela está esperando por você. Nós soubemos que Suzana falaria com você, e eu disse à sua irmã que você estaria aqui hoje.

— Como foi a reação de Augusto com ela e Massimo?

— Comigo e com Massimo ele foi um pouco cerimonioso. Com Maria Clara foi diferente. Ele a tratou com muito carinho.

— A família dele está aceitando bem essa situação?

— A família de Augusto deixou-o livre para decidir o que fazer. Ele não é uma criança, é um homem íntegro, que sabe o que quer. Eles o criaram muito bem.

O toque do telefone interrompeu a conversa:

— Alô.

— Papai, traga Francisco aqui em casa. Maria Clara quer vê-lo.

— Está bem, logo iremos. Até já.

— Francisco, Maria Clara está esperando por nós. Vamos até minha casa.

***

Quando chegaram à casa de Domenico, Massimo os esperava na varanda.

— Francisco, não faça Maria Clara sofrer. Se eu perceber que vocês estão discutindo, seja qual for o motivo, eu o ponho para fora e você nunca mais terá notícias da sua irmã.

— Massimo, fique sossegado. Eu não fui atrás dela porque não sabia onde procurá-la. Se naquela época eu soubesse o que vocês estavam passando, creia que eu não permitiria tamanha barbaridade.

— Vou acreditar em você. E seu irmão e seu pai, o que estão pensando a nosso respeito?

— Meu irmão Rogério não sabe que ela está aqui. Eu tentei falar com ele, mas não obtive sucesso. Ele só está preocupado com a parte da herança que será menor, uma vez que ela está viva. Papai não sabe de nada. Ele vive a ilusão de que Maria Clara voltará para casa arrependida e pedindo-lhe perdão.

— Era só o que faltava. Desculpe-me, sei que é seu pai, mas o que ele fez é imperdoável. Foi desumano, de uma crueldade sem limites o que sua irmã sofreu por ter dado nosso filho acreditando que eu estivesse morto.

— Eu concordo com você e, no que depender de mim, Maria Clara só se encontrará com papai por vontade própria. Por direito, ela tem bens que foram deixados pela minha mãe. Até agora eu estou administrando esse patrimônio, vamos marcar para vocês irem até meu escritório e eu os porei a par de tudo, aí vocês resolvem se querem cuidar dos bens ou se querem que eu continue cuidando de tudo. Hoje, se você me permite, quero rever minha irmã.

— Venha, vou levá-lo até ela.

Entraram na casa, e Massimo chamou Maria Clara:

— Clara, seu irmão está aqui.

Maria Clara entrou na sala com um jeito inseguro de quem não sabe o que vai encontrar. Francisco disse-lhe:

— Maria Clara, minha irmã, há quanto tempo! Como esperei para poder vê-la. Ah, se eu soubesse o que tinha acontecido...

Maria Clara aproximou-se do irmão, que segurou as mãos da mulher e a puxou para dar-lhe um abraço.

Francisco não resistiu à emoção:

226

— Minha irmã, me perdoe. Como eu fui idiota de acreditar no que papai falou, eu deveria ter procurado você, eu teria impedido tanto sofrimento. Será que um dia você conseguirá me perdoar?

Maria Clara enxugou as lágrimas e, segurando as mãos do irmão, disse:

— Venha, sente-se aqui comigo, e vamos conversar. Eu fiquei com muito medo quando ouvi nossos pais discutindo, e papai falando em acabar com Massimo. Eu saí correndo e acabei me perdendo. Quando encontrei o convento, pedi ajuda às freiras. Elas me receberam muito bem, mas eu estava em choque. Acreditava que papai tinha cumprido a ameaça e matado o Massimo.

— Ele não se lembrou de procurá-la no convento. Eu e o Rogério chegamos aqui uma semana depois que você tinha desaparecido. Ele me disse que vocês tinham fugido porque você estava grávida. Eu não acreditei na história, mas na fazenda ninguém o desmentia. Mamãe estava inconsolável, mas não se posicionava, apenas chorava e me dizia: "ele vai se arrepender do que fez à minha pequena Maria Clara". Acho que a dor foi tão forte que mamãe sucumbiu a ela. Eu queria que mamãe voltasse comigo para São Paulo, assim eu poderia levá-la ao médico, mas ele não permitiu. Disse que ela não tinha nada, que aquilo tudo logo passaria. Não passou, e mamãe acabou morrendo. Ele culpa você pela morte dela, mas eu sei que o único culpado é ele.

— Como ele está agora?

— Ele está doente. Não se trata como é necessário, mas nega essa verdade toda vez que falo com ele. Não sei o que acontecerá. Eu o visito pouco. Não consigo ficar naquela casa, tenho uma sensação ruim. Minha mulher e minha filha fazem de tudo para não visitá-lo. Meu filho vem, e o prazer dele é cavalgar com o Mateus, um dos empregados mais antigos da fazenda. Acho que ele sabe a verdade, mas, por lealdade ou talvez por medo, não conta nada a ninguém.

— E Rogério?

— Rogério mudou muito, acredita que você fugiu e que é responsável pela morte de mamãe. Não consigo tirar essa ideia da cabeça dele. Ele não está preocupado com papai, a única preocupação dele é com a herança que receberá quando papai morrer.

— Ele não se casou?

— Casou-se, mas não cuida da família como deveria. A mulher dele só pensa em dinheiro, os filhos têm a mesma cultura. Só que ele não tem dinheiro suficiente para manter as exigências da família. Já pediu vários adiantamentos por conta da herança que vai receber.

— E isso pode ser feito?

— Como sou eu quem cuida dos negócios, faço empréstimos a ele, muitas vezes, com meu dinheiro mesmo. Quando fizermos a partilha dos bens, esses adiantamentos serão acertados. Eu mesmo me encarregarei de fazer esse acerto.

Massimo, que estava acompanhando a conversa, perguntou:

— Você disse que Maria Clara tem bens que precisa tomar posse?

— É isso mesmo. Maria Clara, eu disse a Massimo que gostaria que vocês fossem ao meu escritório para conversarmos sobre sua parte na herança da mamãe. Sem que papai soubesse, ela deixou alguns bens para você e me nomeou tutor. Quando foi aberto o testamento, e tomamos conhecimento dos desejos da mamãe, papai ficou enlouquecido e disse que o testamento era ilegal, que mamãe não estava em seu juízo perfeito, entre outras asneiras. Os advogados confirmaram que estava tudo registrado em cartório e nada poderia ser mudado.

— Eu preciso ter algum contato com papai ou com Rogério para regularizar essa situação?

— Não, você não precisa vê-los, nem falar com eles. Eu estou tomando conta de tudo, e papai não confia no Rogério, pediu-me que cuidasse dos bens dele também. Nosso pai tem medo de que Rogério acabe com tudo o que ele construiu.

— Poderemos ir na próxima semana. Até lá, Massimo estará andando com mais facilidade. Eu não quero nem que papai saiba que estou no Brasil.

— Isso eu não posso prometer. Alguém pode tê-la visto e contado para ele. Se isso acontecer, ele vai me telefonar, e eu avisarei vocês. Ele não vai chegar perto de você, minha irmã, nem que para isso eu precise tomar medidas judiciais.

— Será que não é melhor ficarmos em São Paulo? Poderíamos alugar um *flat*. Ficaríamos longe do seu pai e perto do Augusto, o que você acha?

— E seu pai? Ficamos tanto tempo longe dele.

— Papai pode vir conosco. Ele tem um bom gerente na vinícola, e Ana pode cuidar da lanchonete e da casa como já vem fazendo.

— Eu acho a ideia do Massimo ótima. Maria Clara, não confio no papai e nem em Rogério. Num *flat* você estará mais protegida. Aqui qualquer pessoa pode chegar e entrar, não tem porteiro, vigia, nada. Dizer que ninguém vai encontrá-la em São Paulo eu não posso, mas você estará próxima da minha família e da família de Augusto. O que acha?

— E como faríamos para alugar um *flat*?

— Posso resolver isso agora.

— Por favor, Francisco, faça isso. Se não for incômodo, voltaremos com você para São Paulo.

— Não é incômodo nenhum. Vou dar alguns telefonemas e resolvo isso já.

— Use nosso telefone. Venha comigo.

Francisco ligou para o escritório e disse à secretária:

— Madalena, aquele apartamento no *flat* da Rua Iraí está vazio?

— Sim, a pessoa que estava morando lá saiu há uma semana.

— Verifique se ele está em ordem e peça para que o preparem para mim. Por favor, faça isso pessoalmente.

— Sim. Estou saindo para almoçar e na volta passo no *flat* e cuido de tudo.

— Providencie com o Antonio roupas de cama e de banho. Outra coisa: abasteça a despensa, inclusive com algumas frutas.

— Quantas pessoas ocuparão o *flat*?

— Três pessoas, todos adultos. Não se esqueça de verificar se todos os eletrodomésticos estão funcionando.

— Fique tranquilo, doutor Francisco. Quando o senhor chegar, estará tudo em ordem.

— Obrigado, Madalena. Até mais.

— Até logo, doutor Francisco.

— Venha, Francisco, vamos almoçar. Obrigado pela sua ajuda. Fui rude com você quando chegou, mas espero que você entenda meus motivos.

— Claro, no seu lugar faria a mesma coisa. Ela não merecia viver como viveu, mas podemos impedir que seja maltratada novamente.

Massimo e Francisco apertaram as mãos num gesto que indicava que estava nascendo ali uma sólida amizade.

***

— Renata?

— Sim, mamãe.

— Você tem algum compromisso agora à tarde?

— Não, estou baixando algumas fotos, mais tarde vou sair com Augusto.

— Você pode me acompanhar até o centro, preciso fazer algumas compras e gostaria que você viesse comigo. Afinal, ficamos longe muito tempo.

— Está bem, me dê quinze minutos.

Enquanto Renata se arrumava, Helena telefonou para Marco Antonio:

— Alô.

— Marco, sou eu, está tudo pronto? Estou saindo com Renata.

— Está sim, estou esperando vocês.

— Até já, um beijo.

— Até.

Renata estranhou o caminho que a mãe fazia e perguntou:

— Mamãe, você me disse que queria ir ao centro da cidade, mas estamos indo em direção aos Jardins.

— Eu sempre falo centro da cidade, não se preocupe, sei onde estamos indo. Me fale de Augusto. Vocês estão firmes, pretendem se casar?

— Mamãe, não falamos em casamento. Augusto está desenvolvendo um trabalho novo na editora, trouxe material da

230

Itália, precisará fazer algumas traduções, e eu quero montar o meu livro.

— Você já tem uma editora em vista?

— Não, mas Augusto vai me ajudar. Quem sabe ele mesmo não cuida disso?

— Você sabia que a mãe dele está fazendo um curso na Escola Panamericana de Artes?

— Sim, ele me falou.

— Chegamos, Renata. Não é uma casa simpática?

— E quem mora aqui?

Helena não respondeu.

Quando Renata desceu do carro, encontrou o pai e comentou:

— Eu pensei que você e mamãe viveriam em nosso apartamento. O que significa esta casa?

— Minha filha, eu e sua mãe vamos morar no nosso apartamento. Agora, feche os olhos, queremos fazer uma surpresa.

Marco Antonio abraçou a filha para que ela não se desequilibrasse e, com a mão livre, vendou os olhos da moça. Quando passaram pela porta, o pai ordenou-lhe:

— Pronto, pode abrir os olhos.

Surpresa, Renata olhava tudo e apenas perguntou:

— Papai, o que é isso?

— É um estúdio para você fotografar, revelar, expor, fazer tudo o que for necessário para o desempenho do seu trabalho.

— Mas deve ter custado uma fortuna. E esta casa, de quem é?

— É minha. Eu e sua mãe vivemos aqui logo que nos casamos. Depois, quando você nasceu, fomos morar no apartamento e alugamos a casa. Enquanto você estava fora, o nosso inquilino me disse que iria mudar-se para o interior. Eu pensei em você e não me opus, ele não fez nenhuma reforma, mas também não estragou a casa.

— Quando seu pai me falou de transformar a casa em um estúdio para você, achei a ideia ótima. Temos recordações muito boas de quando vivemos aqui. O lugar é tranquilo, arborizado, silencioso. Acho que é ideal para você trabalhar.

— Se a casa é de vocês, eu concordo. Mas e o equipamento?

231

— Eu comprei. Fiz um empréstimo na empresa em que trabalho. Expliquei para o que era, e meu gerente prontamente me atendeu.

— Então, quero ajudá-lo a pagar esse empréstimo.

— Eu concordo que você me ajude a fazer o pagamento com o dinheiro que você receberá pela publicação do livro. Está bem assim?

— Puxa, eu nem sei o que dizer. Está lindo! Vou ligar para Augusto e pedir para ele vir me buscar aqui.

— A que horas ele virá?

— Às 19 horas.

— Ótimo, teremos tempo de fazer um lanche numa cafeteria que tem aqui perto, assim você já vai se familiarizando com a vizinhança.

Renata abraçou os pais e continuou a agradecer-lhes o presente até chegarem à cafeteria.

Mais tarde, quando Augusto chegou ao local, Renata contou-lhe o que os pais tinham feito e mostrou-lhe tudo o que poderia ser trabalhado ali.

— Você vai por uma placa aqui fora?

— Claro. Amanhã vou procurar um escritório para regularizar a documentação e colocar uma placa com meu nome aqui fora. Já pensei em como ela será, só preciso mandar confeccioná-la.

— Hoje eu passei o dia com Ângelo, conversamos sobre tudo o que aconteceu na viagem, e falei com ele sobre seu livro. Ele cuidará de tudo pessoalmente.

— Que ótimo, estou muito feliz. Depois que eu o conheci, minha vida tomou um rumo diferente, parece que tudo dá certo, que as coisas ficaram mais fáceis.

— É que estamos apaixonados, o amor transmite alegria, felicidade. Quando fazemos o que queremos e estamos alegres, tudo se resolve com mais facilidade. Tenho uma novidade para contar-lhe: Ângelo e a Malu se casarão no final do ano.

— Que ótimo! E seus pais, o que estão achando de tudo isso?

— Eles já esperavam. Papai acha Ângelo parecido com ele e sempre achou que eles fossem se casar logo. E ele estava certo.

— Eles já marcaram a data?

— Ainda não, precisam resolver em que igreja será o casamento. Mamãe vai ajudá-los.

— Augusto, falamos de mim, da sua irmã e, você, como está se sentindo?

— Estou bem. O irmão da minha mãe Clara trouxe-a para São Paulo junto com o marido. Eles estão num *flat* na Rua Iraí. Se não me engano, fica aqui perto.

— Verdade. Estive numa cafeteria com meus pais nessa rua. Mas por que você falou mãe Clara e o marido? Por que não mamãe e papai?

— Mãe Clara porque agora tenho duas mães. Preciso dizer o nome dela para você saber de quem estou falando. Não consigo chamar o Massimo de pai. É estranho, não é? Mas não consigo.

— Você acha que ele é culpado pelo que houve?

— Não sei, talvez. Sabe, ele poderia ter tido o cuidado de não engravidar minha mãe e nada disso teria acontecido.

— Augusto, procure não julgá-lo. Quando agimos pela emoção, perdemos a razão. Quantas vezes dizemos: "comigo isso não acontecerá ou jamais farei tal coisa" e, de repente, lá estamos nós repetindo o erro dos outros. Eu pouco o conheço, mas ele me pareceu um homem sincero.

— Ele não quer que minha mãe Clara sofra conforme contou Francisco quando ligou em casa para falar com papai que eles estavam aqui. Massimo e eles temem que meu avô materno tente alguma coisa contra eles.

— Mas que homem ruim.

— Pois é, e o outro irmão, o tal Rogério, não fica atrás. Domingo nos reuniremos em casa para um almoço, aí poderemos conversar sobre tudo isso. Você está convidada.

— Você não acha que é cedo para eu participar tão intimamente da sua vida? Estamos namorando há dois meses.

— Vou precisar pedi-la em casamento para que você se sinta da família? Então lá vai, quer se casar comigo? Podemos aproveitar o casamento da Malu e fazermos uma festa só. Que tal?

— Augusto, não brinque, isso é um assunto sério. Seus pais podem não gostar.

— Renata, eu estou apaixonado por você e não pretendo perdê-la. Para podermos nos casar, eu preciso estar mais bem colocado profissionalmente, o que aparentemente não levará muito tempo. No mais, viajamos juntos, começamos nossa vida em Roma, você conhece meus medos, minhas inseguranças, eu nunca chorei nem me abri com ninguém como fiz com você. Quando estamos juntos, me sinto em paz. Por que agora que estamos no Brasil seria diferente? Vamos continuar juntos, cuidaremos da nossa vida profissional e, assim que possível, compraremos um apartamento e nos casaremos.

— Você tem razão, Augusto, às vezes, eu repito os erros dos meus pais. Fico pensando no que os outros vão pensar. E não em nós dois. Eu amo você e também não quero perdê-lo. Não quero que nada e nem ninguém estejam entre nós.

— Então vamos continuar vivendo como fizemos no período em que estivemos fora do Brasil. O que os outros pensam não interessa, o que nós sentimos é o mais importante.

Augusto beijou Renata demonstrando todo o amor que sentia por ela.

Capítulo 33

Massimo e Maria Clara chegaram cedo ao escritório de Francisco, que os recebeu com um abraço.

— Vocês estão bem acomodados no *flat*?

— Sim, Francisco, estamos bem, obrigado. Meu pai virá no sábado, ele não quis deixar a vinícola, mas depois ficará uns dias conosco.

— Se vocês precisarem de alguma coisa, me avisem. Estou à disposição.

— Não se preocupe, Francisco, estamos nos adaptando. Massimo precisa exercitar-se, e eu tenho andado pelo bairro para conhecê-lo. É um lugar muito agradável.

— Muito bem, então, vamos falar de negócios. Você sabe que nossos pais se casaram com separação de bens, foi uma exigência do vovô. Nossa mãe era filha única e herdeira de várias propriedades. Logo que você foi embora, e sem que papai soubesse, ela foi até o cartório de Jundiaí e fez um testamento. O tabelião conhecia a família da mamãe e a orientou direitinho. Ela dividiu os bens em três e pediu que ficasse registrado no testamento que eu deveria cuidar da sua parte enquanto você estivesse fora. Os lucros recebidos com aluguéis deveriam ser investidos em caderneta de poupança ou em imóveis. Mamãe tinha cinco propriedades; duas casas e três terrenos. Os terrenos ficavam em vários bairros em São Paulo, que com o tempo foram crescendo e se valorizando. Ela dividiu assim: os dois lotes da Rua Iraí são seus; a casa onde vovô vivia, ela deixou para mim. Não sei se você se lembra, mas é uma casa grande, com quintal, jardim, enfim, com área compatível com os dois terrenos que você herdou e, para Rogério, a casa menor, que na época estava alugada, e o outro terreno.

A construtora do *flat* onde você está morando procurou-me interessada nos dois terrenos onde poderiam fazer o belo prédio em que vocês estão hospedados. Fizemos a avaliação e fechamos o negócio, que lhe rendeu quatro apartamentos, sendo que são dois por andar. Um é o que vocês estão ocupando, os outros três estão alugados para empresas que recebem diretores de outros estados e os hospedam ali. O montante dos aluguéis está depositado no Banco do Brasil em seu nome, em aplicações financeiras. Aqui você tem o extrato com os valores aplicados e as escrituras dos apartamentos. Como você está aqui, eu vou preparar a documentação me retirando da função de tutor dos seus bens. Você pode dispor deles como quiser.

— Francisco, eu acho que você cuidou muito bem das minhas coisas. Eu não esperava ter essas propriedades nem esse dinheiro todo no banco. Para você continuar cuidando de tudo, o que eu preciso fazer?

— Poderemos depois ir a um cartório e você faz uma procuração pública para que eu cuide dos seus bens. Ficaremos em contato constante e, se você voltar para a Itália, mensalmente eu encaminharei seus rendimentos via banco.

— Papai não tinha bens quando eles se casaram? E a fazenda?

— Ele tinha a fazenda que herdou do pai dele. Na época do vovô, se plantava café, e a fazenda era muito produtiva. Com o tempo, os italianos, que papai contratou para trabalhar na lavoura, foram adquirindo suas próprias terras, e ele perdeu muito. Papai queria manter os empregados como se fossem escravos. Com isso, andou perdendo parte da plantação porque ninguém queria trabalhar na fazenda. Hoje ele planta milho, feijão, soja e cria algumas cabeças de gado. O que ele colhe vende no Ceasa e para alguns comerciantes locais. No ano passado, tentaram invadir a fazenda, tivemos alguns problemas sérios.

— Você falou que Rogério pega adiantamentos da herança?

— É, da herança do papai. A fazenda tem um bom valor de mercado e, quando papai se for, nós a dividiremos em três, e da parte do Rogério serão descontados os valores que ele me pediu em adiantamento. Quando ele precisa de dinheiro e me procura, faço um documento registrado em cartório de que o adiantamento será descontado da parte que lhe cabe na fazenda. Eu empresto meu dinheiro a ele, nunca o seu. Essa dívida ele acertará comigo.

— E papai não pode ir ao cartório e fazer um testamento deixando a fazenda só para ele ou para vocês dois me excluindo?

— Não, porque a partilha de bens tem de ser feita entre os herdeiros, que não podem ser preteridos. No caso da mamãe, quem não herdou nada foi ele. Como eram casados com separação total de bens, ela podia dispor livremente do que lhe pertencia.

— E você, o que faz para se manter?

— Tenho meu escritório, a casa que mamãe me deixou eu vendi muito bem, comprei um bom apartamento para morar e também um apartamento no *flat*, que está alugado. Minha mulher trabalha, o pai dela deixou-lhe duas casas de herança, nós as vendemos e compramos dois apartamentos. Eles não estão alugados porque estamos reservando para nossos filhos. Há alguns anos, comprávamos apartamentos grandes, em bons locais, hoje os apartamentos são caros e pequenos. Eu consegui fazer bons negócios com os imóveis.

— E Rogério?

— Rogério mora na casa que mamãe deixou para ele. A esposa dele não trabalha, ele montou um depósito de material de construção e vive do que lucra no comércio.

— É grande o depósito?

— Sim, ele tem uma boa localização, um bom movimento. Se eu não estiver enganado, ele fornece algum material para a construtora do pai de Augusto. Só que o Rogério e a família gastam tudo. Ele tem dois filhos, um com 19 e outro com 17, mas ninguém ajuda no depósito. Meus filhos provavelmente não trabalharão comigo. Ana Paula estuda arquitetura, e Eduardo quer fazer veterinária. Mas minha mulher trabalha e me ajuda a mantê-los. Nós os ensinamos a cuidar do que têm. Não vejo isso na família de Rogério.

Massimo, que ouvia a tudo calado, disse:

— Francisco, é bom saber que você cuidou das coisas da sua irmã mesmo sabendo que ela tinha fugido com um italiano empregado do seu pai. Acredito que Rogério não teria feito a mesma coisa.

— Olha, Massimo, eu nunca acreditei que a Clara tivesse fugido, eu tinha certeza de que havia acontecido alguma coisa. Quanto ao fato de você ser italiano e filho de um ex-empregado do meu pai, isso não me incomoda em nada. Você é um bom homem, e pelo visto minha irmã gosta muito de você. Acredito que vivam muito bem, e isso para mim é o bastante.

— Você não me culpa pelo que aconteceu?

— De forma alguma. Se tiver algum culpado nessa história, é meu pai. Vocês eram jovens, eu tive a sua idade e sei o que é estar apaixonado por uma garota mais jovem. Minha mulher não engravidou antes de nos casarmos, mas meu sogro não me deixava sozinho com ela. Eu só podia namorar na sala e acompanhado dos pais dela, imagina como foi. Eu a pedi em casamento depois de um ano de namoro. Fui obrigado a esperar mais um ano para me casar com ela. Mas eu a amava muito. Não desistiria dela por nada nesse mundo. Vocês dois foram vítimas da intolerância e do preconceito do meu pai. Esquecer o passado eu sei que não é possível, mas procurem viver o presente. Procurem conviver com Augusto, ele é um ótimo rapaz. Não cobrem dele o amor de pai e mãe, mas procurem conhecê-lo, saber do que gosta, conhecer a namorada dele, enfim, acompanhem a vida dele como amigos. O tempo se encarregará de aplacar essa dor.

— Eu acho que Augusto me culpa pelo que houve.

— Massimo, não pense assim, não se afaste dele. Augusto levou um choque muito grande. Procure conviver com ele sem fazer cobranças. Vou repetir, deixe o tempo se encarregar de colocar as coisas no lugar. Vai demorar? Talvez sim, talvez não, nenhum de nós tem o poder de prever o futuro. Domingo vocês vão almoçar com ele?

— Sim. Você estará lá?

— Para o almoço não, mas passarei mais tarde para um cafezinho. Pense no que eu lhe disse. Não tente apressar nada, estamos lidando com sentimentos, e sentimentos não mudam de um dia para o outro.

— Você tem razão, estou ansioso demais. Preciso procurar um médico para cuidar da minha perna. Eu tenho sequelas do tiro que levei e esse derrame, embora fraco, me deixou com dificuldades de movimento.

— Você quer se consultar com alguém em especial?

— Não, mas agradeço se puder me indicar algum conhecido.

— Deixe-me ver, um amigo me falou muito bem de um médico. Eu anotei o telefone dele na agenda. Aqui está, doutor Jorge Coelho. Espere um minuto que vou telefonar para ele.

— Alô, por favor, o doutor Jorge.

— Ele está no hospital. Em que posso ajudá-lo?

— Meu cunhado chegou de viagem e está com um problema na perna. Como posso agendar uma consulta?

— O doutor Jorge atende no Hospital Santa Catarina. É preciso ligar para lá marcar uma consulta.

— E esse telefone de onde é?

— Ele trabalhou aqui conosco durante alguns anos, mas agora ele só atende no hospital. Eu vou passar-lhe o número, um momento.

— Esse telefone é direto da sala dele?

— Sim, pode ligar e o senhor falará com a enfermeira que o assiste.

— Obrigado.

— Não tem de quê. Tenha um bom dia.

Em seguida, Francisco ligou para o telefone que havia anotado, e quem atendeu foi o próprio médico:

— Doutor Jorge?

— Sim, quem fala?

— É Francisco de Almeida, meu cunhado chegou de viagem e está com um problema na perna. Ele teve um pequeno derrame e precisa dar sequência ao tratamento. Um amigo meu,

Humberto Albuquerque, me deu seu telefone, você se lembra dele?

— Sim. Eu cuidei da filha dele. Você pode trazer seu cunhado agora? Estou em um plantão tranquilo, mas nunca se sabe o que pode acontecer no hospital.

— Posso, vou levá-lo agora mesmo. Procuro pelo senhor na recepção?

— Diga-me o nome do seu cunhado, assim avisarei à recepcionista e, ao chegarem, serão encaminhados a mim.

— O nome dele é Massimo Domenico.

— Já anotei. Pode vir e procurar a recepcionista Regina.

— Obrigado, doutor, estamos a caminho.

— Não tem de quê. Até logo.

Francisco informou à secretária que se ausentaria por algumas horas e pediu que ela avisasse sua esposa. Em seguida, acompanhou Massimo e Maria Clara ao hospital.

Maria Clara perguntou:

— Os médicos sempre atendem com essa rapidez?

— Não, Clara, seu marido teve muita sorte. Esse médico dá plantão no hospital, não atende em clínicas particulares, deve ser muito procurado no hospital. Ele cuidou da filha de um amigo meu, eles gostam muito dele. Ele é clínico geral.

Chegando ao hospital, foram rapidamente atendidos. Depois das apresentações, Francisco perguntou ao médico:

— Doutor Jorge, seu plantão hoje está calmo. Estou espantado com a rapidez com que fomos atendidos.

— Francisco, não se anime. Isso aqui é uma loucura. Hoje, por um motivo que não saberei lhe dizer, está tranquilo. Massimo, conte-me o que houve.

— Doutor Jorge, eu levei um tiro quando tinha 22 anos. A bala rompeu um nervo importante e me deixou com dificuldade para andar. Eu me tratei, fiz fisioterapia e consegui voltar a andar. No final deste mês, eu sofri um pequeno derrame, que atingiu a mesma perna. Preciso fazer fisioterapia e se você puder, me receite alguma coisa para a dor. A receita que tenho não é válida no Brasil.

240

— Venha, Massimo, deite-se aqui para que eu possa examiná-lo.

Quando terminou o exame, o médico disse:

— Massimo, eu vou pedir apenas um exame e você pode fazê-lo agora mesmo. Com o resultado, eu vou indicar o tratamento localizado e a medicação que você pode tomar.

— Sua pressão está boa. Você lembra se na época do derrame tomou algum remédio específico para pressão?

— Não sei dizer. Dormi por várias horas. Você se lembra, Clara?

— Doutor Jorge, eles o sedaram por um tempo para examiná-lo, a pressão tinha subido, mas depois normalizou. O médico disse que não havia necessidade de tomar nada, apenas medir a pressão de vez em quando para controle.

— Vou levá-lo para a sala de exames. Faremos uma tomografia. Se vocês quiserem, podem esperar aqui.

O médico levou Massimo para a sala de exames, deu instruções à enfermeira e voltou para o consultório.

— Dona Clara, ele andava normalmente ou tinha alguma dificuldade?

— Ele mancava um pouquinho, não corria, mas se locomovia com facilidade. O senhor acha que ele está com algum problema sério?

— Vou aguardar o resultado da tomografia. Vamos iniciar o tratamento, mas eu gostaria que ele fizesse exames de sangue para sabermos como anda o organismo dele. A pessoa que sofre um derrame precisa ter um controle rigoroso da pressão. Vocês não moram no Brasil?

— Não, moramos na Toscana. Estamos aqui para resolver alguns problemas de família e visitar meu sogro que não víamos há muito tempo. Estamos hospedados num *flat*, em Moema.

— Problemas familiares, muitas vezes, causam estresse, a consequência imediata é o aumento da pressão e o derrame. É preciso ter muito cuidado. Eu vou recomendar que ele faça hidroterapia e acupuntura. Como vocês estão morando em Moema, vou indicar-lhes uma clínica próxima à sua residência. Fique com meu cartão e não hesite em me ligar se tiverem algum problema.

— O senhor atende em casa?

— Sim. Se houver necessidade, podem me procurar.

Francisco perguntou:

— Doutor, você não tem consultório particular?

— Não, Francisco, eu prefiro atender aqui no hospital. Tenho mais recursos para exames, internações e, às vezes, até medicamentos de urgência.

— E você cobra a consulta, os exames?

— Não, o hospital faz a cobrança. Eu trabalho para o hospital. Gosto muito daqui.

— Você está aqui há muito tempo?

— Há uns dez anos. Eu me formei, fiz residência aqui e fui ficando. Eu atendo emergências e dou plantão na UTI. Gosto muito do que faço.

Clara perguntou:

— Mas não é doloroso quando alguém se vai?

— Sim. Por outro lado, quando salvamos uma vida, nos sentimos realizados, sentimos que valeu a pena a noite sem dormir, o lanche no lugar da refeição, qualquer sacrifício é pequeno quando conseguimos salvar uma vida.

Uma enfermeira trouxe Massimo ao consultório com o resultado do exame. Enquanto aguardavam a análise do médico, o celular de Francisco tocou, e ele saiu da sala para atender:

— Rogério, aconteceu alguma coisa?

— Não sei, papai me ligou e pediu para irmos à fazenda hoje sem falta. Onde você está?

— Estou atendendo um cliente. Assim que estiver desocupado, ligarei para você.

— Está certo, ficarei esperando.

Francisco voltou para sala, e Clara perguntou-lhe:

— Aconteceu alguma coisa?

— Nada grave, não se preocupe.

— Então, doutor, como meu cunhado está?

— Ele está bem, o exame mostrou uma sequela. Agora ele deverá fazer hidroterapia e acupuntura na Clínica Shimada, tenho certeza de que muito em breve ele estará andando normalmente. Aqui está o telefone da clínica. Quem irá atendê-los para a primeira avaliação é a doutora Márcia. E esta é a receita de um analgésico para aliviar a dor. Depois que os exames de sangue estiverem prontos, liguem para agendar o retorno.

Francisco perguntou:

— Os exames podem ser feitos em qualquer laboratório ou o senhor tem alguma preferência?

— Não tenho preferência, aconselho-os a procurar um laboratório próximo à residência de vocês. Temos ótimos profissionais aqui em São Paulo.

— Francisco, você pode nos ajudar?

— Claro, Massimo. Hoje mesmo, fique tranquilo.

— Hoje é melhor vocês irem para casa e descansar, procure ficar com a perna esticada e tente relaxar. Amanhã, você vai à clínica para a avaliação e depois ao laboratório fazer os exames.

— Obrigado, doutor, quanto é a consulta?

— Podem passar na recepção e procurar a Regina, que ela lhes apresentará a conta.

— Obrigado, doutor Jorge, até logo.

— Até logo, Massimo, dona Clara.

— Obrigado, doutor, bom dia.

— Bom dia, Francisco.

Quando saíram do hospital, Francisco os levou para almoçar e depois os deixou no *flat*. Clara disse ao irmão que não se preocupasse que ela agendaria o atendimento na clínica.

Francisco foi para o escritório e telefonou para Marília:

— Marília, estou indo encontrar-me com Rogério e iremos à fazenda.

— Aconteceu alguma coisa?

— Provavelmente papai já sabe que Maria Clara está no Brasil.

— Ela está em segurança?

— Ela e o Massimo estão no *flat*. Eu os acompanhei ao médico para que Massimo continuasse o tratamento que vinha fazendo na Itália. Eles estão bem.

— Eu gostaria de lhes fazer uma visita, mas vou esperar por você.

— Hoje vai ser impossível, vamos deixar para o fim da semana. O médico recomendou que Massimo descansasse. Eu

243

não disse a eles que me encontrarei com papai. Não quero preocupá-los.

— Está bem. Você vai dormir na fazenda?

— Não, volto ainda hoje.

— Está bem, dirija com cuidado. Um beijo.

— Não se preocupe, chegarei bem. Um beijo.

Capítulo 34

— Alô, senhor Domenico, é Augusto.

— Olá, Augusto, como vai?

— Tudo bem, o senhor pode me informar o telefone do *flat* aqui em São Paulo?

— Claro. Você pode anotar o número?

— Sim, pode falar.

— Anotou?

— Sim, preciso falar com Massimo. O senhor virá para cá no domingo?

Vou no sábado, fico com eles e domingo irei à sua casa.

— Estarei esperando. Boa tarde.

— Um abraço para você. Boa tarde.

Quando Domenico desligou o telefone, pensou: "será que algum dia ele conseguirá me chamar de avô?".

— Um tostão pelo seu pensamento.

— Ah! Ana, o que foi?

— Estou parada aqui, e o senhor não me viu. Precisamos ir até a vinícola, chegou um comprador.

— Está bem, vamos.

— Senhor Domenico, vai mesmo vender a vinícola?

— Vou sim, estou muito cansado, quero aproveitar o tempo que me resta com meu filho, minha nora e meu neto.

— Acha que encontrará um comprador que valorize o trabalho que você teve para montá-la?

— Quem sabe? Vamos esperar.

***

Quando entrou no escritório, Domenico apresentou-se:

— Boa tarde, em que posso ajudá-los?

— Senhor Domenico, estamos interessados em comprar a vinícola.

— E quem são vocês?

— Somos André e Rodrigo, filhos de Antonio Martini. O senhor deve lembrar-se dele.

— Sim. Seu pai me ajudou muito numa época difícil da minha vida.

— Então, nós produzimos vinho e suco de uva de forma artesanal. Se o senhor nos vender a vinícola, aumentaremos nossa produção.

— Está certo. Vamos marcar para amanhã uma reunião com meu contador e acertaremos os detalhes da venda. Para mim, é importante que os empregados sejam mantidos até que consigam uma colocação em outro lugar.

— Acho que poderemos mantê-los, não sei se todos, mas amanhã discutiremos isso melhor.

— Está bem, nos vemos amanhã.

— Até amanhã, senhor Domenico.

***

— Alô, mamãe?

— Augusto, tudo bem? Eu ia ligar para passar o telefone daqui.

— Eu falei com o senhor Domenico, e ele me deu o número. Eu poderia passar aí mais tarde? Gostaria de conversar com vocês.

— Sim. Por que você não janta conosco?

— Não quero dar trabalho.

— Não será trabalho algum. Às 20 horas está bem?

246

— Está ótimo.

— Você trará a Renata?

— Não, hoje não. Quero conversar com vocês dois a sós.

— Estaremos esperando. Um beijo.

— Outro.

Ângelo chegou no momento em que Augusto desligava o telefone.

— Aconteceu alguma coisa? Você me parece preocupado.

— Estou preocupado sim. Tem uma coisa no relacionamento dos meus pais biológicos que me incomoda.

— Quer dividir comigo? Tenho tempo, podemos conversar antes da reunião com os escritores.

— Me incomoda o fato de ele tê-la engravidado. Será que ele não tinha ideia do que poderia acontecer?

— Augusto, você acha que ele fez de propósito? Acha que ele poderia ser maldoso a esse ponto?

— Droga, Ângelo, nós sabemos o que acontece quando nos relacionamos intimamente com uma mulher. Não dá para se fazer de inocente e dizer que não sabia que ela poderia engravidar.

— Veja, hoje com todas as informações e métodos contraceptivos disponíveis no mercado ainda têm jovens que ficam grávidas. Ele pode ter se precipitado, não o conheço, e não sabemos como era o relacionamento deles. Se ele tivesse fugido ou abandonado sua mãe, você poderia culpá-lo, mas ele não fez isso. Ele não a abandonou.

— A Renata também me disse isso, mesmo assim, acho que ele poderia ter evitado. Hoje à noite vou jantar com eles. Vamos ver o que acontece.

— Você vai falar sobre esse assunto com ele?

— Acho que não, talvez fosse melhor se conversássemos sobre isso longe da mamãe. Vamos ver o que acontece. Obrigado por me ouvir.

— Não por isso, afinal, seremos cunhados.

— Por falar nisso, por que esse casamento tão rápido?

— Porque não consigo ficar longe da Malu e não tenho horários regulares que me permitam estar com ela. Se estivermos morando juntos, ficará mais simples. Mas não queremos apenas morar juntos, queremos nos casar oficialmente.

— Lógico que não, afinal, ela tem um pai e dois irmãos.

Rindo, Ângelo respondeu:

— Por isso, não quis me arriscar, então vou me casar com ela.

— Vocês já decidiram onde vão morar?

— No meu apartamento. A reforma deve terminar na semana que vem. Aí eu vou levar a Malu para vê-lo, e compraremos os móveis para decorá-lo. Seu pai nos presenteou com a cozinha.

Augusto abraçou Ângelo e disse:

— Parabéns, tenho certeza de que vocês serão muito felizes.

— Obrigado, Augusto, esteja certo de que farei tudo o que estiver ao meu alcance para que sua irmã seja muito feliz. E agora, vamos voltar ao trabalho, os escritores estão à nossa espera.

***

Augusto chegou ao apartamento dos pais no horário combinado. Maria Clara o recebeu com um abraço afetuoso. Massimo estava sentado e, quando tentou levantar-se, sentiu que a perna doía.

— Desculpe, Augusto, ainda não consigo movimentar a pena direito.

— Não se preocupe, Massimo, fique sentado. Você que ir a um médico? Eu posso levá-lo.

— Não precisa. Tive uma consulta com o doutor Jorge hoje, e ele me receitou um analgésico e tratamento com hidroterapia e acupuntura. Segundo ele, eu preciso de repouso e algumas sessões de hidroterapia. Começarei amanhã. Como está você?

— Estou bem. Estamos progredindo no trabalho da editora. Logo, logo, faremos lançamentos no mercado editorial.

— Massimo, vou deixar você e Augusto conversando enquanto preparo um lanche para nós.

— Você precisa de ajuda?

— Não, Augusto, eu não vou cozinhar. Eu comprei alguns pães e algumas frutas, vou arrumar tudo e já chamo vocês.

Aproveitando a ausência da esposa, Massimo disse:

248

— Augusto, eu preciso falar com você sobre um assunto delicado e gostaria que você fosse muito sincero comigo.

— De que se trata? Algum problema com a mamãe?

— Não, é comigo. Eu gostaria de saber se você me culpa pelo que aconteceu?

Augusto olhou para o pai e não soube o que dizer.

Massimo continuou:

— Eu imaginava que sim. Carrego essa culpa comigo desde o dia em que reencontrei Maria Clara naquele convento. Eu não devia ter permitido que as coisas chegassem aonde chegaram. Eu jamais poderia tê-la engravidado, fui irresponsável. Se não fosse por mim, nada disso teria acontecido. Enfrentei seu avô com arrogância, achei que sabia o que estava fazendo e nem por um momento imaginei as consequências que minhas atitudes trariam para Maria Clara. Você não tem ideia do que é viver dia após dia recordando o sofrimento pelo qual a fiz passar.

— A dor que vi nos olhos dela, quando ela me encontrou e disse ter dado você porque achava que eu estava morto, me acompanha como se fosse uma cruz que devo carregar até o dia em que eu me for. Espero que um dia você possa me compreender. Perdoar talvez seja difícil, mas sua compreensão de que eu não tinha maturidade para agir de outra forma já me deixa feliz, me traz um pouco de paz.

— Massimo, eu vim aqui para vê-los e minha intenção era justamente falar com você sobre isso. Você está com ela por que a ama ou por que sente remorso do que aconteceu?

— Eu amo Maria Clara mais do que tudo que existe no mundo. Quando viajamos para a Itália, eu procurei atender a todos os desejos dela. Ela percebeu que eu estava tentando compensá-la pelo que havia acontecido e me proibiu de continuar a viver daquela forma. Ela me disse: "Massimo, tivemos um filho porque nós dois nos amamos, eu sabia que papai era intolerante, egoísta e jamais aceitaria que eu me casasse com você. Eu amo você e ninguém mais vai nos separar, aconteça o que acontecer. Se existem culpados, somos nós dois. Por algum motivo, a vida nos separou de nosso filho, mas um dia vamos reencontrá-lo. Seus pais estão nos ajudando, e você precisa se curar. Você poderia estar morto, e eu sozinha no mundo, mas Deus nos poupou por algum motivo que não sei qual é. Vamos esperar, quem sabe logo teremos notícia do nosso filho." E assim vivemos esses vinte e cinco anos esperando que um dia o encontraríamos. Quando papai me ligou pedindo que viéssemos para o Brasil porque precisava nos ver e não quis me adiantar por telefone do que se tratava, eu imaginei que ele o tivesse encontrado. Depois que desliguei o telefone, senti uma dor muito forte e desmaiei. Acordei no hospital, e o resto você já sabe. Sua mãe não soube do telefonema, eu fiquei com medo de que a emoção lhe fizesse algum mal. Ela estava trabalhando muito. O médico que me atendeu praticamente a obrigou a fazer um *check-up* antes de viajarmos. Ela está bem, só precisa descansar e ficar perto de você.

— Massimo, eu não tenho o direito de julgá-lo. Percebo que sou parecido com você em alguns aspectos, acho sempre que tenho razão, ainda não amadureci o suficiente para entender o motivo que leva as pessoas a agirem dessa ou daquela maneira. Me perdoe se fui rude. Quando soube que fui adotado, imaginei que havia sido abandonado por pessoas egoístas, que não se preocuparam e me largaram em qualquer lugar. Depois que eu conheci a história de vocês, comecei a culpá-lo pelo que houve. Eu não tenho esse direito. Vocês viveram a história de vocês, e eu tenho que viver a minha. Tinha de ser assim, talvez nunca saibamos o porquê, agora acho que você não deve se punir tanto. Mamãe tem razão, afinal, ela não era uma criança, era uma jovem que sabia o que estava fazendo.

Clara, que ouvira o final da conversa, aproximou-se e perguntou a Augusto:

— Você acha que um dia vai conseguir nos perdoar?

— Mamãe, não tenho o que perdoar, a vida nos coloca diante de situações que temos que resolver de uma forma ou de outra. Eu me revoltei a princípio, foi uma reação acredito que natural, afinal, eu não conhecia minha história. Agora não, sei o que houve, o quanto vocês sofreram, entendo que nós devemos começar a conviver e nos conhecer melhor. Tenho certeza de que vocês têm muito a me ensinar. Vamos aproveitar esse tempo que teremos juntos para isso. Massimo, me permita chamá-lo assim não porque eu tenha rancor ou condene sua atitude e sim porque é como tenho vontade de tratá-lo. Sinto que poderemos ser amigos, e esse sentimento nada tem a ver com o passado. Não tenho como explicar com palavras esse sentimento, acredite em mim. Eu não tenho o direito de cobrar nada de vocês. Vocês são meus pais e viveram momentos muito difíceis, farei tudo o que estiver ao meu alcance para que vocês vivam com tranquilidade, para que possamos desfrutar da companhia um do outro sem cobranças, sem explicações.

— Meu filho, por favor, me ajude, preciso me levantar.

Quando Massimo ficou frente a frente com Augusto, olhando nos olhos do filho, disse:

— Roberto e Suzana o criaram muito bem, você é um bom homem. Tenho orgulho de ser seu pai e agradeço por você ter me ouvido e conseguido não me julgar com severidade, não me excluir da sua vida e se permitir me conhecer.

Pai e filho se abraçaram emocionados. Clara não conteve as lágrimas. Foi Massimo que primeiro falou:

— Estamos iniciando um novo ciclo em nossas vidas, vamos procurar sermos bons uns com os outros. Tenho certeza de que se estamos unidos é porque merecemos.

Clara aproximou-se e disse:

— Obrigada, meu filho, por conseguir nos compreender. Eu tinha muito medo de que você nos rejeitasse.

— Eu não poderia fazer isso. Antes de conhecê-los, não nego que me revoltei, mas sempre encontrei pessoas que me fizeram ver que eu poderia estar enganado, que deveria ouvi-los antes de tomar qualquer atitude. Eles estavam certos. Se eu tivesse me recusado a conhecê-los, não participaria da vida de pessoas tão especiais.

— Então, venham, vamos comer o lanche que preparei, já está tarde. Suzana sabe que você está aqui conosco?

— Sabe sim, fique tranquila, mamãe. Está tudo bem.

***

Francisco e Rogério chegaram à fazenda no final da tarde. Já passava das 20 horas quando Francisco levantou-se e disse ao pai:

— Já chega, vou embora. Essa discussão não está nos levando a lugar nenhum.

— Você não vai à parte alguma, eu ainda não terminei de falar.

— Papai, não sou uma criança, e você até agora não disse uma palavra que justificasse suas atitudes durante esses anos todos.

— Você tem que acreditar em mim, eu não atirei naquele italiano. Eu não sou um criminoso.

— Então por que você disse que mandou um dos empregados da fazenda atirar nele?

— Se você está me perguntando isso agora, depois de todos esses anos, é porque conversou com sua irmã. Onde ela está?

— Ela não me disse nada. Quem me contou essa história foi a mamãe antes de morrer.

— E por que tanto interesse depois desse tempo? O que está acontecendo que eu não sei?

— Primeiro, me diga: por que você nos chamou aqui?

— Está bem, eu escutei o Mateus dizendo que encontraram o filho da Maria Clara. Interroguei todos os empregados e eles me disseram que não sabiam de nada. Tentei falar com o Domenico, mas ele se negou a me receber. Eu quero que você providencie os papéis necessários para eu passar a fazenda para seu nome e do seu irmão. Não quero que um bastardo qualquer venha mais tarde reclamar direitos sobre os meus bens.

— Chico, por que você não conta a verdade para o papai? Você sabe onde ela está e faz esse joguinho. O que você está escondendo? Já não chega a traição que você nos fez com o testamento da mamãe?

— Não seja ridículo, eu não trai ninguém. Mamãe fez o testamento conforme era vontade dela, eu não tive participação nenhuma nas decisões dela. Agora não vou tirar de Maria Clara o direito de herança que ela tem com relação a essa fazenda. Ela está no Brasil com o marido, e o filho dela foi encontrado. É um homem direito, culto, foi muito bem criado pelo casal que o adotou.

252

— Como você o descobriu? — perguntou o pai.

— Eu não o descobri. O rapaz descobriu que era adotado e queria saber por que havia sido abandonado pelos pais biológicos. O casal que o adotou foi em busca do passado dele e descobriu tudo o que o senhor os fez passar. Quem me contou a história foi a mãe adotiva. Eu procurei o senhor Domenico, e ele me confirmou tudo e me levou até Maria Clara.

— Onde eles estão agora? — perguntou Rogério.

— Bem longe de vocês dois.

— Francisco, você não pode fazer isso comigo, sou pai dela e tenho o direito de saber onde ela está.

— Ela não quer vê-lo. Não quer nem ouvir falar de você. E tenha certeza de que o Massimo está muito bem de saúde, você não vai conseguir atingi-lo.

— Então eles voltaram para quê? Vai me dizer que era para conhecer o filho que abandonaram? Tenho certeza de que estão atrás do meu dinheiro.

— Papai, chega, eu não vou ficar aqui ouvindo essas barbaridades. De uma coisa você pode ter certeza: você não vai causar mais nenhum tipo de sofrimento a eles, eu não vou permitir. Maria Clara e Massimo perderam vinte e cinco anos de convivência com o filho por causa da sua intolerância, do seu preconceito, das suas atitudes mesquinhas. Mamãe morreu de desgosto, não por causa da Clara, mas por suas atitudes. Você não gosta de ninguém. Só pensa no "seu dinheiro". Seu egoísmo estragou a vida da minha irmã. Não tente procurá-la, não tente mandar Rogério atrás dela, não faça nenhuma bobagem. No passado, você escapou porque não tinha quem defendesse aquela família, agora, papai, você não ficará impune. Eu mesmo o entregarei à polícia se alguma coisa acontecer com Clara, Massimo, o garoto e mesmo com o senhor Domenico.

— Saia já da minha casa, você é indigno de ser meu filho.

— Adeus, papai. Pode ter certeza de que não virei mais aqui.

***

Francisco saiu da casa do pai sentindo-se bem. Parou na lanchonete para tomar um café e encontrou-se com Ana:

— Chico, o que você está fazendo aqui? Já estamos quase fechando.

— Eu sei, vi luzes e parei para um café. Estou vindo da fazenda e tive uma séria discussão com papai. Como ele é egoísta e que ódio tem da família Domenico.

— Seu pai não consegue enxergar a vida de outra forma, desculpe-me falar, mas eu convivi com ele durante muitos anos. Ele só gosta de quem faz o que ele quer. Quem não o obedece, é seu inimigo. Você vai para São Paulo a esta hora? Por que não pousa aqui? Tenho certeza de que o senhor Domenico vai recebê-lo.

— Não irei incomodá-lo?

— Não, ele gostou muito de você. Venha, me ajude a fechar, e vamos até a casa dele.

— Obrigado, Ana, meu dia foi muito difícil.

Pouco depois, Francisco e Ana chegaram à casa de Domenico.

— Senhor Domenico, trouxe um hóspede para passar a noite aqui.

— Entre, Francisco. Aconteceu alguma coisa?

— Eu não queria incomodá-lo, mas estou tão cansado, que não consegui recusar o convite da Ana.

— O senhor já jantou? — Ana perguntou para o senhor Domenico.

— Não, eu estava cuidando dos papéis da vinícola e não senti o tempo passar.

— Então, enquanto vocês conversam, vou preparar alguma coisa para vocês comerem. Depois eu arrumo o quarto para Francisco dormir. Deixarei toalhas de banho em cima da cama.

— Obrigado, vocês são muito gentis, não sei como agradecer.

— Francisco, você é uma pessoa da família, afinal, é o irmão da minha nora. Venha, quer ligar para sua esposa?

— Vou ligar, ela deve estar preocupada.

— Vamos até o escritório, assim conversaremos, e você telefona para ela. Que tal uma taça de vinho?

— Seria ótimo, obrigado.

254

Capítulo 35

— Papai, por que eu nunca soube dessa história?

— Rogério, você também vai começar a me acusar? Já não basta seu irmão?

— Ele tentou falar comigo, e eu não quis ouvi-lo, sempre acreditei em você. Por que você não me diz a verdade?

— Dizer a verdade, a verdade, o que você quer que eu diga? Eu estava defendendo o nosso nome. Sua irmã me traiu quando se deitou com aquele carcamano idiota. Eu tinha idealizado um futuro para ela, ela iria se casar com alguém que eu escolhesse. Mas não, ela tinha que me desrespeitar. E agora seu irmão me culpa pelo que aconteceu. Eu soube muito tempo depois que Massimo tinha ido embora do Brasil. Eu só não sabia que sua irmã tinha ido junto. Nunca pensei que fosse possível, ela fugiu sem documentos, só com a roupa do corpo.

— E você não foi atrás dela?

— Fui à casa do italiano. Quando cheguei gritando por ela, o filho dele saiu correndo, eu achei que ele estava fugindo, fui atrás e atirei. Quando o vi caído no chão, achei que o tivesse matado. Corri e vim para a fazenda. Ninguém me viu.

— E depois? Por que foi acusado de incendiar o convento?

— Porque fui eu quem pôs fogo naquela casa. Eu que sempre ajudei nas obras da igreja, aquele padre me traiu, ele sabia que eu não queria que os dois se casassem e ele abrigou os dois no convento. Devem ter rido muito à minha custa. Eu jurei me vingar. Uma noite que eu sabia que ele estava lá, espalhei gasolina nas proximidades da casa e ateei fogo. Estava ventando, o fogo se espalhou rapidamente, você precisava ver a correria. A casa era velha, de madeira, tudo queimou rapidamente. Foi uma pena que não atingi o padre. Naquele dia, por um motivo que até hoje não sei qual foi, ele não foi ao convento, ao contrário, mandou que as freiras fossem à igreja. Havia umas dez pessoas na casa. Ninguém se feriu, mas do convento não sobrou nada.

— E ninguém desconfiou de você?

— Desconfiar, desconfiaram, mas não havia provas. Os empregados testemunharam dizendo que eu não saí de casa por causa da doença da sua mãe. Com o tempo, ninguém falou mais no assunto. Para seu irmão falar agora sobre esse assunto, é porque sua irmã está aqui no Brasil. E você? Vai me acusar também? Vamos! Eu lhe contei a história toda e você não vai fazer nada? Rogério, você nunca vai me acusar, não é? Você depende do meu dinheiro, dos adiantamentos que faz com seu irmão. Você nunca me enganou, foi sempre um inútil. A única coisa certa que você fez na sua vida foi casar-se com Ângela. Ela sim sabe o que quer, gosta do luxo, tem fibra. A mulher do seu irmão trabalha até hoje para "ajudá-lo". Onde já se viu!

— Por que você está me dizendo isso agora?

— Porque você nem sequer percebeu que eu o estava induzindo a casar-se com ela, senão era capaz de você ter se casado com aquela empregadinha da fazenda, a sobrinha da Ana. Seria mais um desgosto na minha vida.

— Então foi você que armou toda aquela cena? Que foi me mostrar que Mariana me traía com o Silas? Foi tudo culpa sua?

— É lógico que foi, imagina, um filho meu se casando com uma mulher sem classe, sem berço. Já bastava a vergonha que sua irmã me fez passar.

— Meu Deus, como eu fui idiota! Acreditei em você, como você pôde fazer isso comigo? Eu era quem defendia você, briguei com o Francisco por sua causa. Você tem razão, eu sou um inútil. Eu deveria ter largado você e levado Mariana comigo para São Paulo, mas eu tive medo de que você me deserdasse, de não conseguir sustentá-la, de que você tivesse razão, e ela realmente tivesse me traído com o Silas. Eu não vou me perdoar nunca. Casei-me com uma mulher mesquinha, que me deu dois filhos que não têm vontade de fazer nada, só pensam em gastar, gastar e gastar; e eu tenho de sustentá-los.

Rogério levantou-se para sair, e seu pai perguntou-lhe:

— Aonde você vai? Seu irmão foi embora com o carro, você deve passar a noite aqui comigo.

— Eu não vou ficar aqui com você. Não importa para onde eu vou. Você não disse que eu sou um idiota, um inútil. Quem sabe alguém na estrada tem pena e me dá uma carona?

— Você enlouqueceu? É tarde, você pode ser assaltado.

— Ah! E você agora está com pena de mim? Que novidade! Não, você não está preocupado comigo. Você está preocupado com você mesmo. Tenho sua confissão, nada me impede de procurar Domenico e o bispo e contar todas as barbaridades que você fez. Eu acho que ainda dá tempo de eles o processarem. Não se preocupe, papai, eu não vou fazer nada que meus irmãos não queiram. Mas de uma coisa você pode estar certo, eu vou viver a minha vida e aqui não pisarei mais. Você vai morrer sozinho no meio da sua ganância, da sua prepotência, da humilhação que você infringiu às pessoas. Adeus.

— Rogério, volte aqui. Você não pode me deixar sozinho.

Francisco continuou gritando, mas Rogério não voltou, saiu da fazenda e fez sinal para um motorista de caminhão que passava. O motorista parou o caminhão um pouco à frente, e Rogério correu até ele.

— Você pode me dar uma carona? Pode me deixar num posto de gasolina qualquer, se não estiver indo para São Paulo.

— Eu vou fazer uma entrega em São Paulo. Venha comigo, a estrada é perigosa à esta hora. Aconteceu alguma coisa com seu carro?

— Não. Eu estava na casa do meu pai, tivemos uma discussão, e eu não quis passar a noite lá. Sei que me arrisquei, mas não tinha outro jeito. Depois de ouvir de um pai o que eu ouvi do meu, acredito que filho nenhum consiga dormir sob o mesmo teto que ele.

— É, pais e filhos não deveriam discutir. Mas se for inevitável, você tomou a decisão certa. Uma discussão pode levar a uma atitude extrema. Como é seu nome?

— Rogério e o seu?

— André Martini. Se estiver com sono, pode dormir sossegado, estou levando uma carga de uva para o Ceasa. Quando chegarmos lá, acordarei você.

— Obrigado, André, não sei se conseguirei dormir. Nunca vivi uma situação como essa. Você tem filhos?

— Tenho dois filhos, eles me ajudam na lavoura quando estão de férias. O mais velho está estudando agronomia.

— Eu tenho dois filhos também, mas eles não gostam de trabalhar. Eu tenho um depósito de materiais para construção. Você planta uvas?

— Sim, herdamos uma plantação do meu pai. Eu e meu irmão estamos pensando em investir em vinho. No ano passado, plantamos uma uva própria para o vinho e agora estamos negociando a compra de uma vinícola. Você é daqui?

— Não, eu moro em São Paulo, e meu pai tem uma fazenda aqui. Quando era criança, vinha sempre para cá. Agora é raro voltar. Talvez você conheça meu pai, o nome dele é Francisco de Almeida.

— Infelizmente, eu o conheço sim. Desculpe-me, ele é seu pai, eu não tenho o direito de falar assim, mas é que sempre que alguém se refere a ele, usa uma expressão parecida com essa.

— Não se preocupe, só não me tome por ele. Hoje eu fiquei sabendo quem é meu pai, talvez você o conheça melhor que eu, então, acredito que entenda por que eu não poderia ficar na fazenda.

— Eu conheço as histórias que meu pai contava. Papai ajudou o senhor Domenico a mandar para a Itália o filho. Espere aí, você é irmão da Maria Clara?

— Sim, o irmão do meio.

— Meu Deus, e eu aqui falando sem parar.

— Não se preocupe com isso, como eu lhe disse, hoje eu descobri quem é meu pai e as barbaridades que ele fez, como prejudicou minha irmã e o marido, entre outros horrores.

— Ele foi muito ruim. Meu pai trabalhou na fazenda dele e sempre nos dizia que, no tempo do seu avô, tudo era muito diferente. Seu pai tratava os empregados como escravos, ninguém queria trabalhar para ele, por isso, ele perdeu uma boa parte da lavoura cafeeira e acabou vendendo uma boa parte da fazenda para os próprios empregados.

— Eu nunca acreditei nas histórias que contavam sobre meu pai. Achava que tinham inveja dele. Como eu fui burro.

— Rogério, não se culpe, nós, geralmente, vemos nossos pais como super-heróis. São nossos ídolos, nos inspiramos neles para ser quem somos. Se você cometeu erros por causa da educação que recebeu, ou se magoou alguém porque defendeu seu pai, procure essas pessoas, converse com elas. Você vai se surpreender com a capacidade que o ser humano tem de compreender o outro.

— Será? Ele estragou a minha vida.

— Não, você estragou a sua vida. Ele deu o primeiro passo e você o seguiu. Mas sempre é tempo de voltar atrás e tentar recuperar o tempo perdido. Faça o caminho de volta, reencontre quem perdeu, você vai se surpreender.

— Você parece ser uma pessoa muito segura do que diz. E acho que não é muito mais velho do que eu. Por que eu deveria acreditar em você?

— Você não precisa acreditar em mim. Tenho 50 anos, nasci aqui, filho de imigrantes italianos, que sofreram muito para criar a mim e aos meus irmãos. Me casei com uma mulher maravilhosa, que sempre tem uma palavra para me acalmar, para me animar, foi com ela que aprendi que sempre podemos voltar atrás e resgatar o que perdemos. Que os sentimentos, quando são puros e sinceros, impulsionam a nossa vida. Eu sigo os conselhos dela há muitos anos e sempre me saí bem.

— Como ela se chama?

— Maria Aparecida. Por quê?

— Você me fez lembrar uma garota por quem me apaixonei quando era jovem, por um momento pensei que talvez você tivesse se casado com ela.

— Quem era ela. Vai ver que a conheço?

— O nome dela é Mariana, ela vivia com a tia, que trabalhava na fazenda. Ela era linda, meiga, delicada, tinha um sorriso cativante, e eu a perdi por uma mentira.

— A tia dela se chama Ana?

— Sim, você as conhece?

— Eu não sei se a Mariana se casou, sei que ela foi embora para São Paulo. Ela era órfã, e a dona Ana queria que ela estudasse. Como em São Paulo havia mais alguns parentes, ela mandou a moça para lá. Você teria que procurar a dona Ana e falar com ela. Sabe aquela lanchonete próxima da vinícola de Domenico?

— Sei. Ela trabalha lá?

— Isso mesmo. Eu estarei com ela amanhã de manhã. Vou perguntar da Mariana. Como posso entrar em contato com você?

— Você tem um papel? Vou deixar meu telefone, mas, por favor, não diga que eu a estou procurando. Depois que brigamos, nunca mais a vi, ela pode estar casada, não quero prejudicá-la.

— Não se preocupe, tenho como falar com dona Ana.

E assim Rogério e André continuaram a conversa até chegarem a São Paulo. Rogério agradeceu a carona e pediu o número do telefone de André para voltarem a se falar. Estava amanhecendo. Rogério caminhava com um sorriso no rosto, pensando nas palavras que ouvira. Procuraria Francisco para contar o que houve entre ele e o pai. Depois resolveria sua vida.

Quando chegou em casa, todos estavam dormindo. Rogério tomou um banho e foi ao depósito, não estava com sono. Queria pensar no que faria para sair da situação em que se encontrava, precisava falar com seu irmão, tinha certeza de que ele o ajudaria.

***

Mariana levantou-se cedo e, como de hábito, foi caminhar pelo bairro. Parou diante de uma casa e a placa chamou-lhe a atenção "Estúdio Renata". Aquele estabelecimento era novo ali. Olhou em volta e anotou no celular o número do telefone. Depois continuou sua caminhada, telefonaria mais tarde para saber quem era Renata.

Suzana estava chegando para a aula quando encontrou Mariana.

— Oi, Mariana, como vai?

— Oi, Suzana, tudo bem. E com você?

— Tudo bem. E a exposição?

— Ah, Suzana! Está difícil, estou com dificuldade para selecionar algumas fotos. Hoje de manhã vi que tem um estúdio novo no meu bairro, vou tentar falar com a pessoa que julgo ser a proprietária.

— No seu bairro? Espere aí, é o Estúdio Renata?

— Sim. Você conhece?

— Lógico, ela é a namorada do meu filho, do Augusto. Ela fotografa rostos, eu vi alguns trabalhos dela e achei muito bons. Ela procura captar o momento da pessoa, é muito interessante.

— Você iria comigo até lá? Hoje estou com a tarde livre.

— Claro, podemos almoçar e depois iremos até lá. No intervalo, eu falo com ela e aviso que você quer conhecer alguns trabalhos dela.

— Puxa, Suzana, que coincidência boa. Encontrar você e a fotógrafa que estou procurando, que pode ser a sua nora.

— É o destino, minha amiga, o destino. Agora eu preciso ir, estou em cima da hora.

— Nos encontramos aqui mais tarde?

— Sim, esperarei você aqui nesse ponto. Até.

— Até logo.

"Que coisa boa, hoje realmente eu comecei meu dia com o pé direito", pensou Mariana.

Mais tarde, Suzana e Mariana almoçaram numa cantina próxima ao estúdio de Renata.

— Oi, Renata, tudo bem?

— Oi, Suzana, tudo certo.

— Deixe-me apresentá-la a Mariana. Mariana, esta é Renata.

— Muito prazer, Suzana me disse que você fará uma exposição com fotos.

— O prazer é meu, Renata. Eu comprei uma pequena galeria e gostaria de inaugurá-la com fotos, mas não consigo encontrar nada que me agrade. Fotógrafos famosos costumam expor

261

em galerias de renome. Eu preciso de trabalhos de qualidade para consolidar o nome da galeria no mercado.

— Venha dar uma olhada, eu estou procurando um lugar para expor minhas fotos, mas quero um lugar pequeno, agradável, onde as pessoas possam apreciar meu trabalho sem pressa. O que você acha?

— São lindas. Você sabe no que esse rapaz estava pensando quando você fez essa foto?

Rindo, Renata respondeu:

— Esta foto não entrará na exposição, é do meu namorado, eu a tirei no dia em que nos conhecemos, ou melhor, nos tornamos namorados por causa dessa foto.

— Nossa, é o Augusto!

— Sim, Suzana, ele queria que eu apagasse a foto, mas ela ficou tão boa que eu não tive coragem.

— E ele, o que achou?

— Ele vive me ameaçando para que eu dê sumiço nesta foto.

— Eu não concordo, posso conversar com ele se você quiser. Você captou a expressão dele com uma precisão; eu abriria a exposição com ela.

— Podemos conversar com ele.

— Mariana, domingo estaremos todos reunidos durante o almoço. Por que você não aparece à tarde para um cafezinho? — perguntou Suzana.

— Boa ideia, Suzana, acho que em três nós conseguiremos demover o Augusto — disse Renata.

— Em três não, acho que em cinco, tenho certeza de que Malu e Maria Clara vão adorar essa foto. Você não pode deixar de levá-la.

— Está bem, tenho outras cópias. Eu fiz uma sequência delas e gostei do resultado.

— Me deixe ver.

— Ah, Renata! São lindas, precisamos expô-las. Você tem outras sequências?

— Sim, Mariana, vou buscá-las.

— Suzana, sua nora é muito talentosa. Será que ela exporia na minha galeria?

— E por que não? Você tem a galeria, ela tem as fotos, as duas querem fazer uma exposição. Por que não chegariam a um acordo?

— Tomara que você esteja certa.

— Tenho certeza de que estou.

— Mariana, estas são as sequências que estão prontas. Ainda preciso revelar as fotos que tirei na Irlanda. Fiz umas fotos no *pub,* que frequentávamos, que ficaram muito boas.

— Renata, gostei muito. Você quer expor na minha galeria? Se você estiver livre, poderemos ir até lá agora. O que você acha?

— Me dê um minuto para que eu feche o estúdio e iremos.

— Eu não disse? Tenho certeza de que vocês se darão muito bem.

— Suzana, você acha mesmo que deverei ir à sua casa no domingo? É dia de ficar com a família.

— Então, é o dia perfeito, é o único dia em que minha família está toda em casa. Embora eu tenha outro filho, que está na Itália. Ele se chama Paulo, e só retornará no final do ano.

— Pronto, podemos ir.

— Vamos no meu carro. Depois eu trago vocês aqui, moro perto.

Quando chegaram à galeria, Renata disse:

— É um lugar lindo, aconchegante, tenho certeza de que você fará belíssimas exposições.

— Que bom que você gostou. Eu vou inaugurá-la com as suas fotos. O que você acha?

— Quando será a inauguração?

— Dentro de dois meses. Você conseguirá montá-las a tempo?

— Dois meses é um bom tempo. Mas o que falta para abrir a galeria?

— Documentos, pagar algumas taxas, meu contador está cuidando de tudo, ele me garantiu que poderei abri-la dentro de dois meses. Amanhã, voltarei a falar com ele e confirmarei a data. Você terá que me entregar alguma coisa antes, para que eu possa mandar fazer os *folders*, os convites, os cartazes. Geralmente, é necessário um mês para prepará-los. Não quero

263

correr o risco de mandar fazer esse material e recebê-lo com erros, cores fora da tonalidade correta etc.

— Então teremos que correr. Eu preciso pagar para expor?

— Não, mas eu receberei uma parte do valor das fotos que forem vendidas para pagar os custos da exposição. Fique tranquila, eu já fiz isso antes, só que a galeria não era minha. Eu vou providenciar toda a documentação e os valores corretos. Fique à vontade para questioná-los, levar para seu advogado ou o contador verificar, não pode haver nenhuma dúvida no nosso relacionamento.

— Eu nunca expus nenhum trabalho. Vou conversar com Augusto e me informar a respeito. Quando nos veremos novamente?

— Hoje é quinta-feira, devo estar com os papéis prontos dentro de uma semana.

— Está bem. Enquanto isso, providenciarei as molduras e as fotos que precisam ser impressas.

— Renata, se você precisar de ajuda, estarei à sua disposição. Hoje foi minha última aula. Acabei meu curso de decoração.

Mariana sorriu e disse:

— Suzana, acho que quem vai precisar de você serei eu, vou contratá-la para decorar a galeria. O que você acha?

— Terei o maior prazer.

264

Capítulo 36

A secretária de Francisco entrou na sala e informou ao chefe:

— Senhor Francisco, seu irmão quer vê-lo.

— Mande-o entrar.

— Rogério? O que houve? Achei que não nos veríamos tão cedo.

— Você pode me atender? A conversa será longa, e eu preferi vir o quanto antes.

— Claro. O que houve?

— Depois que você saiu, papai me contou tudo o que fez para prejudicar Maria Clara e o marido, e também o que fez para dirigir minha vida. Eu fui um idiota, acreditei nele e agora vejo quantas besteiras eu fiz.

— Eu não estou entendendo direito. Venha, sente-se aqui e me conte a conversa que você teve com papai.

Rogério contou ao irmão tudo o que o pai lhe dissera, a tentativa de matar o namorado da irmã, o incêndio do convento, a separação da garota por quem ele estava apaixonado, o casamento arranjado e as artimanhas para que ele sempre dependesse do dinheiro do pai e não se voltasse contra ele.

Francisco ouviu tudo em silêncio. Quando o irmão terminou, ele disse:

— Rogério, eu não sabia dessa moça nem das manobras do papai para o seu casamento. Quanto a Massimo e a Maria Clara, eu tentei alertá-lo, mas você não quis me ouvir.

— Francisco, você estava falando do nosso pai. Eu acreditava que ele era incapaz de prejudicar alguém, que as pessoas tinham inveja do sucesso dele nos negócios. Ele era meu exemplo de homem bem-sucedido. Eu não conseguia vê-lo de outra forma.

— E agora, você mudou de ideia?

— Ele me chamou de idiota, disse-me que sou um inútil, que não sei governar nem minha vida. O pior é que estou me sentindo realmente assim. Minha vida está uma droga, nada dá certo. Cheguei em casa, tomei um banho e fui para o depósito. Minha mulher nem sequer me ligou para saber se eu estava bem. Meus filhos só me procuram quando precisam de dinheiro. Eu fiz tudo errado na minha vida.

— Rogério, acalme-se. Você não dormiu na fazenda?

— Claro que não, ele não parava de me humilhar. Eu fui embora e peguei uma carona com um agricultor que trazia uma carga para o Ceasa. Por acaso, o homem é filho de um ex-empregado do papai. Não preciso dizer como ele "gosta" do nosso pai, não é?

— Eu não sei o que lhe dizer, jamais imaginei que você entraria aqui e me pediria uma ajuda que não fosse financeira.

— Não quero dinheiro, Francisco. Vim lhe pedir ajuda porque não sei o que fazer da minha vida. Preciso sair da minha casa, ir para algum lugar onde eu possa respirar, onde eu consiga pensar em tudo o que fiz até hoje e tentar descobrir como recomeçar.

— E o depósito?

— Eu não vou abandoná-lo, tenho clientes para atender. O depósito é tudo o que me resta.

— O depósito é o seu negócio, é a prova de que você não é um inútil como papai disse. Você precisa controlar melhor seus gastos, mas não se desespere. Me dê algum tempo, preciso pensar e decidir como posso ajudá-lo. Você iria para um hotel?

— Sim, desde que eu possa arcar com as despesas.

— Vou tentar ajudá-lo. Agora meu conselho é: vá para o depósito, cuide dos seus negócios e espere que falarei com você por volta da hora do almoço, está bem? A propósito, você tem um contador cuidando dos papéis do depósito?

— Sim, o Armando é um bom homem. Sempre me alerta quando estou cometendo algum erro fiscal. Nessa parte, estou tranquilo.

— Ótimo. Está vendo? Se você fosse um incapaz, seu depósito não prosperaria, seu contador não estaria cuidando direito do que é seu. Já que você me pediu ajuda, deixe-me ajudá-lo, mas faça o que estou pedindo.

— Será que algum dia encontrarei Mariana e terei a oportunidade de pedir perdão a ela?

— Rogério, tem um ditado que diz: "até as pedras se encontram". Quem sabe? Não conhecemos os desígnios de Deus, às vezes, pensamos que estamos no fundo do poço e, de repente, quando menos esperamos, voltamos à superfície. O mais importante é você não se desesperar. O desespero não leva ninguém à parte alguma.

— Eu não sabia que você frequentava a igreja.

— Você não sabe de muita coisa a meu respeito, talvez este seja o momento de nos aproximarmos.

— Você sabe onde a Maria Clara está? Ela está bem?

— Sim, ela está bem. Reencontrou o filho, que é um bom rapaz.

— Você acha que ela me receberia?

— Acredito que sim, mas não vamos apressar nada. Falarei com ela.

— Obrigado, mano, você não sabe o bem que me fez.

— Não tem de quê, estarei sempre aqui.

Os dois se abraçaram, e Rogério sentiu-se amparado pelo irmão. Ele não sabia dizer o porquê, mas tinha certeza de que o irmão o ajudaria.

***

Pouco depois, Rogério chegou ao depósito com o ânimo renovado, cumprimentou os empregados e, chamando um deles, disse-lhe:

— Carlos, me traga os pedidos de hoje, vamos agendar as entregas.

— É pra já, patrão.

Os empregados se entreolharam e comentaram entre eles:

— O que houve com o chefe?

— Não sei não, ele nunca faz isso.

— Tomara que não venha nenhuma bomba por aí.

Carlos interrompeu a conversa dizendo:

— Vamos, pessoal, parem de fofocar e vamos trabalhar. Se o chefe está de bom humor, melhor, assim ninguém vai ouvir seus gritos. Agora vamos ao trabalho!

***

Depois que Rogério se foi, Francisco ficou pensando em tudo o que acontecera nos últimos dias. Sua secretária entrou na sala e disse-lhe:

— Senhor Francisco, tenho alguns documentos que precisam da sua assinatura.

Notando que ele não prestara atenção às suas palavras, a moça indagou:

— Senhor Francisco, aconteceu alguma coisa? Posso ajudá-lo?

— Desculpe, Madalena. O que você disse?

— Perguntei se posso ajudá-lo.

— Pode sim, tenho algum compromisso para hoje que não possa ser remarcado?

— Sua agenda hoje está livre. Só preciso que me assine estes documentos, que também não têm urgência.

— Preciso encontrar um lugar para acomodar meu irmão, não quero levá-lo para minha casa e não posso colocá-lo no *flat*. Não consigo pensar para onde eu poderia levá-lo.

— Se o senhor me permite o comentário, sua vida está um tanto atribulada. Por que não tira uns dias para descansar? Eu cuido do escritório e, quando precisar, falo com o senhor pelo telefone.

— Madalena, sua ideia é tentadora, mas neste momento preciso resolver alguns problemas de família. É melhor estar aqui no escritório, o que você puder remarcar me ajudará muito. Tem alguma audiência marcada?

— Não. Eu verifiquei os processos em andamento e estão todos dentro de seus prazos, aguardando decisões dos juízes responsáveis por eles.

— Ótimo. Assim eu fico mais sossegado. Você não ia sair de férias?

— Não, pode ficar tranquilo, deixarei minhas férias para o final do ano.

— Obrigado, Madalena, não sei o que faria sem você.

— O senhor falou em um lugar para seu irmão ficar... se não pode ser o *flat* da rua Iraí, podemos ver algum outro com o pessoal da imobiliária.

— Boa ideia. Está vendo? Eu não consegui pensar nisso. Veja se tem algum lá pelos lados do Tatuapé. Meu irmão tem um depósito de material de construção naquela região.

— Vou ligar agora mesmo. Quer um café? Acabei de passar.

— Quero, Madalena, você é a melhor secretária que um advogado poderia ter.

— Obrigada, vou buscar seu café.

Algum tempo depois, Madalena entrou na sala e informou o chefe:

— Senhor Francisco, encontrei dois endereços no Tatuapé. O senhor quer que eu vá vê-los?

— Não, Madalena, fique aqui que eu mesmo vou até lá. Me dê os endereços.

***

Algum tempo depois, Francisco ligou para Rogério:

— Rogério, preciso que você venha encontrar-se comigo, estou em um *flat* que acredito atenderá suas necessidades.

— Me dê o endereço, estarei aí em quinze minutos.

Rogério chamou Carlos:

— Carlos, cuide de tudo aqui para mim. Tenho um compromisso com meu irmão e devo voltar só depois do almoço.

— Não se preocupe, chefe, cuidarei de tudo.

Quando Rogério saiu, um dos funcionários foi conversar com o encarregado:

— Carlos, o que deu nele? — perguntou um dos empregados.

— Acho que ele acordou.

— O que você quer dizer com isso?

— Eu trabalho com ele há muitos anos. Se for o que estou pensando, as coisas por aqui vão melhorar.

— E você não vai nos dizer o que está acontecendo?

— Não. É a vida do senhor Rogério, não temos nada com isso. Agora, trabalhe, meu amigo, trabalhe porque temos muito o que fazer. Você já despachou o pedido da Maia?

***

Rogério encontrou-se com Francisco no local combinado. O apartamento não era muito grande, mas ele o achou ideal. O local oferecia café da manhã e outros serviços para hóspedes.

— Você pode deixar algumas coisas na geladeira.

— Está ótimo, Francisco. Não sei como lhe agradecer, ainda mais depois de todas as grosserias que eu lhe disse...

— Rogério, quero que você fique bem e resolva sua vida. O corretor está lá embaixo, vamos até a imobiliária porque você precisará de um fiador. O restante é com você. Pense bem no que vai fazer para não se arrepender depois. Você tem idade suficiente para não tomar nenhuma decisão que acabe prejudicando-o e à sua família. A família que você criou é sua responsabilidade.

— Você está certo. Não vou fazer nada precipitado. Vou me dar um tempo e resolver tudo com calma. Já fiz muita besteira nessa minha vida.

— Você já almoçou?

— Não, e você?

— Também não. Vamos até a imobiliária e depois almoçaremos juntos, o que você acha?

— Tudo bem, mas com uma condição.

270

— O que é agora?

— Eu pago o almoço. É o mínimo que posso fazer, afinal, você deixou seu escritório para cuidar dos meus problemas.

— Está bem, eu deixo você pagar o almoço, agora vamos.

***

Depois do almoço, um pouco mais tranquilo com as decisões que tomou para ajudar o irmão, Francisco resolveu ir para casa. Ligou para Madalena informando onde estaria e pediu-lhe que o mantivesse informado caso houvesse algum problema no escritório.

Marília estranhou o marido em casa àquela hora:

— Aconteceu alguma coisa?

— Aconteceu. Sente-se aqui comigo que lhe contarei tudo.

Francisco contou à esposa o que houve com Rogério e o que havia feito para ajudá-lo.

— Você acha que ele vai mudar?

— Não sei se mudança é o termo certo. Papai o humilhou. Rogério não é um cara ruim, apenas se deixou levar pelo amor que sentia pelo nosso pai. É como se ele estivesse acordando de um pesadelo.

— Tomara que você esteja certo. Eu não confio muito nele, mas apoiarei você em qualquer decisão que tome.

— Obrigado, querida, sei disso, seu apoio é muito importante para mim.

O telefone tocou, e Marília foi atender.

— Marília, é Ângela. Seu marido está aí?

— Sim, um momento que vou chamá-lo.

— Francisco, é Ângela, e pelo jeito pode aguardar mais problemas.

— Alô, Ângela, é Francisco. Como vai?

— Eu estava bem até você tirar meu marido de casa.

— Eu não tirei marido de ninguém de casa.

— Tirou sim, depois da ida de vocês dois à fazenda, ele voltou diferente. O que você disse a ele? Aposto que encheu a cabeça do seu irmão contra mim.

— Ângela, não seja ridícula. Eu não enchi a cabeça de ninguém. Rogério tem idade suficiente para tomar as decisões que quiser. Discuta seus problemas com ele, não tenho nada com isso.

— Isso não vai ficar assim, vou falar com seu pai e tenho certeza de que ele tomará providências contra você.

— A decisão é sua, faça como quiser. Adeus.

— Você desligou o telefone na cara dela?

— Não, ela desligou antes de eu dizer adeus. Ela vai reclamar para o papai, coitado do Rogério.

— Ele procurou por isso.

— Eu sei, e tenho certeza de que se ele realmente quiser resolver essa situação, o fará. Vamos aguardar e ver o que acontece. Agora eu só quero descansar. Essa semana foi muito desgastante, acho que vou dormir um pouco.

— Vá, meu bem. Se a Madalena ligar, eu te chamo.

***

Já passava das dez da noite quando Mateus ligou para Francisco:

— Seu Chico, descurpe ligar assim, é que seu pai tá no hospital.

— O que houve, Mateus? Ele foi sozinho?

— Não. Eu mais o Antonio chamamos uma ambulância. Ele estava caído segurando o telefone. Não sei o que houve.

— Em que hospital ele está?

— Na Santa Casa de Jundiaí. O médico pediu pra falar pra família.

— Obrigado, Mateus, estou a caminho.

Francisco ligou para Rogério, e os dois foram juntos para Jundiaí. Lá chegando, foram informados de que o pai deles estava na UTI e que deveriam aguardar que o médico os atenderia.

Depois de algum tempo, a enfermeira os levou para o consultório da doutora Marta.

— Doutora Marta, somos filhos do Francisco de Almeida, meu nome é Francisco, e este é meu irmão Rogério.

— Seu pai teve um derrame e houve demora no atendimento. Os empregados que o encontraram não souberam dizer há quanto tempo ele estava desacordado. Só sabiam dizer que ele estava segurando o telefone. Algum de vocês, por acaso, estava falando com ele?

Francisco foi o primeiro a responder:

— Eu não falei com ele hoje, e você, Rogério?

— Eu também não. Fiquei ocupado no depósito.

— Qual a importância dessa informação?

— É para calcularmos a hora em que pode ter ocorrido o derrame e o tempo que levou para o resgate. Quando a pessoa é socorrida na hora, os danos são menores. Ele estava inconsciente, nós o estamos mantendo sedado para fazermos alguns exames e avaliarmos as sequelas do derrame. Eu já posso adiantar-lhes que ele é portador de enfisema pulmonar.

— E o que isso significa dentro desse quadro? — perguntou Francisco.

— Teremos que mantê-lo no oxigênio vinte e quatro horas por dia, ele não consegue respirar sozinho.

Rogério perguntou:

— Então o estado dele é grave?

— Sim, porém, ainda não tenho o resultado de todos os exames que eu pedi para fechar o diagnóstico. Ele fazia algum tratamento?

— Quando eu perguntava se ele estava indo ao médico, ele respondia que os médicos não sabiam de nada. Preciso procurar nas coisas dele se tem algum exame ou se ele tomava algum remédio.

— Ele morava sozinho?

— Sim, papai é viúvo, nós moramos em São Paulo. Na fazenda, moram vários empregados. O Mateus, que o socorreu, é o empregado que dorme na casa-grande.

— Nós podemos vê-lo? — perguntou Rogério.

— Eu vou autorizá-los, mas só por cinco minutos. Ele está sedado, e as visitas na UTI devem ser rápidas. Venham comigo.

Depois de ver o pai, os irmãos foram para a fazenda. No caminho, Francisco contou a Rogério a conversa que tivera com Ângela.

— Você acha que era com ela que papai estava falando?

— Não sei. Pode ser. Ela estava muito alterada. O que você disse a ela?

— Depois do almoço, eu fui em casa para pegar algumas roupas. Ela me perguntou o que estava acontecendo, e eu lhe disse que precisava ficar um pouco sozinho, que tinha discutido com papai e que queria repensar minha vida. Ela ficou irritada e me ameaçou dizendo que não era mulher de ser abandonada pelo marido. Eu retruquei que não estava abandonando ninguém, só queria uns dias para pensar. Ela saiu batendo a porta e me ligou mais tarde, eu estava no depósito, dizendo que estava fazendo compras e o cartão de crédito estava bloqueado. Eu lhe disse que havia bloqueado o cartão até que eu conseguisse quitar a última fatura. Ela gritou que eu iria me arrepender e desligou o telefone.

— Você se lembra do horário?

— Foi no meio da tarde, não lembro bem. Hoje eu precisei despachar um pedido grande da construtora Maia, não dei muita importância para a Ângela.

— Construtora Maia, do Roberto Maia?

— Sim, eu forneço material para eles há muito tempo. Este mês, felizmente, eles aumentaram a quantidade de material que costumam comprar.

— Você sabe quem é ele?

— Sim, ele já esteve no depósito várias vezes, agora quem faz as compras é a filha dele, Malu, se não me engano.

— Mano, ele é o pai adotivo do filho da Maria Clara.

— Meu Deus, que mundo pequeno. Quando é que eu iria imaginar uma coisa dessas!

— Pois é, os filhos dele são amigos dos meus desde crianças. Nós sempre estivemos perto do filho da Maria Clara.

— Chegamos, vamos falar com Mateus.

— Oi, Mateus, boa noite.

— Boa noite, seu Chico, seu Rogério. Como está o seu Francisco?

Foi Rogério quem respondeu:

— Não está nada bem.

— Foi minha curpa, eu não devia ter ido na cidade, encontrei a Ana, e a gente ficou conversando, cheguei aqui depois da hora.

Francisco tranquilizou o rapaz:

— Não foi culpa sua, papai não estava bem de saúde. Isso iria acontecer de qualquer maneira. Você sabe se ele toma algum remédio ou se fez exames recentemente?

— Sei sim, ele guarda aqui nessa gaveta. Não deixa ninguém mexê.

— Olhe aqui, Rogério, este remédio é para pressão alta. E aqui tem uma observação do médico lá da Santa Casa mesmo, o paciente deve parar de fumar. Vou ligar para a doutora Marta e passar o nome do médico dele para ela.

Rogério tranquilizou Mateus:

— Mateus, papai não estava fazendo o tratamento que o médico mandou. Você não teve culpa de nada. Agora nós precisamos que você cuide da fazenda para nós.

— Pode deixá, seu Rogério, eu mais o Antonio cuidamos de tudo.

— Faça o seguinte: reúna os empregados para conversarmos com eles, mas chame só os homens, é muito cedo para acordar todo mundo.

— Tá bem, seu Rogério, vou chamar os peões.

— Rogério, falei com a doutora Marta, e ela me disse que iria procurar o médico agora mesmo. Você estava falando com o Mateus?

— É, pedi que ele chamasse os outros empregados para conversarmos com eles, teremos que deixar a fazenda nas mãos deles.

— Você tem razão, vamos explicar-lhes o que aconteceu e ver o que tem de ser feito na fazenda.

Depois de passarem as instruções para os empregados da fazenda, deixando Mateus encarregado de tudo, Francisco e Rogério foram ao hospital saber notícias do pai. A médica informou-lhes de que o quadro dele não sofrera alteração. Eles deixaram seus telefones com a médica e retornaram a São Paulo.

Os dois irmãos conversavam sobre os acontecimentos da semana, como a vida os tinha aproximado e o que fariam dali para frente.

Capítulo 37

No domingo, conforme haviam combinado, Maria Clara, Massimo e Domenico foram almoçar na casa de Augusto. Depois das apresentações, todos foram para a parte de fora da casa onde ficava a churrasqueira. Roberto e Augusto haviam colocado mesas próximas para que todos pudessem participar das conversas.

Roberto conversava com Massimo e Domenico quando Suzana convidou Maria Clara para conhecer a casa. Roberto comentou com Massimo:

— Soube que você consultou-se com o doutor Jorge Coelho.

— Sim, ele me atendeu muito bem, estou tomando o remédio que ele receitou e já comecei a acupuntura. Na segunda-feira, começarei a fazer hidroterapia. Você o conhece?

— Conheço, ele cuidou da filha de um amigo. A moça namorava o Augusto, e eles terminaram o namoro quando ele embarcou para a Itália. Pouco tempo depois, ela tentou simular um aborto e colocou em risco a própria vida. Ele cuidou dela e convenceu-a a mudar seu estilo de vida. Hoje ela está estudando, trabalhando com o pai e fazendo trabalho voluntário numa creche.

— É, ele parece que tem muito jeito com as pessoas. Papai, eu acho que você deveria fazer uma consulta com ele, quem sabe ajuda no seu tratamento — aconselhou Massimo.

— O senhor está doente? — Roberto perguntou.

— Não considero doença, preciso controlar minha pressão e fazer um *check-up*. No mais, acho que minhas dores são doença de velho.

— Não diga isso, senhor Domenico, o senhor ainda viverá muito.

— Bondade sua, Roberto. Estou cansado, agora que estou com meu filho e encontrei meu neto, Deus pode me levar.

Augusto, que vinha chegando com Renata, disse:

— Levar quem para onde?

— Seu avô está se achando velho para viver entre nós. Quer se encontrar com Deus.

— Vovô, você ainda é muito jovem, deixe de bobagem. Renata, este é meu avô Domenico, e esse é meu pai Massimo.

— Muito prazer em conhecê-los. Temos falado muito sobre vocês todos.

— Espero que bem — brincou Roberto.

— Sempre bem, não temos nenhum motivo para falar mal de vocês — completou Augusto.

Renata percebeu que as expressões de Massimo e de Domenico mudaram quando Augusto os tratou por avô e pai, mas não disse nada. Roberto piscou para ela como se estivesse dizendo: "também percebi". Eles conversavam quando Suzana e Maria Clara vieram juntar-se ao grupo.

Suzana disse:

— Maria Clara, esta é Renata, namorada do Augusto.

— Eu me lembro dela, nos conhecemos no aeroporto.

— É mesmo, eu me esqueci de que vocês viajaram juntas.

Maria Clara perguntou:

— E as fotos, você já conseguiu revelá-las?

— Sim. Quando cheguei ao Brasil, meus pais me presentearam com um estúdio fotográfico. Tenho alguns trabalhos prontos. Você precisa conhecê-lo.

— Irei sim. Esta semana andarei mais por São Paulo, quero conhecer melhor a cidade. Um dos lugares que irei é ao seu estúdio.

— Maria Clara, eu terminei meu curso de decoração. Se você quiser, posso levá-la para conhecer a cidade.

— Eu lhe agradeço muito. Vamos combinar e sairemos juntas.

— Hoje à tarde, eu receberei uma amiga que está cuidando da exposição da Renata. Tem umas fotos do Augusto que estão ótimas, mas ele não quer que ninguém veja. Você as trouxe, Renata?

— Sim, estão comigo.

— Ótimo, mostre para Maria Clara enquanto eu vou ver se Roberto precisa de ajuda.

— Veja, Maria Clara, são estas daqui.

— Mas estão ótimas. O que ele estava fazendo? Ele viu você tirando as fotos?

— Não, ele só percebeu quando um *flash* brilhou nos olhos dele. Como ele ficou bravo, e a máquina estava programada para realizar disparos em sequência, captei todas as reações até falar com ele.

— Você sempre capta a reação das pessoas?

— Quando fotografamos espontaneamente, o resultado é mais verossímil. Quem posa para fotos esconde o que está sentindo. Eu estou pensando em procurar alguém que consiga me ajudar a escrever textos sobre as imagens que encontrei não só no rosto do Augusto, mas no de outras pessoas.

— Se você quiser, posso tentar ajudá-la.

— Claro. Quando você quer ir ao estúdio?

— Vamos combinar para terça-feira à tarde?

— Perfeito, espero você e a Suzana na terça, às 14 horas.

— Vejo que você está se entrosando bem com minhas duas mães.

— Estou sim. Elas são diferentes e, ao mesmo tempo, parecidas.

— Não entendi.

— Elas são diferentes na aparência física, na maneira de ser, porém, são decididas, sabem o que querem, resolvem o que vão fazer sem pedir autorização para ninguém. Quando elas resolveram sair juntas para conhecer São Paulo e me ajudar na exposição das fotos, não foram consultar os maridos. Entende o que eu quero dizer?

— Agora sim. Você também vai fazer o que lhe der vontade sem pedir autorização para seu marido?

— Vou. Você será meu marido, não meu dono, amo e senhor.

— Eu serei seu marido? Você está me pedindo em casamento?

— Estou. Você quer se casar comigo?

— Ah, Renata! Eu quero viver o resto da minha vida com você. Você é a mulher da minha vida.

Augusto e Renata foram interrompidos por Malu, que veio avisá-los que os pais de Renata haviam chegado.

Eles foram recebê-los e fizeram as apresentações. Como Marco Antonio e Helena não sabiam da história de Augusto, Renata sentou-se ao lado deles e contou-lhes rapidamente sobre a adoção. Os dois ficaram emocionados pensando no possível sofrimento se Augusto tivesse se revoltado ou se negado a conhecer os pais verdadeiros. Quando Augusto se aproximou, Marco Antonio disse-lhe:

— Augusto, você é um rapaz de muita sorte e provavelmente muito especial. Pertencer a duas famílias que o amam é um presente de Deus.

— Marco Antonio, eu fiquei confuso no começo. Quando descobri a adoção, achei que tinha sido rejeitado pelos meus pais biológicos. Depois que eu conheci a história deles, aprendi a respeitá-los e a entender que tudo o que aconteceu foi para nos unir. Não sou uma pessoa espiritualizada, mas acredito que estamos no mundo por algum motivo muito especial. Talvez ajudar-nos, não sei. Não tenho resposta para isso, apenas um sentimento que vem de dentro de mim e me traz esses pensamentos.

Helena perguntou ao rapaz:

— Você acredita em Deus?

— Sim, fui batizado, fiz a primeira comunhão, só não tenho frequentado a igreja. Acredito na existência divina e na vida após a morte. Acho que nosso espírito é eterno.

— Quem acredita em Deus, confia e sabe que ele não nos desampara. Às vezes, estamos em situações onde não conseguimos enxergar uma saída, mas quando oramos a Ele a paz volta ao nosso coração e logo encontramos uma solução para nossos problemas. Você diz que não é espiritualizado, mas suas palavras dizem o contrário. Tenho certeza de que você foi o ponto de união de todos que estão aqui. Por algum motivo, a vida nos uniu. Com o tempo, saberemos o porquê.

— Helena, suas palavras são lindas, me emocionaram, obrigado por você ter vindo aqui hoje. Obrigado, Marco Antonio. Tenho certeza de que seremos muito amigos.

Marco Antonio disse:

— Cuide de nossa menina, faça-a feliz, ela é uma garota que vale ouro.

— Quanto a isso, não precisam se preocupar, assim que eu estiver em uma situação financeira que me permita comprar um apartamento, nós nos casaremos, não é, Renata?

— É sim.

Ângelo, que chegava naquele momento com Malu e ouvira parte da conversa, disse:

— E pelo jeito, como a editora vai indo, esse dia não vai demorar muito a chegar.

— Ângelo, o que você quer dizer com isso? — perguntou Augusto.

— O Luigi me ligou, os escritores italianos concordaram com nossa proposta, ele despachará na segunda-feira os originais para que nós os publiquemos.

— Que maravilha, você conseguiu salvar a editora.

— Eu consegui porque você me ajudou. Obrigado, Augusto, realizei meu sonho de mantê-la. Teremos muito trabalho, mas a Editora da Manhã logo estará entre as melhores do mercado. E outra coisa, Renata, pode preparar o livro, que nós o publicaremos.

— Não sei o que dizer além de obrigada. Estou muito feliz.

Augusto abraçou Renata e convidou a todos para se aproximarem da família para contar as novidades. A emoção foi geral. Todos parabenizaram Ângelo, Augusto e Renata. A alegria tomou conta da família, Roberto e Suzana convidaram a todos para que se servissem, e o almoço transcorreu na mais perfeita harmonia.

Mariana e Francisco, acompanhado da esposa, chegaram à casa de Roberto e Suzana ao mesmo tempo.

Depois de feitas as apresentações, Francisco perguntou a Mariana:

— Você é a sobrinha da Ana, que trabalhou na fazenda do meu pai?

— Sou sim. Por quê?

— Por nada, achei que a conhecia de algum lugar.

A conversa entre eles transcorreu animada, e Mariana e Renata conseguiram convencer Augusto a exibir as fotos que foram tiradas na Itália. Depois do cafezinho, Marco Antonio e Helena despediram-se e foram para casa; Mariana combinou com Renata, Maria Clara e Suzana de se encontrarem na quarta-feira para acertar os detalhes da exposição. Depois que eles saíram, Francisco pediu um minuto de atenção a todos e contou o que havia acontecido entre ele, o pai e Rogério. Todos ouviram calados.A primeira a quebrar o silêncio foi Maria Clara:

— Francisco, você teve notícias de nosso pai hoje?

— Sim, o quadro dele não sofreu alteração. Ele continua sedado. O derrame comprometeu uma parte do cérebro. A médica me disse que depois que ele acordar é que saberemos até que ponto sua memória e seus movimentos foram comprometidos.

Domenico perguntou:

— Ele está bem assistido na Santa Casa?

— Sim, a equipe médica é muito boa, e o hospital tem recursos para cuidar bem dele.

— Quem está cuidando da fazenda?

— Mateus e Antonio, nós combinamos com eles tudo o que deviam fazer, e eu e Rogério nos revezaremos para cuidar dela.

Massimo virou-se para Maria Clara e disse:

— Clara, se você quiser ir com seu irmão ao hospital, eu acompanho vocês.

— Eu não quero ver o papai. Nunca desejei mal a ele, mas não quero vê-lo. As recordações que tenho dele são horríveis. Vê-lo significa sentir tudo de novo. Não, eu não posso. Perdoem-me se pareço insensível, mas é mais forte que eu.

Massimo, abraçando a esposa, disse:

— Ninguém vai obrigá-la a fazer o que você não quer. E tenho certeza de que também não vão acusá-la de ser uma pessoa insensível. Eu, melhor do que ninguém, sei o quanto você sofreu por causa dele.

Francisco completou:

— Clara, eu estou contando tudo isso para você ficar a par do que houve com papai, não vim aqui pedir que você vá ao hospital ou que cuide dele, nada disso. Apenas queria que você soubesse o que houve. Rogério quer vê-la, mas você me dirá se e quando quer vê-lo. Eu não disse a ninguém onde você está.

— Obrigada, Francisco, foi bom saber de tudo isso por você. Eu preciso refletir sobre o que você me falou e pensar na decisão que devo tomar.

— Não se apresse, não faça nada que possa se arrepender depois. Estaremos sempre em contato, é só você me avisar o que quer fazer. E agora, Marília, é melhor nós irmos, está ficando tarde.

— É mesmo, as crianças já devem ter chegado em casa.

— Roberto, obrigado pelo convite.

— Não tem de quê. Obrigado por ter aceitado meu convite.

Francisco despediu-se de todos e, quando abraçou Maria Clara, disse-lhe:

— Desculpe, Clara, por trazer-lhe aborrecimentos, mas você precisava saber o que está acontecendo com nossa família.

— Você não precisa se desculpar. Se tiver alguma novidade sobre o estado dele, me avise, e quanto a Rogério, falaremos daqui alguns dias sobre ele. Vou conversar com Massimo, e decidiremos o que fazer. Afinal de contas, ele não nos fez nada. A propósito, por que você perguntou a Mariana se ela era sobrinha de Ana?

— Porque Rogério era apaixonado por ela, e papai fez de tudo para separá-los. Ele só descobriu isso agora.

— Meu Deus, por que será que papai agiu assim conosco?

— Acho que nunca saberemos. Até logo, mana, nos falamos durante a semana.

— Até breve.

283

Massimo disse a Clara:

— Acho que está na hora de irmos também, você não acha?

— Sim, vamos, acho que todos nós precisamos descansar.

Roberto perguntou:

— Massimo, posso fazer alguma coisa para ajudá-los?

— Não, Roberto, Clara terá que resolver o que fará com relação ao pai e ao irmão. Eu ainda não sei o que pensar. Eu tenho por hábito não resolver nada na hora. Nada melhor que uma noite de sono. No dia seguinte, estamos com a cabeça tranquila para resolver qualquer tipo de situação.

— Você tem razão. Se precisar, sabe que pode contar comigo.

— Obrigado. Você poderia chamar um táxi para nos levar, ainda não estou dirigindo.

— Acho que Augusto vai acompanhá-los. Augusto, você vai levar seus pais para casa?

— Vou sim, você precisa tirar seu carro para que eu possa sair.

— Então vamos lá.

Depois das despedidas, Augusto levou os pais e o avô para o *flat*. Acompanhou-os até o apartamento e, quando se despedia da mãe, ela lhe disse:

— Augusto, você ficou aborrecido comigo porque não quero ver seu avô?

— Não, mamãe, você deve fazer o que mandar seu coração. Eu estarei sempre do seu lado, o que você decidir, para mim, estará bem. Geralmente, quando uma pessoa adoece, fica todo mundo com pena e acabam se esquecendo das maldades que ela praticou em vida. Não se machuque para agradar aos outros, cuide de você.

— Obrigada, meu filho, sua opinião é muito importante para mim.

Augusto deu-lhe um beijo de despedida e abraçou o pai e o avô.

— Pai, está semana será corrida para mim, mas se precisar, pode me ligar na editora.

— Fique tranquilo, meu filho, eu cuidarei da sua mãe. Vá em paz.
— Obrigado.

Capítulo 38

A semana começou com muito trabalho para todos. Os dias pareciam voar. Ângelo contratou tradutores e comprou equipamentos novos. Augusto revisava as traduções e atendia os escritores. Renata, Mariana e Suzana trabalhavam na galeria para a montagem da exposição. Os textos que Maria Clara fez para as fotos foram todos aprovados. O apartamento onde iriam morar Malu e Ângelo estava quase pronto. Malu pediu à mãe que a ajudasse na decoração:

— Claro, Malu, fique tranquila que dará tempo para tudo. O trabalho de decoração da galeria terminou.

— Mamãe, eu estava preocupada, você tem passado bastante tempo com a Renata, e a data do meu casamento está chegando.

— O que está faltando?

— Os convites devem chegar esta semana, precisamos escrever os envelopes. Já encomendei o vestido, falta comprar o enxoval.

— Podemos ver o enxoval amanhã cedo. E os móveis?

— Ângelo contratou uma empresa que está montando tudo. Até o final da semana estará pronto.

— Então amanhã vamos comprar o enxoval, antes passaremos na loja onde você encomendou o vestido, para ver quando será a prova; vamos até o bufê pegar o orçamento e, no fim do dia, começaremos a escrever os convites.

— Será que dará tempo para tudo?

— Lógico. Vocês já acertaram a documentação no cartório e na igreja?

— Já está tudo certo.

— E a decoração da igreja?

— Nós pagamos uma taxa, e eles mandam fazer tudo. Eu também já encomendei o buquê, falta marcar o dia da noiva. Mamãe, estou apavorada.

— Com o quê? Faltam dois meses para o casamento.

— O tempo está passando muito rápido!

— Nós também estamos cuidando de tudo com rapidez. Procure ficar calma, vai dar tudo certo. Você precisa se preocupar com seus estudos. Os preparativos para o casamento estão todos resolvidos.

— Mas e a distribuição dos convites?

— Isso se faz um mês antes do casamento, e pode ser feito pelos pais dos noivos. Portanto, não estou vendo motivos para esse desespero.

***

Maria Clara e Massimo foram ver o doutor Jorge, eles haviam adiado o retorno à Itália. Maria Clara conseguira uma licença até o final do ano para comparecer ao casamento da filha de Suzana, ver a exposição de Renata e o lançamento dos livros da editora em que Augusto trabalhava.

— Massimo, você está muito bem. Pode dirigir, viajar, sua perna está ótima. Você só não pode esquecer-se de tomar o remédio da pressão. Quando chegar à Itália, procure seu médico para que ele troque a receita.

— Doutor Jorge, por que você não atende em um consultório particular? — perguntou Maria Clara.

— Porque eu gosto de trabalhar aqui. Quando eu perdi minha esposa, me desesperei, ela tinha um aneurisma. Nem eu e nem ela sabíamos. Mergulhei no trabalho, queria pesquisar tudo o que pudesse sobre esse tumor, que surge de repente e, muitas vezes, é fatal. Eu só conseguiria fazer essa pesquisa trabalhando num hospital, mais precisamente numa UTI. O hospital estava precisando de um médico para trabalhar nessa área, então vim pra cá e fui ficando.

— A UTI não é um lugar deprimente?

— Tudo é muito relativo. Tem pessoas que vem para cá porque precisam de cuidados vinte e quatro horas, outras porque estão em fase terminal de uma doença, outras porque foram operadas, mas uma coisa eu aprendi: muitas pessoas que morreram aqui estavam em paz.

— Como assim, em paz?

— Na UTI, só é permitida a entrada das pessoas mais próximas ao doente — filhos, pais, maridos, esposas — quantas delas só vêm visitar um filho, um irmão, um pai quando esse está em estado terminal? Quando isso acontece, muitos acabam dizendo a essas pessoas que as amam, o que jamais aconteceria se estivessem bem de saúde.

— Você poderia explicar melhor.

— Muitos pacientes que estão em fase terminal ficam sedados. Ontem, esteve aqui um rapaz que não falava com o pai há uns dez anos. Quando ele o viu preso aos aparelhos, segurou na mão do homem e disse a ele tudo o que estava sentindo. Por um momento, ele teve a sensação de que o pai lhe apertou a mão. Estava terminando o horário da visita, e ele veio falar comigo, me perguntou se aquilo era um sinal de que o pai poderia estar melhorando. Eu não tive tempo de responder, a enfermeira me chamou com urgência para atender justamente o pai do rapaz. Eu cheguei ao leito apenas para constatar a morte do paciente. Quando removemos os aparelhos, a expressão do homem era de tranquilidade, ele parecia que estava dormindo.

— Então o senhor acha que quando temos um parente, que nos feriu durante a vida toda, num leito de hospital, devemos procurá-lo e perdoá-lo pelo que nos fez sofrer?

— Não sei se a palavra perdão é a mais correta, mas você pode dizer a ele tudo o que ele a fez sofrer. Você vai tirar do seu coração a mágoa que está guardada. Se você conseguir perdoá-lo, esse perdão fará bem a você. Eu aprendi durante todos esses anos de atendimento na UTI que perdoar é um ato de amor para com o outro e também para conosco. Quantas vezes dizemos que poremos uma pedra em cima de determinada situação que nos aborreceu, porém, na primeira oportunidade, removemos a pedra e começamos a remoer o sofrimento que nos foi impingido?

— Eu acho difícil fazer isso, sofri muito por causa do meu pai. Não tenho vontade nenhuma de vê-lo.

— Ele está hospitalizado aqui?

— Não, na Santa Casa de Jundiaí.

— Maria Clara, você não precisa ir até lá. Vá a uma igreja, sente-se e converse mentalmente com seu pai. Diga a ele tudo o que está guardado no seu coração. Reze pelo seu pai, para que ele encontre o caminho da luz. Tenho certeza de que você vai se sentir melhor e fará muito bem a ele.

— Você tem religião?

— Eu sou um estudioso da doutrina espírita, já li muito sobre os males que fazemos a nós mesmos quando odiamos, quando guardamos rancores, quando queremos mal a alguém. Acredite em mim, perdoar ajuda quem precisa do perdão, mas é o remédio para o coração de quem perdoa.

— Obrigada, doutor, vou seguir seu conselho. Será que poderíamos conversar mais sobre esse assunto, em outro lugar, para não atrapalhar seu trabalho?

— Eu estou tentando formar um grupo de estudo, mas estou com muito trabalho no hospital, assim que eu conseguir um tempo, convidarei vocês para irem até lá.

Massimo, que até então nada dissera, falou:

— Obrigado, doutor, suas palavras foram muito importantes para mim. Que Deus o proteja para que você continue nessa sua missão.

— Obrigado, Massimo.

— Obrigada, doutor Jorge, foi muito bom conhecê-lo.

— Fico muito feliz em tê-los ajudado. Adeus.

— Adeus.

Maria Clara e Massimo pegaram um táxi para voltar para casa. Não trocaram nenhuma palavra no caminho, cada um estava imerso em seus pensamentos.

Já em casa, Massimo tocou no assunto:

— Clara, você vai ver seu pai?

— Não sei, Massimo. Sabe, as palavras do doutor Jorge me tocaram, me fizeram bem. Eu acho que vou à igreja, depois, se eu sentir necessidade, vou até o hospital. Você vai comigo?

— Vou, estarei ao seu lado sempre. Sabe, acho que vou à igreja com você.

— Está quase na hora do almoço, vamos comer alguma coisa e depois iremos até lá. O que você acha?

— Acho ótimo, estou com fome.

— Então venha, vamos para a cozinha.

Enquanto comiam, Massimo e Maria Clara falavam sobre suas vidas no Brasil.

— Massimo, viajaremos logo depois do casamento?

— Sim, no dia seguinte. É a melhor data, você sabe que na Itália logo começará a nevar e, se não chegarmos com antecedência, ficaremos presos no aeroporto. Você quer ficar aqui, não é?

— Nada me faria mais feliz.

— Sabe, eu estou pensando em vender a vinícola para o Giuseppe. Estou cansado daquela correria.

— Verdade? Mas você adora a vinícola, ela é sua vida.

— Não é não. Minha vida é você. Podemos investir uma parte do dinheiro da venda da vinícola em algum negócio rentável e com a outra parte compraremos uma casa, estou cansado deste *flat*, não é uma casa onde podemos receber os amigos.

Maria Clara abraçou o marido e disse:

— Você faria isso por mim?

— Eu faço qualquer coisa por você. E você, o que fará com a universidade, com suas pesquisas?

— Eu posso pedir demissão da universidade e pedir-lhes que me deem uma carta de referência para que eu possa trabalhar aqui no Brasil. Quanto às minhas pesquisas, posso fazê-las aqui e enviar os resultados pela internet.

— Então está decidido, vamos telefonar para o Giuseppe para adiantar a transferência da vinícola e para o reitor da universidade, assim, quando chegarmos lá, assinaremos todos os papéis que forem necessários e voltaremos definitivamente para o Brasil.

— Massimo, eu te amo muito. Você me fez a mulher mais feliz do mundo.

— Clara, você é a mulher da minha vida, faço qualquer coisa para vê-la feliz. Nesse caso, eu também estou feliz de poder ficar aqui no Brasil, assim estaremos perto de Augusto. E a propósito, eu já disse que amo você?

Os dois trocaram um longo e apaixonado beijo, reforçando o amor que os unia.

***

Naquela noite foi inaugurada a exposição de Renata. Augusto foi buscá-la e comentou quando a viu:

— Meu Deus, você está deslumbrante. Parabéns, meu amor, eu desejo que você tenha muito sucesso.

— Obrigada, Augusto. Eu estou um pouco nervosa.

— Acho que é natural porque é sua primeira exposição. Não se preocupe, eu não vou sair do seu lado.

— Eu ia mesmo pedir isso a você. Nós receberemos alguns críticos de arte, a imprensa especializada, estou com medo de que não gostem do meu trabalho.

— Eles podem não gostar do modelo, mas seu trabalho está impecável.

Renata riu:

— Você não tem jeito. Quem vai levar sua mãe?

— Bom, a mãe Suzana quem vai levar é o pai Roberto. A mãe Clara virá com o pai Massimo. Eles disseram que eu não precisava me preocupar. Aliás, a família estará toda lá. Até o vovô garantiu que viria.

— Nossa, Augusto! Quando nos conhecemos, você estava preocupado de ter sido abandonado, agora tem praticamente duas famílias.

— Pois é, estou gostando muito disso. Ainda bem que não tive que escolher. Odiaria magoar a Clara e o Massimo. Ah! Eles estão planejando mudar-se para o Brasil. Mais tarde vou saber o que pretendem fazer, mamãe só me adiantou isso pelo telefone, ela estava muito feliz.

***

Quando Augusto e Renata chegaram à galeria, já havia algumas pessoas esperando para entrar. O casal encontrou Mariana, que desabafou:

— Estou tão nervosa que não consigo parar de tremer.

— Eu também estou nervosa, acho que só Augusto consegue manter a calma.

— Vocês estão preocupadas à toa, a galeria está linda.

— Dona Mariana, os repórteres do Jornal da Manhã chegaram. Posso mandá-los entrar?

— Claro, eles farão a matéria conosco antes de abrirmos para o público e a publicarão amanhã.

Logo que entraram, o repórter e o fotógrafo reconheceram Augusto:

— Augusto, com vai?

— Oi, Lázaro, Pedro, como vão?

— Viemos fazer a matéria para o jornal, não esperava vê-lo aqui. Você está trabalhando para um concorrente?

— Não, eu estou trabalhando na editora, a exposição é da minha noiva Renata Azevedo. Venham, vou levar vocês até elas. Mariana, Renata, estes são Lázaro e Pedro, do Jornal da Manhã.

— Boa noite, muito prazer, eu vou fazer algumas perguntas enquanto o Pedro tira algumas fotos. Tem alguma foto especial que vocês queiram que seja publicada?

Enquanto Renata mostrava alguns trabalhos para o fotógrafo, Mariana respondia às perguntas de Lázaro.

Nesse momento, chegaram Ângelo e Malu, Roberto e Suzana. Augusto os recebeu e mostrou as fotos de Renata:

— Você está muito orgulhoso dela, não é, mano?

— Olha, Malu, eu sei o esforço que a Renata fez para chegar até aqui. Ela merece esse sucesso.

— Quem são aqueles ali?

Foi Ângelo quem respondeu:

— São dois críticos de arte, eu os conheço, vou cumprimentá-los e saber o que estão achando da exposição e também da galeria. Você fica com o Augusto?

— Claro, fique sossegado.

Logo depois, chegaram Maria Clara, Massimo e Domenico. Renata aproximou-se deles. Massimo foi o primeiro a falar:

— Renata, parabéns, sua exposição está linda.

— Obrigada, Massimo. Maria Clara também me ajudou muito.

— Não seja modesta, eu escrevi apenas algumas frases, o talento é todo seu.

Domenico perguntou para Augusto:

— E você, meu filho, como vão os lançamentos da editora?

— Vão bem, vovô. Na semana que vem, lançaremos mais dois títulos e estamos negociando os autores brasileiros que serão publicados na Itália.

— Você sabe que eu vendi a vinícola e estou negociando a casa e a lanchonete, acho que vou me mudar para o *flat* em que estão Maria Clara e Massimo. Estou pensando em investir uma parte do meu dinheiro na editora. Você acha que seria um bom negócio?

— Olha, vovô, eu acredito muito nessa editora. Se pudesse, eu mesmo investiria nela, é que ainda não tenho um capital suficiente. O Ângelo é um bom administrador, o problema é que ele herdou o jornal, a editora e algumas dívidas, isso o deixou em uma situação difícil. Mas você viu, ele levantou o jornal e agora está levantando a editora.

— A empresa tem um sócio?

— Tem sim, mas a porcentagem do sócio é de vinte por cento, não é muito.

— Você acha que ele me venderia?

— Por que não? Podemos falar com ele.

— Faça isso para mim, assim poderei comprar a parte do sócio e ajudá-los financeiramente.

293

— Obrigado, vovô, tenho certeza de que Ângelo vai aprovar a parceria.

— Mas você vai se desfazer da vinícola, e o papai também. Como vai ficar a marca Domenico?

— Os vinhos serão produzidos apenas na Toscana. Eu conversei com meus clientes, que não eram muitos, e eles vão providenciar a documentação para importarem o vinho. Eu e o Massimo intermediaremos as vendas para que eles não tenham problemas na importação. Estão chegando Francisco e a esposa, fique à vontade para recebê-los, vou andar um pouco e ver as fotos.

— Está bem, vovô, até já.

Augusto foi receber Francisco e Marília, e eles lhe apresentaram o outro irmão de sua mãe, Rogério:

— Muito prazer, ouvi falar muito bem a seu respeito.

— Obrigado.

— Maria Clara já chegou? — perguntou Francisco.

— Já sim. Ela, Renata, Mariana e Suzana estão conversando com os críticos de arte e com os jornalistas, vocês podem circular à vontade.

Rogério olhou para Francisco e disse:

— Acho que eu não deveria ter vindo.

— Você foi convidado pela Maria Clara, não seja bobo.

Augusto, que ouviu a conversa, perguntou:

— Vocês estão com algum problema?

— Rogério está com receio de encontrar Maria Clara e Massimo.

— Eu acho que você não precisa se preocupar, mamãe conversou comigo sobre você. Não precisa ter receio de nada.

Francisco, vendo ao longe Maria Clara, disse ao irmão:

— Venha comigo, eu levarei você até ela.

Chegando perto da irmã, Francisco e Rogério esperaram ela acabar de atender um convidado. Depois, virando-se para os irmãos, Maria Clara sorriu e os cumprimentou:

— Rogério, como vai?

— Estou bem, e você?

294

— Estou bem, tenho recebido notícias suas pelo Francisco, fico contente que você tenha se libertado do julgo do papai e esteja recomeçando sua vida com mais equilíbrio.

— Obrigado, Clara, confesso que estava com medo de vir. Eu não fiz como Francisco, acreditei cegamente em nosso pai. Só quando ele me contou o que havia feito para você e também contra mim, é que acordei. Espero que você me permita ser seu amigo.

— Não se preocupe com isso, nós sabemos o que houve. Procure ser feliz e tenha certeza de que seremos amigos. Deixe-me apresentá-lo ao meu marido. Massimo, este é Rogério.

— Como vai, Rogério?

— Bem, obrigado.

Rogério não sabia o que dizer. Elogiou a galeria e o trabalho de Renata.

Massimo disse:

— As frases são de autoria da sua irmã.

— Rogério, fique à vontade — disse Maria Clara — circule por aí, aproveite para conhecer o trabalho da Renata e também o da Mariana, que é a dona da galeria.

— Mariana? Aquela Mariana sobrinha da Ana?

— Ela mesma. Venha, vou levá-lo até ela.

— Mariana, lembra-se do meu irmão Rogério?

— Rogério, como vai?

— Vou bem, e você, como está?

— Mariana, Rogério, vocês me dão licença? Vou conversar com Suzana.

— O que você veio fazer aqui depois de todos esses anos?

— Eu vim rever minha irmã, conhecer a exposição da Renata. Sua galeria é muito bonita. Hoje eu sei que não é possível, você está ocupada, mas será que você almoçaria comigo qualquer dia desses? Eu gostaria de conversar com você.

— Conversar sobre o quê? Remexer no passado? Não, não quero reviver o que sofri por sua causa.

— Mariana, eu era muito imaturo, acreditei no papai, cometi muitos erros na minha vida, mas estou tentando mudar. Aprendi da maneira mais difícil a não acreditar em tudo o que ouço, a

295

analisar cuidadosamente as coisas que me dizem. Eu não tenho mais idade para ficar brincando com a minha vida.

— Eu vou pensar, Rogério. Como você disse, hoje eu estou ocupada. Eu ligo para você qualquer dia desses.

— Eu vou deixar o cartão do meu depósito. Aqui tem meus telefones.

— E a Ângela?

— O que tem ela?

— Rogério, você é casado com ela.

— Não sou mais. Francisco está cuidando do nosso divórcio. Ela está em Campinas, na casa dos pais. Agora eu vou embora, desejo que você faça muito sucesso com a sua galeria de arte. Você tem muito bom gosto.

— Obrigada, Rogério. Até qualquer hora.

— Até breve.

Quando Rogério saiu, Marília se aproximou de Mariana e perguntou:

— Está tudo bem? Você está pálida.

— Estou bem, eu estava conversando com o Rogério.

— Rogério mudou muito nesses últimos meses. Está mais maduro, o sofrimento modifica as pessoas.

— Sofrimento? O que houve com ele?

— Ele descobriu o que o pai fez com ele durante todos esses anos. Ele idolatrava o pai, que destruiu a vida dele. Disse-lhe que ele era um inútil, que nunca seria alguém na vida, que tinha conseguido separar vocês e arrumado uma esposa para ele. Rogério nunca foi tão humilhado na vida. Sem falar do escândalo que a Ângela fez na loja. Ela só parou quando Rogério a acusou de ser a responsável pelo derrame que o senhor Francisco sofreu, após o telefonema dela. Ele ameaçou contar tudo para a polícia, acusando-a de ter tentado matar o sogro. Por isso, ela se mudou para Campinas e concordou em assinar os papéis do divórcio.

— Meu Deus, pobre Rogério.

— Olha, Mariana, de certa forma, ele procurou essa situação, mas nós esperamos que ele consiga seguir em frente sem cometer os erros passados. Francisco está fazendo de tudo para ajudá-lo. Desejamos que ele prospere e seja feliz.

— Ah! Você está aí. Rogério foi embora porque estava cansado. Está tudo bem?

— Sim, Francisco, eu estava contando para Mariana a história dele.

— É, não é uma boa história, mas quem sabe ele consegue mudá-la.

Mariana disse:

— Tomara que ele consiga, ninguém merece ser infeliz porque acreditou nas palavras do próprio pai. Ninguém.

Capítulo 39

— Renata, como você está se sentindo depois de toda essa agitação?

— Augusto, eu estou feliz e cansada ao mesmo tempo. Feliz porque consegui mostrar meu trabalho e ele foi bem-aceito pelas pessoas que visitaram a exposição. Mariana comentou que, pelo movimento que tivemos hoje, a galeria será um sucesso. Estou cansada porque foram muitos dias de trabalho, e fiquei em pé a noite toda, devo estar com uma aparência horrível.

— Você está tão linda como quando eu fui buscá-la.

— Seus pais gostaram da exposição?

— Sim, os quatro. Principalmente Roberto e Massimo, porque tinha o dedinho das minhas mães.

— É engraçado ouvir você falar assim. Meu pai Roberto, minha mãe Clara, não soa estranho?

— Eu tenho certeza de que sim. Mas agora não pode ser de outra forma. Quando estou com eles, individualmente, eu não falo assim. Chamo-os apenas de pai e de mãe.

— Augusto, e o seu trabalho de mestrado?

— Está parado. Com tudo o que houve nesses meses, eu não consegui fazer nada.

— Mas você falou com seu orientador?

— Sim, expliquei a ele tudo o que houve, mostrei o material que eu consegui na viagem para a Irlanda. Ele conhece minha mãe. Já esteve em um congresso onde ela proferiu uma palestra.

— Suzana?

— Você está vendo a confusão? Não estou me referindo a Suzana, e sim à minha mãe Clara. Ela é professora.

— É mesmo, da Universidade de Nápoles. Desculpe-me, havia esquecido. Mas acho melhor você sempre identificar de que mãe ou pai você está falando.

— Está vendo? Agora venha cá e me dê um abraço, estou com saudades.

— Augusto, eu amo você. Depois que você entrou na minha vida, tudo mudou. Estou mais segura, mais feliz. Você transformou meu mundo.

— É muito bom ouvir isso. Quando conheci você, eu também estava me sentindo péssimo com tudo o que estava acontecendo. Quer se casar comigo?

— Eu já lhe fiz essa pergunta, achei que estivesse tudo certo.

— É sério. Não precisaremos esperar muito tempo. Vovô comprou a parte do sócio do Ângelo na editora. Quando vovô falou comigo há pouco que pretendia associar-se ao Ângelo, eles já haviam conversado e acertado tudo. Eles fizeram tudo muito discretamente, e vovô transferiu a parte dele para mim, só falta eu assinar a documentação.

— Meu amor, que notícia boa. Vamos esperar passar o casamento da Malu e aí começaremos a preparar o nosso. Precisamos falar com meus pais, que nem imaginam que nos casaremos em breve.

— Será que não?

E dizendo isso Augusto beijou Renata ternamente demonstrando todo o amor que sentia por ela.

***

Paulo e Vanessa chegaram da Itália uma semana antes do casamento de Malu. Eles estavam a par de tudo o que vinha acontecendo porque Paulo ligava toda semana para os pais. Roberto e Suzana foram recebê-los no aeroporto.

— Meu filho, que saudades! Parece que faz uma eternidade que não o vejo. Como você está?

299

— Estou bem, mamãe, sentindo sua falta, do papai. Esta é Vanessa.

Suzana abraçou a moça e perguntou:

— Como foi de viagem?

—Tudo bem, dona Suzana, estou só um pouco cansada.

Roberto se aproximou, abraçou o filho e disse-lhe:

— Os pais de Vanessa vão nos encontrar em casa. Eles tiveram problemas com o trânsito. Vanessa, posso lhe dar um abraço?

— Claro, senhor Roberto, desculpe, eu estava procurando meus pais.

— Não se preocupe com eles, estão indo para minha casa.

— Sua casa?

— Sim, Paulo me ligou avisando que vocês chegariam hoje, e que você não havia conseguido comunicar-se com eles. Eu fiz isso ontem. Eles estariam aqui, mas houve um acidente na marginal, e eles não conseguiram chegar. Então, pedi que fossem direto para minha casa e que eu viria buscá-los.

— Que bom, estou morrendo de saudades deles. Paulo, você não me disse nada.

— Eu queria lhe fazer uma surpresa, pena que não deu certo.

— Vocês querem tomar um café ou podemos ir embora?

— Você quer comer alguma coisa, Vanessa? Eu prefiro ir para casa.

— Não, vamos para sua casa.

Roberto e Paulo levavam as malas enquanto conversavam sobre o curso. Suzana pegou no braço de Vanessa e disse:

— Você está bem mesmo?

— Sim, eu estava preocupada em conhecê-los, afinal, estou praticamente vivendo com seu filho, estava com receio da reação de vocês, dona Suzana.

— Vanessa, não precisa me chamar de dona Suzana, e quanto ao relacionamento de vocês, eu tenho certeza de que se meu filho escolheu você para viver com ele, é porque ele a ama e você deve ser muito especial.

Os olhos de Vanessa se encheram de lágrimas.

— Não fique assim, senão você vai chegar em casa com os olhos vermelhos, e seus pais pensarão que brigamos com você.

300

— Ah, dona, quer dizer Suzana, eu fiquei comovida com suas palavras. Você é do jeitinho que Paulo descreveu. Obrigada.

— Não precisa agradecer. Mas me conte, como foi o curso?

Quando os quatro chegaram ao estacionamento, estavam animados, e Vanessa mais confiante. Enquanto Roberto acomodava as malas no bagageiro, Paulo perguntou à namorada:

— Você está mais tranquila?

— Sim, sua mãe é do jeitinho que você falou.

— Eu não disse? Meus pais são ótimos, e nós dois não cometemos nenhum crime. Apenas nos amamos e estamos juntos. Você acha que seus pais terão alguma reação diferente?

— Não sei. Você é o primeiro homem com quem tenho um relacionamento sério. É difícil adivinhar o que pode acontecer.

— Você me ama?

— Você sabe que sim. Praticamente entreguei minha vida a você.

— Eu também entreguei minha vida a você. Confie em mim. Vai dar tudo certo.

Roberto, vendo que eles estavam conversando e não entravam no carro, aproximou-se e perguntou se havia algum problema.

— Não, papai, está tudo bem.

— Então vamos?

— Sim, vamos. Desculpe-me, estava falando de um assunto sério com a Vanessa e não percebi que você já tinha guardado tudo no carro.

— Algum problema?

— Não, está tudo bem.

— Vanessa?

— Não se preocupe, senhor Roberto, está tudo bem.

— Então vamos, entrem no carro. Vanessa, não me chame de senhor, afinal, não sou tão velho assim.

Eles riram da expressão de Roberto e foram para casa onde a família da moça os esperava.

***

A semana passou muito rapidamente.

301

Paulo e Vanessa passaram a maior parte do tempo com Roberto na construtora, que havia criado um departamento para a restauração de imóveis. Mostraram fotos do que haviam feito, discutiram técnicas de reforma, e Roberto ficou muito interessado em tudo o que falaram. Depois de muito conversarem, Roberto os convidou para trabalharem com ele:

— Vocês cuidarão das reformas dos casarões, estou com um pedido de dois orçamentos, que eu não respondi ainda esperando a chegada de vocês. Podem trabalhar aqui, temos espaço e, mais tarde, quando tiverem uma boa carteira de clientes, se quiserem, podem abrir seu próprio escritório ou permanecerem aqui, o que me dará grande satisfação.

— O que você acha, Vanessa? — perguntou Paulo.

— Eu acho a proposta do seu pai maravilhosa, irrecusável. Roberto, não sei como lhe agradecer pela confiança que está depositando em mim e no Paulo.

— Eu conheço o talento do meu filho, e ele conhece o seu. Farei tudo o que puder para ajudá-los. Um dia me aposentarei, e a construtora ficará para vocês e para Malu. Tenho certeza de que se darão bem.

— Pode apostar que sim, papai.

***

— Senhor Francisco, é da Santa Casa de Jundiaí, doutora Marta.

— Doutora Marta, pois não. Aconteceu alguma coisa com papai?

— Francisco, bom dia, eu não gosto de dar esse tipo de notícia por telefone, mas não vou fazê-lo sair daí correndo. Seu pai acaba de falecer. Aguardaremos a vinda da família para os trâmites. Meus sentimentos a você e aos seus irmãos.

— Obrigado, doutora, vou avisar meus irmãos e iremos até aí agora mesmo.

— Francisco, vou lhe fazer uma pergunta, talvez você estranhe, mas dependendo da sua resposta, eu lhe explicarei o que quero saber. Seu pai ia à igreja, estudava a Bíblia, ou algo parecido?

— Com certeza não, doutora. Meu pai fez algumas doações para a igreja, mas foi só. Ele não era espiritualizado. Por que a senhora está perguntando?

— Eu diminui a quantidade de sedativos quando percebi uma modificação nos sintomas que ele vinha apresentando. Ontem à noite, uma enfermeira me chamou e me disse que ele estava delirando, e ela não sabia o que fazer. Eu fui até o leito e fiquei observando seu pai. Ele chorava silenciosamente e parecia estar conversando com alguém. Quando cheguei perto, ouvi-o dizer: "me perdoe, Maria Angélica, eu não queria fazê-los sofrer, eu achei que era meu dever educá-los daquela forma, eles não faziam o que eu queria, e eu não soube compreendê-los. Por favor, não vá embora, não me deixe aqui sozinho. Quando você se afasta de mim, eu sinto muito frio".

— Doutora Marta, eu sinceramente não sei o que dizer. Maria Angélica era o nome da minha mãe.

— Olhe, Francisco, na minha profissão já vi casos semelhantes. E sei que quando isso acontece, o doente logo se vai. Seu pai está com uma expressão muito tranquila. Não sei no que você acredita, mas tenho certeza de que ele morreu em paz.

— Obrigado por me ligar e me dizer essas coisas, doutora. Logo mais estarei aí com meus irmãos.

— Por favor, me procure no hospital. Preciso que você assine alguns documentos.

***

— Rogério? É Mariana.

— Oi, Mariana, como vai?

— Eu soube do seu pai, meus pêsames.

— Obrigado, Mariana. Ele foi enterrado na quarta-feira.

— Ele ficou muito tempo no hospital?

— Alguns meses. Depois do derrame, ele não recobrou a consciência, não nos conhecia, estava sendo mantido por aparelhos.

— E você, como está?

— Estou bem. Papai e eu tivemos uma briga séria, eu comentei com você.

— É, eu soube. Estou perto do seu depósito. Você quer almoçar comigo?

— Será um prazer. Você quer que eu a encontre?

— Não, eu passo aí e pego você. Tem um restaurante muito simpático aqui no Tatuapé, é um lugar novo, acho que você vai gostar.

— Tenho certeza que sim. Só de poder estar com você novamente, já fico feliz.

— Passarei aí em quinze minutos. Está bem para você?

— Está perfeito, vou passar algumas instruções para o meu pessoal e espero você à porta da loja.

— Então até já.

— Até.

— Carlos, venha até aqui, por favor.

— Sim, patrão, às suas ordens.

— Vou sair para almoçar com uma amiga. Devo demorar, despache este material para mim. A prioridade é a Construtora Maia, certo?

— Sim, senhor, pode ir sossegado.

— Obrigado, Carlos, sabe, acho que vou lhe dar um aumento.

— Puxa, patrão, virá bem na hora, o meu filho nascerá daqui a dois meses.

— Então está decidido, quando eu voltar, conversaremos sobre seu trabalho aqui no depósito.

Depois que Rogério saiu, um dos empregados disse a Carlos:

— Quem era aquela moça? O chefe está de namorada nova?

— Ô, moleque, você está aqui para trabalhar e não para cuidar da vida do chefe! Vamos, vamos, temos uma entrega grande para fazer.

— Tá bom, um dia vou ser o gerente, você vai ver!

Rindo, Carlos respondeu:

— É, mas por enquanto o gerente sou eu, vamos trabalhar.

***

304

O dia do casamento amanheceu ensolarado. Havia chovido no dia anterior, e o ar estava leve, ainda se sentia o cheiro da terra molhada.

Suzana deixou Malu no cabeleireiro para o dia da noiva e depois passou no bufê para saber se estava tudo certo.

Augusto conversava com o pai na cozinha quando ela chegou:

— Bom dia. Por que vocês se levantaram cedo?

— Eu levantei à toa, e o Augusto vai ajudar o Ângelo.

— Os tios dele confirmaram que viriam, Augusto?

— Sim, mamãe, os dois virão com suas esposas, mas sem os filhos. Eu deixei meu terno na casa do Ângelo, assim iremos juntos para a igreja.

— Maria Clara e Massimo estarão presentes?

— Sim, a princípio eles queriam ir só à igreja, por causa do luto, mas eu expliquei para eles que faremos um jantar para parentes e amigos, e amanhã eles partirão para a Itália.

— O senhor Domenico vai com eles?

— Sim, ele não vê a família há muito tempo. O tio Francisco ficou encarregado de cuidar de tudo o que eles têm. Como ele já cuidava das coisas da mãe Clara, não haverá problema.

— Eles estão decididos a viver aqui? — perguntou Roberto.

— Sim, querem ficar perto de mim. Vovô voltará com eles. Não querem se separar mais. Acho certo, vovô já está com uma idade bem avançada.

— E você?

— O que tem eu?

— Como está se sentindo com tudo o que aconteceu este ano?

— Olhe, papai, é como se minha vida tivesse virado do avesso. Vocês, o casal que me gerou, o trabalho, a Renata, o vovô me dando de presente a sociedade na editora, o Ângelo, que acreditou no meu trabalho. Foi muita coisa num ano só. Mas eu estou bem. A editora ficará fechada até o dia quinze de janeiro, a Renata também vai tirar umas férias, então, vamos para algum lugar sossegado para descansar. Para ela, também foi um ano estafante. Não estamos reclamando de nada, só que aconteceu tudo de uma vez, não estávamos preparados.

Roberto segurou a mão de Augusto, que estava sobre o balcão da cozinha, e disse ao rapaz:

— Meu filho, sempre estaremos aqui, aconteça o que acontecer. Seja para coisas boas ou ruins, você sempre poderá contar conosco.

Augusto levantou-se e abraçou os pais.

— Sabem, eu não tinha o hábito de rezar, agora não deixo de agradecer a Deus por ter colocado vocês dois na minha vida. Pelo amor que me deram, por me entenderem quando eu quis saber quem eram meus pais biológicos, enfim, por todo esse carinho e essa atenção que vocês dedicam a mim. Obrigado, papai, mamãe.

Paulo entrou na cozinha e encontrou os três abraçados:

— O que houve? — perguntou assustado.

— Nada, eu estava agradecendo aos nossos pais tudo o que eles fizeram por mim.

— Puxa, vocês me assustaram. Por um momento pensei que tinha acontecido alguma coisa ruim com alguém da família.

— Não, meu filho. Pode ficar sossegado — Suzana tranquilizou o rapaz.

***

A cerimônia religiosa emocionou parte dos presentes. Suzana deixou que as lágrimas corressem livremente. Quando Malu abraçou o pai, lágrimas rolaram pelo rosto da jovem, e ele lhe disse baixinho:

— Não chore, vai estragar a maquiagem. O que seu marido vai pensar?

Malu riu e respondeu:

— Papai, só você mesmo.

Durante o jantar, Renata fez questão de tirar algumas fotos da família para colocar no estúdio. Augusto aproveitou para conversar mais com Maria Clara e Massimo.

— Como estão Francisco e Rogério?

Maria Clara respondeu:

— Estão bem. Rogério reencontrou Mariana, e Francisco está cuidando dos negócios da família. Ele terá muito trabalho.

— Vocês já prepararam tudo? Eu vou levá-los ao aeroporto. A que horas vocês precisam estar lá?

Foi Massimo quem respondeu:

— Já está tudo arrumado, o avião partirá às 20 horas. Gostaríamos que você fosse almoçar conosco. Você tem algum compromisso? Pode levar a Renata.

— Nós iremos sim, vai ser bom ficar mais um pouquinho com vocês.

Um casal aproximou-se de Augusto, e a jovem o chamou:

— Augusto?

— Marcela?

— Como vai? Este é meu namorado, Gilberto.

— Muito prazer, Gilberto. Marcela, você está muito bonita.

— Obrigada. Meu pai não pôde vir, pediu-me que eu me desculpasse com seus pais em nome dele. Onde eles estão?

— Eu acho que perto da Malu, estão tirando fotos perto do bolo.

— Vou cumprimentá-los. Até.

— Até, muito prazer.

Maria Clara perguntou:

— Quem é essa moça?

— É minha ex-namorada. Contei-lhe a história dela, lembra-se? Eu pensei que ela estivesse namorando o doutor Jorge Coelho.

— Ah! Ela é a moça que ele nos disse que havia cuidado. Pelo pouco que convivemos com ele, não acredito que venha a se casar novamente. A foto da esposa continua sobre a mesa de trabalho dele.

Massimo disse:

— Será que não? Quem sabe um dia ele encontra alguém especial?

Renata se aproximou, e Augusto abraçou a moça.

— Especial como minha Renata.

— O que houve?

307

— Estávamos falando do doutor Jorge Coelho. Ele se tornou amigo dos meus pais.

— Você me falou sobre ele.

Vanessa aproximou-se com Paulo. Era o momento de a noiva jogar o buquê.

Depois do suspense habitual, Malu jogou o buquê, e Ana Paula o apanhou. Quando Malu a abraçou, a moça disse:

— Vou guardar seu buquê com muito carinho, apesar de eu não estar namorando.

— Ana, não se preocupe, você é uma pessoa maravilhosa, uma amiga muito querida, tenho certeza de que logo, logo, alguém vai mexer com seu coração.

Ângelo chamou Malu para uma foto e, quando Ana Paula virou-se para voltar para a mesa, esbarrou em um jovem, que prontamente abaixou-se para pegar o buquê que havia caído. O rapaz disse para Ana Paula:

— Feliz o rapaz que está esperando por você.

— Não tem ninguém esperando por mim. Nem sei por que peguei este buquê.

— Fico contente em ouvir isso, estou observando você desde que estávamos na igreja, acho que foi sorte minha ter dado esse encontrão em você. Meu nome é Ricardo, e o seu?

— Ana Paula. Você está com seus amigos, não quero atrapalhá-lo. Eu estou com minha mãe, ali naquela mesa.

— Você não vai atrapalhar em nada, eu acompanho você. É uma pena que não haja música para que pudéssemos dançar.

— Alguns convidados perderam um parente, então, em respeito, os noivos decidiram não tocar músicas. Você é amigo do Ângelo?

— Não, sou primo. Moro aqui em Moema, e você?

— Sou amiga da Malu. Eles formam um lindo casal.

— Concordo com você. E agradecerei ao meu pai, que insistiu para que eu viesse ao casamento.

— Por quê?

— Porque encontrei você. Será que em vez de nos sentarmos à mesa, não poderíamos ficar conversando no jardim ali fora?

308

— Claro.

— Então vamos.

Ângelo e Malu observavam o casal que estava se formando:

— Não se preocupe com a Ana Paula, o Ricardo é uma ótima pessoa. Não nos víamos há algum tempo, mas sei que ele será uma companhia perfeita para ela.

— Assim como você é para mim?

— Hum! Talvez!

Ângelo abraçou Malu, e os dois trocaram um beijo longo e apaixonado, cheio de promessas de um amor que duraria para sempre.

EPÍLOGO

Suzana e Roberto estavam sentados na varanda. Suzana olhava para o céu. De repente, ela disse:

— Roberto, preste atenção naquelas duas estrelas. Não parece que elas brilham mais do que as outras?

— Será? Para mim, elas estão brilhando como todas.

— Não, não estão não. Sabe, eu acabei de ler um romance e nele duas pessoas morreram e seus espíritos se tornaram estrelas que guiavam suas famílias. Quando perceberam que todos estavam bem, as estrelas foram para o firmamento.

— Hum! Vamos imaginar que seja assim. Quem seriam essas duas estrelas?

— As duas avós do Augusto. Maria, mãe do Massimo, e Maria Angélica, mãe de Clara.

— Você é muito romântica. Venha, está um arzinho frio aqui.

— Olhe, Roberto, elas estão brilhando e ficando cada vez menores.

— Você tem razão, mas não sei se acredito no que você me disse.

— Por que não? Há tantos mistérios no mundo.

Abraçando Suzana, Roberto respondeu:

— É, pode ser. Agora vamos entrar, quero ficar abraçado com você pelo resto da noite. Eu já disse que amo você?

fim

CONHEÇA OS GRANDES SUCESSOS DE
GASPARETTO
E MUDE SUA MANEIRA DE PENSAR!

Atitude
Afirme e faça acontecer
Conserto para uma alma só
Faça da certo
Gasparetto responde
Para viver sem sofrer
Prosperidade profissional
Revelação da luz e das sombras
Se ligue em você
Segredos da prosperidade
O corpo – Seu bicho inteligente

Livros infantis

A vaidade da Lolita
Se ligue em você 1
Se ligue em você 2
Se ligue em você 3

Coleção Metafísica da saúde

Vol. 1 – Sistemas respiratório e digestivo
Vol. 2 – Sistemas circulatório, urinário e reprodutor
Vol. 3 – Sistemas endócrino e muscular
Vol. 4 – Sistema nervoso
Vol. 5 – Sistemas ósseo e articular

Coleção Amplitude

Vol. 1 – Você está onde se põe
Vol. 2 – Você é seu carro
Vol. 3 – A vida lhe trata como você se trata
Vol. 4 – A coragem de se ver

Coleção Calunga

Calunga – Um dedinho de prosa
Calunga – Tudo pelo melhor
Calunga – Fique com a luz...
Calunga – Verdades do espírito
Calunga – O melhor da vida
Calunga revela as leis da vida
Fazendo acontecer! Calunga

Saiba mais: www.gasparetto.com.br

GRANDES SUCESSOS DE
ZIBIA GASPARETTO

Com 18 milhões de títulos vendidos, a autora
tem contribuído para o fortalecimento da literatura
espiritualista no mercado editorial e para a popularização da
espiritualidade. Conheça os sucessos da escritora.

Romances
pelo espírito Lucius

A verdade de cada um

A vida sabe o que faz

Ela confiou na vida

Entre o amor e a guerra

Esmeralda

Espinhos do tempo

Laços eternos

Nada é por acaso

Ninguém é de ninguém

O advogado de Deus

O amanhã a Deus pertence

O amor venceu

O encontro inesperado

O fio do destino

O poder da escolha

O matuto

O morro das ilusões

Onde está Teresa?

Pelas portas do coração

Quando a vida escolhe

Quando chega a hora

Quando é preciso voltar

Se abrindo pra vida

Sem medo de viver

Só o amor consegue

Somos todos inocentes

Tudo tem seu preço

Tudo valeu a pena

Um amor de verdade

Vencendo o passado

Crônicas

A hora é agora!

Bate-papo com o Além

Contos do dia a dia

Pare de sofrer

Pedaços do cotidiano

O mundo em que eu vivo

O repórter do outro mundo

Voltas que a vida dá

Você sempre ganha!

Coleção – Zibia Gasparetto no teatro

Esmeralda

Laços eternos

Ninguém é de ninguém

O advogado de Deus

O amor venceu

O matuto

Outras categorias

Conversando Contigo!

Eles continuam entre nós vol. 1

Eles continuam entre nós vol. 2

Eu comigo!

Em busca de respostas

Grandes frases

Momentos de inspiração

O poder da vida

Pensamentos vol. 1

Pensamentos vol. 2

Recados de Zibia Gasparetto

Reflexões diárias

Vá em frente!

Sucessos
Editora Vida & Consciência

Amadeu Ribeiro

A herança
A visita da verdade
Juntos na eternidade
O amor não tem limites
O amor nunca diz adeus

O preço da conquista
Reencontros
Segredos que a vida oculta vol.1
A beleza e seus mistérios vol.2
Amores escondidos vol. 3

Ana Cristina Vargas
pelos espíritos Layla e José Antônio

A morte é uma farsa
Além das palavras
Almas de aço
Em busca de uma nova vida
Em tempos de liberdade
Encontrando a paz
Escravo da ilusão

Ídolos de barro
Intensa como o mar
Loucuras da alma
O bispo
O quarto crescente
Sinfonia da alma

André Ariel
Além do proibido
Em um mar de emoções
Eu sou assim
Surpresas da vida

Carlos Henrique de Oliveira
Ninguém foge da vida
Tudo é possível

Carlos Torres
A mão amiga
Passageiros da eternidade
Querido Joseph (pelos espírito Jon)
Uma razão para viver

Cristina Cimminiello

A voz do coração
As joias de Rovena
O segredo do anjo de pedra

Eduardo França

A escolha
A força do perdão
Do fundo do coração
Enfim, a felicidade
Vestindo a verdade
Vidas entrelaçadas

Evaldo Ribeiro

Aprendendo a receber
Eu creio em mim
O amor abre todas as portas (pelo espírito Maruna Martins)

Floriano Serra

A grande mudança
A outra face
Amar é para sempre
Ninguém tira o que é seu
Nunca é tarde
O mistério do reencontro
Quando menos se espera...

Gilvanize Balbino

De volta pra vida (pelo espírito Saul)
Horizonte das cotovias (pelo espírito Ferdinando)
O homem que viveu demais (pelo espírito Pedro)
O símbolo da vida (pelos espíritos Ferdinando e Bernard)
Salmos de redenção (pelo espírito Ferdinando)

Jeaney Calabria

Uma nova chance

Juliano Fagundes
O símbolo da felicidade

Lucimara Gallicia
pelo espírito Moacyr

O que faço de mim?
Sem medo do amanhã

Marcelo Cezar
pelo espírito Marco Aurélio

Acorde pra vida!
A última chance
A vida sempre vence
Coragem para viver
Ela só queria casar...
Medo de amar
Nada é como parece
Nunca estamos sós
O amor é para os fortes

O preço da paz
O próximo passo
O que importa é o amor
Para sempre comigo
Só Deus sabe
Treze almas
Tudo tem um porquê
Um sopro de ternura
Você faz o amanhã

Márcio Fiorillo
Lições do coração
Nas esquinas da vida

Maura de Albanesi
pelo espírito Joseph

O guardião do Sétimo Portal
Coleção Tô a fim

Maurício de Castro
Caminhos cruzados

Meire Campezzi Marques
pelo espírito Thomas

A felicidade é uma escolha
Cada um é o que é
Na vida ninguém perde
Uma promessa além da vida

Mônica de Castro
pelo espírito Leonel

A força do destino
A atriz
Apesar de tudo...
Até que a vida os separe
Com o amor não se brinca
De bem com a vida
De frente com a verdade
De todo o meu ser
Desejo – Até onde ele pode te levar? *(pelos espíritos Daniela e Leonel)*
Gêmeas
Giselle – A amante do inquisidor
Greta
Impulsos do coração
Jurema das matas
Lembranças que o vento traz
O preço de ser diferente
Segredos da alma
Sentindo na própria pele
Só por amor
Uma história de ontem
Virando o jogo

Rose Elizabeth Mello

Como esquecer
Desafiando o destino
Livres para recomeçar
Os amores de uma vida
Verdadeiros Laços

Sérgio Chimatti
pelo espírito Anele

Ecos do passado
Lado a lado
Os protegidos
Um amor de quatro patas

Thiago Trindade

As portas do tempo

Conheça mais sobre espiritualidade com outros sucessos.

 vidaeconsciencia.com.br   /vidaeconsciencia @vidaeconsciencia

ZIBIA GASPARETTO
Eu comigo!

"Toda forma de arte é expressão da alma."

Zibia Gasparetto convida você a mergulhar no seu mundo interior. Deixe os problemas de lado, esqueça o negativismo e libere o estresse do dia a dia. Passeie por entre as figuras, inspire-se com cada mensagem e coloque cor em seu mundo. Use suas tonalidades preferidas, libere o potencial criativo que existe dentro de você.

Eu comigo! é um livro para quem quer fugir da rotina e buscar aquela sensação de paz que a arte pode proporcionar. Inspire sua alma com as frases de Zibia Gasparetto criadas especialmente para você e ricamente ilustradas com desenhos encantadores.

Bem-vindo ao seu mundo interior.

www.vidaeconsciencia.com.br

Rua Agostinho Gomes, 2.312 — SP
55 11 3577-3200

contato@vidaeconsciencia.com.br
www.vidaeconsciencia.com.br